트루베니아
연대기

FANTASY STORY & ADVENTURE

김정률 판타지 소설

dream
books
드림북스

# 트루베니아 연대기 5
어머니의 나라 펜슬럿 왕국으로

초판 1쇄 발행 / 2008년 7월 20일
초판 2쇄 발행 / 2010년 6월 16일

지은이 / 김정률

발행인 / 오영배
편집장 / 김경인, 지영훈
편집 / 윤대호, 김재영, 김유경
펴낸 곳 / (주)삼양출판사 · 드림북스

주소 / 서울특별시 강북구 미아8동 322-10호
대표 전화 / 02-980-2112~4 팩스 / 02-983-0660
편집부 전화 / 02-980-2116 팩스 / 02-983-8201
블로그 / blog.naver.com/dreambookss

등록번호 / 제9-00046호
등록일자 / 1999년 3월 11일

ⓒ 김정률, 2008

값 8,000원

(주)삼양출판사 · 드림북스의 서면 허락 없이는 어떠한
형태나 수단으로도 이 책의 내용을 이용하지 못합니다.
ISBN 978-89-542-2518-2  04810
ISBN 978-89-542-2518-2  04810
ISBN 978-89-542-2141-2  (세트)

* 지은이와 협의하에 인지는 생략합니다.
* 잘못된 책은 구입한 곳에서 바꾸어 드립니다.

김정률 판타지 소설

FUSION FANTASY STORY & ADVENTURE

# 트루베니아
# 연대기 ⑤ 어머니의 나라
펜슬럿 왕국으로

# 목차

# I
# 인의의 기사 칭호를 받다

두 초인이 벌이는 기세싸움은 한동안 계속되었다. 레온이 뿜어내는 기세는 테오도르 공작의 전신을 집요하게 잠식해 들어갔다. 그러나 테오도르 공작 역시 한 치도 물러설 수 없다는 듯 레온의 기세를 맞받아쳤다.

역시 성기사가 뿜어내는 기세는 마스터와는 판이하게 달랐다. 만약 상대가 마스터였다면 서로의 기세가 중간에서 강력하게 충돌하였을 테지만 테오도르 공작의 기세는 그렇지 않았다.

신성력을 기반으로 한 기세라서 그런지 레온의 기세에 반발하기보다는 끈끈하게 잠식해 들어오는 것 같았다. 마치 레온

의 기세를 둘러싸서 무력화시키려는 듯한 느낌을 풍겼다. 더
이상의 기세싸움이 무용하다는 사실을 깨달은 레온이 창을 고
쳐 잡았다. 이제는 테오도르 공작의 실력을 확인할 차례였다.

"굳이 말이 필요 없을 테니 시작하도록 합시다."

그 말을 듣자 투구 사이로 드러난 테오도르 공작의 눈빛이
활활 빛났다.

"두말하면 잔소리."

레온의 눈동자도 역시 투지로 타오르고 있었다.

"그럼 시작하겠소."

말이 끝나기가 무섭게 레온의 창이 쏜살같이 대기를 갈랐
다. 시뻘건 오러 블레이드를 줄기줄기 뿜어내는 창이 테오도
르 공작의 앞가슴을 갈라갔다.

쐐애애액.

세상 그 어떤 것이라도 꿰뚫어 버릴 것만 같은 위력적인 공
격. 그러나 테오도르 공작의 방어는 역시 만만치 않았다. 신성
력이 극도로 응축된 워 해머가 레온의 창을 튕겨냈다.

콰쾅.

이어진 것은 무시무시한 접전이었다. 레온은 창을 종횡무진
휘두르며 맹공을 펼쳤다.

오러가 깃든 창날이 방울뱀처럼 원활히 움직이며 테오도르
공작의 빈틈을 파고들어갔다. 그에 질세라 테오도르 공작도
사나운 기세로 워 해머를 휘둘렀다.

콰콰콰콰.

그의 워 해머에는 극도로 응축된 신성력이 발산되고 있었다. 테오도르 공작의 무술실력은 충분히 초인으로 인정받을 수 있는 수준이었다.

사납게 휘몰아치는 레온의 공격을 별다른 무리 없이 방어하고 있으니 말이다. 육중한 워 해머를 가볍게 휘두르며 창격을 차단하는 테오도르 공작의 모습에서는 종교적인 경건함까지 느껴지고 있었다.

사실 성기사의 무술실력은 그리 높지 않은 편이다. 강력한 신성력을 사용할 수 있기 때문에 필연적으로 무술수련을 게을리 할 수밖에 없다.

물론 그렇지 않은 성기사도 있다. 그러나 급격한 육신의 노화라는 특유의 단점 때문에 기사들만큼 수련을 할 수 없는 것이 현실이다.

그러나 테오도르 공작은 달랐다. 충만한 신성력도 신성력이었지만 지금껏 닦아온 무술실력은 그 어떤 기사에 견주어 보아도 손색이 없었다.

그 증거로 테오도르 공작은 아르카디아 대륙에서는 생소하고 낯선 레온의 공격을 별 무리 없이 차단해내고 있었다.

레온의 실력은 트루베니아에서 갓 건너왔을 때와는 비교도 할 수 없을 정도로 증진된 상태였다. 강자와의 거듭된 접전이 그를 단련시킨 것이다. 무엇보다도 리빙스턴 후작과의 대결이 레온을 가장 많이 성장시켰다. 그러나 향상된 무위도 테오도르 공작에게만은 통하지 않았다.

적어도 방어적인 측면에서는 테오도르 공작이 리빙스턴 후작을 훨씬 능가한다고 해도 과언이 아니었다. 투구 사이로 드러난 레온의 눈동자에 감탄의 빛이 떠올랐다.

'마치 철벽을 향해 공격을 퍼붓는 것 같군.'

테오도르 공작은 처음부터 튼튼하게 방어에 치중했다. 블러디 나이트의 생소하고 위력적인 창술을 염두에 둔 대응인 것 같았다. 그 때문인지 대결은 무척이나 지루하게 진행되었다. 레온이 일방적으로 공격을 퍼붓고 테오도르 공작이 필사적으로 막아나가는 형국으로 이어진 것이다.

둘의 대결은 거의 30분 가까이 이어졌다. 테오도르 공작은 레온의 파상적인 공세를 거의 완벽하게 막아냈다. 단 한 번도 허점을 드러내지 않았다.

숨이 거칠어지는 것을 느낀 레온이 공격을 멈추고 한 발 뒤로 물러섰다.

"정말 대단하시구려. 정말 훌륭한 방어였소."

테오도르 공작은 아무런 말도 하지 않았다. 그저 워 해머의 손잡이를 양손으로 불끈 움켜쥘 뿐이었다. 그 모습을 보며 레온이 창을 고쳐 잡았다.

"다시 시작해 봅시다. 이번에는 만만치 않을 것이오."

그러나 투구 사이로 가려진 테오도르 공작의 낯빛은 그리 밝지 않았다. 블러디 나이트의 실력이 상상 이상이었기 때문이었다.

'이자는 진짜야.'

워 해머를 움켜쥔 양팔에서 은은한 통증이 전해졌다. 상대의 오러가 자신의 신성력을 뚫고 들어왔다는 증거였다. 이 정도라면 초인대전 당시 싸웠던 초인보다 실력이 윗줄이라고 봐야 했다. 테오도르 공작의 눈빛이 암울하게 가라앉았다.

'아무래도 오래 버티기가 힘들 것 같군.'

테오도르 공작의 작전은 초인대전 때와 동일했다. 상대가 모든 힘을 소진할 때까지 철저히 방어로 일관하다 지칠 대로 지친 상대에게 결정적인 일격을 먹이는 것. 그것이 가능했던 것은 대기하던 신관들 덕분이었다.

그들은 자신의 생명력을 신성력으로 바꿔 테오도르 공작에게 전이해 주었다. 오직 독실한 신앙심을 가진 신관들이 자신을 희생할 각오를 품어야만 가능한 기술. 그 덕분에 테오도르 공작은 무난히 상대를 쓰러뜨리고 초인의 자리를 차지할 수 있었다. 그리고 그 비밀은 아무도 눈치채지 못했다.

그런데 지금 블러디 나이트와의 대결은 초인대전 때와는 양상이 많이 달랐다. 현재 테오도르 공작은 블러디 나이트의 맹공을 막아내느라 체내의 신성력을 절반 이상 소진했다.

초인대전 때보다 월등히 많은 신성력이 소모된 것이다. 간단히 말해 블러디 나이트의 실력이 초인대전 때의 상대보다 월등히 높다는 것을 의미했다.

투구 사이로 가려진 테오도르 공작의 입꼬리가 연신 실룩거렸다.

'이번 대결로 인해 얼마나 많은 신관들이 생명력을 소진하고 폐인이 될 것인가.'

이미 신관들은 자신에게 신성력을 전이해 줄 채비를 갖추고 있었다. 헤이안과 그를 따르는 신관들이 두 눈을 꼭 감고 기도를 올리고 있었다.

자신의 생명력을 신성력으로 바꿔 테오도르 공작에게 불어넣어 주려는 것이다. 그 사실을 깨달은 테오도르 공작이 입술을 질끈 깨물었다.

'이미 화살은 시위를 떠났다. 나로서는 최선을 다하는 수밖에……'

다음 순간 그의 몸속으로 신성력이 파고들기 시작했다. 그것이 신관들이 불어넣어 주는 생명력이란 사실을 깨달은 테오도르 공작이 워 해머를 불끈 움켜쥐었다. 저들의 희생을 무위로 돌리지 않으려면 모든 것을 걸고 싸워야 한다.

✠

그 시각 레온은 뭔가 이상함을 느끼고 있었다. 분명 테오도르 공작의 방어는 나무랄 데가 없다. 신성력이 응축된 워 해머로 자신의 오러를 무리 없이 막아낼 뿐만 아니라 창날에 깃든 경력을 흘리는 기술까지, 충분히 초인이라 불릴만한 실력이었다. 그런데 뭔가가 계속해서 레온의 신경을 건드렸다.

이맛살을 지그시 모은 레온이 테오도르 공작을 쳐다보았다.

"응?"

레온의 눈매가 가늘게 좁혀졌다. 테오도르 공작에게서 풍기는 기운이 처음과 판이하게 달랐기 때문이었다. 레온은 선천적으로 기운을 감지하는 능력을 타고났다.

상대가 몸속에 쌓아놓은 마나를 측정할 수 있다는 뜻이다. 물론 그것은 신성력도 해당된다. 성질이 다르긴 하지만 신성력 역시 기운의 일종이기 때문이다.

처음 테오도르 공작을 접했을 때 레온은 적이 놀랐다. 공작이 몸속에 정말 방대한 양의 신성력을 품고 있었기 때문이었다. 하지만 지금은 아니었다. 그 뜻밖의 사실에 레온이 눈을 가늘게 떴다.

'놀랍군. 신성력이 절반이나 소진되었어.'

30분가량 전력을 다해 맹공을 퍼부었지만 레온의 마나는 별달리 소진되지 않았다. 한나절을 꼬박 싸워도 끄떡없을 만큼 마나를 쌓아놓은 것이다.

반면 테오도르 공작은 불과 30분도 되지 않아 품고 있던 신성력의 절반을 소모해 버렸다. 다시 말해 시간만 끈다면 테오도르 공작은 제풀에 지쳐 무너져 버릴 것이다. 레온의 얼굴에 어처구니없다는 빛이 떠올랐다.

'저것이 바로 성기사의 한계인가? 그렇다면 어떻게 해서 초인대전에서 승리한 것이지?'

이해할 수 없다는 듯 머리를 갸웃거리는 레온. 그러나 다음 순간 그의 눈이 부릅떠졌다. 눈에 띄게 줄어들었던 테오도르 공작의 신성력이 급격히 차오르는 것을 느낀 것이다.

'어, 어찌된 일이지?'

사람의 몸속에 품은 기운이 저절로 차오르는 경우는 없다. 운기행공을 하더라도 저렇게 빨리 차오르지 않는다. 이해할 수 없다는 듯 머리를 흔든 레온이 눈을 가늘게 뜨고 기운의 흐름을 살폈다.

'그렇군.'

잠시 후 그는 비밀을 알아차릴 수 있었다. 그것은 기운에 유독 민감한 레온이기에 가능한 것이었다.

급격히 신성력을 채워나가는 테오도르 공작, 그의 뒤에는 육안으로 보이지 않는 가느다란 선을 통해 신성력이 공급되고 있었다.

그 선을 따라가자 눈을 꼭 감고 입술을 달싹이는 신관들이 있었다. 무려 수백 명의 신관들이 테오도르 공작에게 신성력을 공급해 주고 있었다. 사실을 알아차리자 레온의 눈에 분기가 치솟았다.

'이것은 명백한 반칙이야.'

한눈에 보아도 이것은 정정당당한 승부가 아니다. 신관 수백 명을 통해 신성력을 공급 받는다면 누가 테오도르 공작을 이길 수 있단 말인가?

막 분노를 표출하려던 레온이 멈칫했다. 기도를 올리는 신관들에게서 일어난 변화를 보았던 것이다. 놀랍게도 신관들의 얼굴에서는 노화가 진행되고 있었다.

명백히 자연현상에 역행하는 모습. 머리칼이 탈색되며 얼굴에 쭈글쭈글한 주름살이 생겨났다. 급격히 생기를 잃어가는 신관들의 피부를 본 레온은 말을 잃었다.

'저, 저들은 자신의 생명력을 신성력으로 바꾸어 테오도르 공작에게 보내주고 있어.'

믿을 수 없는 사실에 레온은 그 자리에 얼어붙어 버렸다.

✤

헤이안은 눈을 꼭 감은 채 자신의 생명력을 신성력으로 전환시키고 있었다. 만들어낸 신성력은 실시간으로 테오도르 공작에게 전이되었다. 그 과정에서 몸이 물 먹은 솜처럼 노곤해지며 전신에 힘이 쭉 빠졌다.

자신의 몸에 노화가 진행된다는 것은 굳이 보지 않아도 알 수 있었다. 삶의 원천인 생명력을 타인에게 전해 주고 있으니 그럴 수밖에 없다. 그러나 헤이안의 얼굴에는 일말의 동요도 찾아볼 수 없었다. 이미 그는 교단의 번영을 위해 모든 것을 바친 상태였다.

'나 하나의 희생으로 교단이 영광을 되찾을 수 있다면 어찌 마다할 것인가?'

삼십대 후반이던 헤이안의 모습은 폭삭 늙어 있었다. 지금처럼 테오도르 공작에게 계속해서 신성력을 공급해 준다면 머지않아 삶의 원천을 깡그리 잃어버리고 식물인간이 되어 버릴 터였다.

자력으로 움직이지 못하고 평생을 침대에 누워 지내야 하는 신세. 그러나 헤이안은 그것을 자신의 운명으로 달게 받아들인 상태였다.

테오도르 공작의 몸은 금세 신성력으로 충만해졌다. 신성력이 모두 복원된 것을 감지한 신관들이 생명력 공급을 중지했다. 그러나 그것을 위해 그들이 치른 대가는 엄청났다. 동료들의 얼굴이 순식간에 십 년 이상 늙어버린 것을 본 신관들의 안색이 어두워졌다.

그러나 후회하는 신관은 아무도 없었다. 베르하젤 교단의 명예를 지킬 수 있다면 이 정도 희생은 충분히 감수할 수 있다. 힘의 원천이 모두 차오른 것을 느낀 테오도르 공작이 한 발 앞으로 나섰다.

"충분히 쉰 것 같은데 그만 시작합시다. 블러디 나이트."

레온은 그 말에 퍼뜩 정신을 차렸다. 테오도르 공작을 쳐다보는 레온의 눈동자에는 복잡한 감정이 얽혀 있었다. 곧 뭔가를 결정했는지 레온이 입술을 살짝 깨물었다. 순식간에 늙어버린 신관들을 쳐다보며 그가 입을 열었다.

"더 이상의 대결은 무의미한 것 같소."

그 말에 테오도르 공작의 눈이 커졌다.

"그, 그게 무슨 소리요?"

"승부를 여기서 종결짓자는 뜻이오."

테오도르 공작을 쳐다보는 레온의 눈빛은 차분히 가라앉아 있었다. 얼떨떨해하는 테오도르 공작의 귓전으로 나지막한 음성이 파고들었다.

"내가 추구하는 것은 강자와의 승부 그 자체요. 누군가를 꺾었다는 명예 따위가 아니라는 뜻이지. 그런 면에서 대결을 지속해나가는 것은 서로에게 좋지 않을 것 같소."

"그, 그럴 수는……."

막 반박하려던 테오도르 공작의 입이 닫혔다. 레온이 손가락을 뻗어 뒤에 시립해 있던 신관들을 가리켰기 때문이었다.

"처음에는 이 대결이 정당하지 못하다고 생각했소. 하지만 생각해 보니 그게 아니더구려."

담담하게 말하고 있었지만 레온의 음성은 테오도르 공작과 신관들의 귀에 마치 천둥처럼 울려 퍼졌다.

"신앙을 위해 서슴없이 자신을 버리는 희생 앞에서 그 누가 정정당당을 따지겠소?"

말을 마친 레온이 신관들에게 허리를 굽혀 정중히 예를 취했다.

"그대들의 독실한 신앙심에 찬사를 보내는 바요."

그 말이 끝난 순간 테오도르 공작과 신관들의 얼굴이 시커멓게 물들었다. 블러디 나이트가 끝내 자신들의 비밀을 알아차리고 만 것이다.

'세, 세상에……'

'결코 눈에 보이지 않는 현상이거늘, 어떻게……'

특히 대주교 뷰크리스의 얼굴은 백지장과도 같았다. 만에 하나 이 사실이 외부에 알려질 경우 베르하젤 교단의 명예가 실추될 것은 보지 않아도 뻔했다.

세상 사람들은 이렇게 떠들어 댈 게 분명했다.


"테오도르 공작은 진정한 초인이 아니었다!"

"베르하젤 교단은 휘하 신관들을 희생시켜 초인을 탄생시켰다!"


얼마나 충격이 컸던지 누구 하나 입을 열지 않았다. 그런데 몇몇 신관들의 눈에서는 스산하게 살기가 떠올랐다. 죽여서라도 블러디 나이트의 입을 막아야 한다고 생각하는 자들이었다. 그때 레온의 음성이 나지막이 울려 퍼졌다.

"이번 대결을 무승부로 합시다. 테오도르 공작의 튼튼한 방어와 뒷받침하는 신관들의 독실한 신앙심을 좀처럼 극복하기 힘들구려. 본인은 더 이상 신관들의 희생을 바라지 않소."

그 말에 정신을 차린 뷰크리스 대주교가 앞으로 나섰다.

"마, 말씀은 감사하오나……."

그의 얼굴에서 걱정 어린 표정을 본 레온은 금세 그 이유를 알아차렸다.

"뭘 걱정하는지 알겠소. 염려 마시오. 내 입은 강철과도 같이 무겁소. 외부로 발설하지 않을 것을 본인의 명예를 걸고 맹세하리다."

그 말에 신관들의 얼굴이 환히 밝아졌다. 블러디 나이트가 명예를 걸고 비밀을 지켜준다고 맹세했다. 그렇게 해 준다면 더 이상 교단의 명예 실추를 염려하지 않아도 된다. 게다가 블러디 나이트가 테오도르 공작과의 대결을 무승부로 해 준다고 하지 않았던가?

뷰크리스 대주교가 조심스런 어조로 물었다.

"이번 대결을 무승부로 해 주신다고 하셨습니까?"

레온이 머뭇거림 없이 고개를 끄덕였다.

"그렇소. 본인은 루첸버그 교국의 초인 테오도르 공작을 만나 원 없이 공방을 나누었소. 그러나 테오도르 공작의 방어는 철벽처럼 튼튼했소. 도저히 뚫을 자신이 없기에 무승부를 선언한 것이오."

그 말을 들은 신관들의 얼굴에 얼떨떨함이 감돌았다. 블러디 나이트의 호의를 선뜻 받아들이기 힘들었기 때문이다. 그러나 이어지는 한 마디로 인해 그들은 의구심을 훌훌 털어버릴 수 있었다.

"아까도 말했다시피 나는 승부 그 자체를 추구하오. 누군가를 꺾었다는 명성 따위는 전혀 신경 쓰지 않소. 그리고 귀 교단 신관들의 독실한 신앙심에 찬사를 보내는 바요. 비록 베르하젤의 신도는 아니지만 그대들의 헌신에 본인이 깊이 감명받은 것은 사실이오."

그 말이 끝나자 장내는 숙연해졌다. 누구 하나 입을 열어 말할 엄두를 내지 못했다. 테오도르 공작도 조용히 침묵을 지켰다. 그들로서는 상상도 하지 못했던 결과였기 때문이었다. 잠시 후 늙수그레한 음성이 정적을 깨뜨렸다.

"실력도 소문 대로지만 마음 씀씀이와 타인에 대한 배려 또한 전혀 그에 뒤떨어지지 않는구려. 블러디 나이트."

입을 연 이는 다름 아닌 교황이었다. 안전을 염려해 드러나지 않은 곳에서 두 사람의 대결을 관전하던 교황 아키우스 3세가 이 자리에 모습을 드러낸 것이다.

수많은 베르하젤 신자들의 정신적인 지주이자 루첸버그 교국의 지배자인 교황이 진물이 주르르 흐르는 눈을 들어 레온을 쳐다보았다.

"실력에서부터 마음가짐까지 당신이 초인임을 추호도 의심치 못하게 하는구려."

말로만 듣던 교황을 보자 레온이 공손히 허리를 굽혀 예를 올렸다.

"교황의 존안을 뵈옵니다."

교황은 자애로운 눈빛으로 레온을 쳐다보았다. 그의 입가에서는 도무지 미소가 떠나지 않았다.

'정말 잘 되었어.'

사실 일을 추진하는 것을 승인하기는 했지만 걱정이 되지 않았던 것은 아니다. 교단의 명예를 위해 앞날이 창창한 신관들을 희생시키는 것이 못내 마음에 걸렸던 그였다.

안전한 곳에서 대결을 관전하는 내내 교황의 손에서는 땀이 마르지 않았다. 교국의 최고 신관인 만큼 신성력의 흐름에 극도로 민감한 그가 아니던가? 그런 그의 관점에서 볼 때 블러디 나이트의 실력은 상상 이상이었다.

빠른 속도로 소진되는 테오도르 공작의 신성력이 그것을 증명했다. 교황은 이미 테오도르 공작이 초인으로 인정받던 초인대전 당시의 대결도 지켜본 적이 있었다. 그걸 알기에 지금 몸으로 느껴지는 상황은 그보다 더욱 심각했다.

'큰일이로군. 이러다가 대기 중인 신관 사백 명의 생명력이 모두 소진될 수도 있겠어.'

마음 같아서는 대결을 중지시키고 싶었다. 하지만 그렇게 한다면 스스로를 헌신할 각오로 나선 신관들의 명예가 더럽혀질 우려가 있다. 그 때문에 교황은 끝내 나서지 못했다. 그런데 상황이 예상 외로 잘 풀린 것이 아닌가?

블러디 나이트가 교단의 비밀을 한눈에 꿰뚫어 본 것은 그로서도 의외였다. 하지만 이어지는 상황에 그는 안도의 한숨을 내쉴 수 있었다.

블러디 나이트는 명성에 연연하는 무뢰배가 아니었다. 순수한 승부를 갈망하는 진정한 무사였다. 그것을 알아차린 교황은 더 이상 참지 못하고 밖으로 뛰쳐나왔다.

그에게는 헤이안을 비롯한 신관들이 무사하게 된 것이 가장 큰 기쁨이었다. 비록 상당량의 생명력을 소진하긴 했지만 앞으로 살아가기에는 큰 지장이 없을 터였다.

그러니 교황으로서는 당연히 블러디 나이트에게 고마움을 가질 수밖에 없다.

따듯한 눈으로 레온을 쳐다보던 교황이 입을 열었다.

"본 교단은 그대에게 큰 빚을 졌소."

그 말에 신관들이 소스라치게 놀랐다.

"교, 교황 성하."

"어, 어찌하여……."

그러나 교황은 아랑곳하지 않고 말을 이어나갔다.

"그 빚을 조금이라도 갚는 의미에서 본 교단은 그대에게 하나의 칭호를 내리고자 하오."

이번에는 레온이 놀랄 차례였다. 베르하젤 교단에서 어찌하여 자신에게 칭호를 내린다는 말인가?

"놀랄 것 없소. 본 교단은 그대에게 '인의의 기사'라는 칭호를 내리고 싶소."

인의의 기사. 그것은 베르하젤 교단이 하사하는 칭호 중 최상의 것이었다. 보통 베르하젤 교단에 큰 공헌을 한 외부 기사에게 수여하며, 지금껏 인의의 기사 칭호를 받은 이는 총 열 명도 되지 않는다.

다시 말해 아무에게나 주지 않는 매우 고귀하고 영광스러운 칭호라는 뜻이다. 그러나 신관들은 그럴 만하다는 듯 고개를 끄덕이고 있었다.

"교황 성하께서 훌륭하신 선택을 하셨군."

"블러디 나이트라면 충분히 인의의 기사 칭호를 받을 만하지."

레온의 선택으로 인해 무려 사백여 명에 달하는 신관들이 목숨을 구했다. 게다가 그가 무승부를 선언함으로써 테오도르 공작의 명예 역시 지켜졌다. 테오도르 공작의 명예가 다름 아닌 교단의 명예인 만큼 교국으로서는 레온에게 크나큰 빚을 지게 된 셈이다.

교황은 그 고마움을 인의의 기사라는 칭호를 내림으로써 갚으려고 하고 있었다. 얼떨떨한 표정을 짓고 있던 레온에게 뷰크리스 대주교가 웃는 낯으로 다가왔다.

"많이 놀라셨겠구려."

그는 레온에게 교단에서 내리는 칭호에 대해 상세히 설명을 해 주었다.

교단에 큰 공헌을 한 외부 기사에게 내리는 칭호이며 아무런 제약도 가해지지 않는다는 말에 레온이 그럴 듯하다는 듯 고개를 끄덕였다.

"제 입장에서 마다할 이유가 없지요."

"그렇다면 지금 당장 칭호 수여식을 하도록 하겠습니다."

그렇게 해서 블러디 나이트와 테오도르 공작이 대결을 벌이던 연무장은 느닷없이 레온의 칭호 수여식장으로 바뀌었다. 교황이 직접 레온에게 칭호를 수여했다.

"본 베르하젤 교단은 초인 블러디 나이트에게 인의의 기사라는 칭호를 부여한다."

대결을 관전하던 신관들이 일제히 박수를 보냈다.

짝짝짝.

특히 헤이안을 비롯한 소장파 신관들의 얼굴에는 기쁨이 가득했다. 생명력을 모두 소진하고 식물인간이 될 운명에서 구해졌으니 기쁘지 않다면 거짓말이었다.

게다가 그들이 그토록 지키고자 했던 교단의 명예까지 지켜졌으니 그들로서는 당연히 블러디 나이트가 고마울 수밖에 없다.

신관들이 지켜보는 앞에서 레온은 마침내 칭호 수여식을 모두 마쳤다.

"부디 그대가 아르카디아에서 이루고자 하는 바를 모두 이루길 바라겠소."

레온이 깍듯이 예를 올렸다.

"베르하젤 교단으로부터 받은 후의 잊지 않겠습니다."

뷰크리스 대주교 역시 들뜬 기색을 지우지 못했다.

"지금 이 순간부터 베르하젤 교단은 블러디 나이트, 그대의 친구요. 언제라도 방문을 환영하겠소."

"말씀만이라도 감사합니다."

레온은 머뭇거림 없이 교황청을 나섰다. 교황청 측에서 연회를 베풀고자 했지만 레온은 정중한 어조로 거절했다. 자칫 잘못하면 정체가 드러날 수 있었기 때문이었다.

다소 아쉬워하기는 했지만 교황청 측에서는 레온을 더 이상 잡지 않았다.

쿠르르르 쿵.

육중한 교황청의 정문이 활짝 열렸다. 들어갈 때와는 달리 레온은 거대한 교황청의 정문을 통해 밖으로 나왔다.

고령인 교황을 대신해 대주교 뷰크리스가 레온을 배웅 나왔다. 테오도르 공작과 헤이안 주교를 추종하는 신관들이 그 뒤를 따랐다.

"이만 가보도록 하겠습니다."

레온이 정중히 예를 취한 다음 걸음을 옮겼다.

저벅 저벅 저벅……

레온의 건장한 모습은 금세 눈보라 사이로 사라졌다. 그러
나 교황청의 신관들과 성기사들은 마치 얼어붙은 듯 그 자리
에서 움직이지 않았다.

그들에게 초인의 발자취는 그 정도로 컸다. 더욱이 그 초인
은 누구도 흉내내지 못할 마음씀씀이를 보여주었다.

✤

블러디 나이트란 이름은 마치 폭풍처럼 아르카디아를 뒤흔
들었다. 불과 얼마 되지 않는 시간이었지만 그는 아르카디아
전역에 엄청난 충격을 안겨주었다.

이제 아르카디아에서 블러디 나이트의 이름을 모르는 이는
극소수에 불과했다. 귀족들은 물론이고 농민이나 상인, 심지
어 빈민이나 농노들도 블러디 나이트라는 이름을 한두 번씩
들어본 적이 있을 정도였다.

트루베니아 출신으로 아르카디아에 건너와 쟁쟁한 초인들
을 하나씩 침몰시켜 나가는 그랜드 마스터.

블러디 나이트의 모든 것은 베일에 싸여 있었다. 각국 정보
부에서 눈에 불을 켜고 그의 정체를 밝히려 했지만 허사였다.
심지어 트루베니아에 사람을 파견해서 알아보려 한 왕국도 있
었다.

하지만 블러디 나이트에 대한 것은 아무것도 드러나지 않았다. 그가 익힌 마나연공법의 연원과 위력적인 창술, 출신성분 등등 그에 관한 것은 아무것도 밝혀지지 않았다.

블러디 나이트의 행보는 사뭇 찬란했다. 그는 어느 날 갑자기 아르카디아에 모습을 드러냈다. 그가 어떤 방법으로 트루베니아에서 아르카디아로 건너왔는지는 알려지지 않았다.

이미 여러 왕국 정보부 요원들이 두 대륙 간을 오가는 여객선 승객을 대상으로 철저한 조사를 한 상태였다. 그런데 여객선 승객들 중에서 블러디 나이트로 짐작되는 이는 아무도 없었다. 때문에 세인들은 블러디 나이트가 작은 조각배에 몸을 싣고 대해를 건너왔을 것이라 추정하고 있었다.

그렇게 신비하게 아르카디아에 나타난 블러디 나이트. 그는 초인 후보생을 뽑는 초인선발대전에 처음으로 모습을 드러냈다. 그리고 그 자리에서 그는 예비초인으로 선발된 크로센 제국의 기사 제리코를 무참히 패배시켰다.

블러디 나이트라는 이름이 처음으로 아르카디아에 알려지는 순간이었다.

그때까지만 해도 블러디 나이트에 대한 평가는 거칠고 무례한 야만인이라는 견해가 절대적이었다. 경기장에 무단 난입하여 거친 어조로 제리코를 도발했기 때문이었다.

그러나 그의 폭풍처럼 몰아치는 창술만큼은 일품이었다. 거의 초인의 반열로 인정받던 제리코를 가볍게 꺾었으니 말이다.

블러디 나이트에 대한 평가가 바뀐 것은 오스티아 왕국의
초인인 월카스트와의 대전 때였다. 당시 오스티아 왕실에서는
수단과 방법을 가리지 않고 두 사람의 대결을 무산시키려 했
다. 그러나 블러디 나이트는 모든 방해를 극복하고 월카스트
공작 앞에 나타났다.

이후 오스티아 왕실에서 꾸민 음모를 알아차린 월카스트 공
작은 체면이 망가지는 것을 불구하고 블러디 나이트에게 사과
를 했다. 놀랍게도 블러디 나이트는 매우 신사적인 태도로 월
카스트 공작의 사과를 받아들였다. 이후 벌어진 대결의 승자
는 블러디 나이트였다.

그는 압도적인 무위를 과시하며 월카스트 공작의 검을 무참
히 꺾어 버렸다. 아르카디아의 공인된 초인들 중 처음으로 월
카스트가 블러디 나이트에게 패배한 것이다.

그러나 이후의 상황은 그리 심각하게 전개되지 않았다. 패
배한 뒤 실의에 젖어 있던 월카스트 공작에게 다가간 블러디
나이트는 정중한 태도로 그를 인정해 주었다.

— 조국의 치부를 스스로 떠안는 대범함! 상대의 실력을 인
정하는 결단력! 비록 실력으로는 패했을 지언정 마음가짐만큼
은 패하지 않았다고 생각하오. 나 블러디 나이트는 당신을 위
대한 무인으로 인정하오.

승부를 떠나 위대한 무인으로 인정한다는 말에 윌카스트 공작은 용기를 되찾았다. 그것으로 블러디 나이트가 그저 거칠기만 한 야만인이 아니라 뜨거운 무혼을 지닌 기사임이 백일하에 증명되었다. 이후 오스티아를 떠나온 블러디 나이트의 행보는 거칠 것이 없었다.

　그 백미는 단연 크로센 제국의 초인 리빙스턴 후작과의 대결이었다. 리빙스턴 후작은 아르카디아의 초인 서열 2위에 올라 있는 강자이다. 그런 그가 교역도시 로르베인으로 휴가를 떠났다가 우연히 블러디 나이트와 맞닥뜨렸다.

　속사정은 알려지지 않았지만 적어도 세상에는 그렇게 알려졌다. 그때까지만 해도 세인들은 리빙스턴 후작의 압도적인 우세를 예상했다.

　크로센 제국 초인들의 실력이 그 정도로 강했기 때문이었다. 그러나 모두의 예상을 뒤엎고 승리한 쪽은 블러디 나이트였다.

　리빙스턴 후작은 더 이상 검을 쥐지 못할 정도의 중상을 입고 패배를 인정했다. 그 사실이 알려지자 아르카디아는 발칵 뒤집혔다.

　서열 2위의 초인 리빙스턴 후작을 패배시켰다면 블러디 나이트의 실력이 초인들 중 최상위급이라는 것 아닌가?

　사실 많은 왕국들이 블러디 나이트에게 눈독을 들인 상태였다. 아르카디아 대륙에서 초인 한 명이 차지하는 입지는 엄청나다. 왕국 하나의 운명을 능히 좌지우지할 수 있기 때문에 각 왕국에서는 잇달아 사신을 파견하여 블러디 나이트를 포섭하려 했다.

그러나 뜻을 이룬 왕국은 전무했다. 님을 봐야 뽕을 딸 수 있는 법. 블러디 나이트는 마치 유령처럼 감쪽같이 각국 정보망을 빠져나갔다. 블러디 나이트와 대면조차 하지 못하는 상황이니 포섭이 가능할 리가 없다.

그런 상황에서 블러디 나이트가 리빙스틴 후작을 꺾자 그의 몸값은 상상도 하지 못할 정도로 치솟았다. 블러디 나이트 하나만 포섭하면 능히 크로센 제국 다음가는 강대국 자리를 예약할 수 있으니 그럴 수밖에 없었다.

블러디 나이트의 포섭에 목을 맨 왕국들은 파견한 사신들의 수를 계속해서 늘려나갔다. 그들은 눈을 시뻘겋게 뜨고 블러디 나이트를 찾아다녔다. 하지만 블러디 나이트는 그 어떤 정보망에도 걸리지 않고 유유히 대륙을 돌아다니며 초인과의 대결을 벌여 나갔다.

그리고 북방의 루첸버그 교국에서 벌어진 승부로 인해 아르카디아는 또다시 떠들썩해졌다. 베르하젤 교단이 자랑하는 성기사 테오도르 공작과의 대결에서 처음으로 무승부가 나온 것이다. 루첸버그 교국 성기사들의 튼튼한 방어는 이미 정평이나 있다.

그러나 세인들의 관심을 끌어 모은 것은 대결의 결과가 아니었다. 놀랍게도 베르하젤 교단에서는 대결이 끝난 뒤 블러디 나이트에게 인의의 기사라는 칭호를 수여했다.

교단에 크나큰 도움을 준 외부 기사에게 부여하는 최고의 칭호. 그렇게 되자 블러디 나이트에 대한 평가는 또다시 수정되었다. 실력에 이어 그에 어울리는 품위까지 겸비한 최고의 기사로 말이다.

이후의 행보 역시 거칠 것이 없었다. 루첸버그 교국에서 테오도르 공작과 무승부를 이룬 블러디 나이트가 찾은 곳은 다름 아닌 렌달 국가연방이었다.

블러디 나이트가 렌달 국가연방의 초인 그랜딜 후작에게 공개적으로 도전한 것이다.

이미 블러디 나이트의 명성은 과거와는 상상도 할 수 없을 정도로 치솟아 있었다. 렌달 국가연방에서는 감히 거부할 엄두를 내지 못하고 도전을 받아들였다. 그리고 그 대결에서 블러디 나이트의 성품이 일부나마 드러났다.

블러디 나이트는 철저히 상대의 대응에 따라 반응한다. 신사적으로 대하면 철저히 신사적으로 받아들이고 예의를 저버리는 행위를 할 경우 지극히 거칠고 무례하게 대응한다.

렌달 국가연방에서는 블러디 나이트를 포섭하기 위해 모략을 꾸몄다. 블러디 나이트를 끌어들인다면 크로센 제국 다음가는 일약 강대국으로 도약할 수 있기 때문이었다.

혹독한 훈련을 받은 미녀 첩보원들을 대거 투입시켰고 만약을 대비해 독과 마약까지 마련해 두었다. 그러나 렌달 국가연방의 계략은 하나도 통하지 않았다. 도리어 블러디 나이트의 반감만 샀을 뿐이었다.

"이런 치졸한 계책으로 나를 잡아두려 했다면 오산이오. 그랜딜 후작과 대결하게 해 주지 않는다면 본인은 미련 없이 렌달 국가연방을 떠날 것이오."

결국 렌달 국가연방은 어쩔 수 없이 블러디 나이트와 그랜딜 후작을 맞붙일 수밖에 없었다.

그랜딜 후작은 자부심이 매우 강한 사람이었다. 유서 깊은 가문에서 태어나 가문의 전폭적인 후원을 밑거름으로 초인이 되었으니 그럴 수밖에 없었다.

처음부터 엘리트 코스를 밟아온 자답게 그는 블러디 나이트를 얕잡아보고 있었다.

'한낱 식민지 출신의 기사가 강하면 얼마나 강할 것인가? 리빙스턴 후작을 이긴 것은 운이 따라주었음이 틀림없다.'

때문에 그는 처음부터 고압적인 자세로 블러디 나이트를 맞이했다. 상대를 무시하는 발언도 서슴지 않았다.

그 대가로 그랜딜 후작에게 돌아온 것은 말로 형용하기 힘든 참담한 패배였다. 블러디 나이트는 자신에게 무례하게 대한 그랜딜 후작을 순순히 용서하지 않았다.

그는 상상도 하기 힘든 무위를 발휘하여 그랜딜 후작을 일방적으로 밀어붙였고 마침내 항복 선언을 받아냈다. 구경하던 관객들에겐 마치 어른과 어린아이의 싸움처럼 느껴졌을 정도였다.

압도적인 무력으로 그랜딜 후작을 무참히 패배시킨 블러디 나이트는 한 마디를 남겼다.

"그대에겐 초인이란 이름이 아깝군."

지극히 모욕적인 말이었지만 그랜딜 후작은 감히 반발할 엄두를 내지 못했다. 무력의 차이가 그 정도로 컸기 때문이었다.

그 말을 남겨두고 블러디 나이트는 몸을 돌렸다. 그러나 렌달 국가연방은 감히 기사들을 동원할 엄두를 내지 못했다.

제리코를 꺾을 당시 다수의 기사들을 동원해서 블러디 나이트를 붙잡으려 했던 것에 비하면 상당히 큰 변화였다. 다시 말해 블러디 나이트의 입지가 그 정도로 높아졌다는 것을 증명한다.

그렇게 렌달 국가연방을 떠난 블러디 나이트는 한 달이 지난 뒤 아리엘 공국에 모습을 드러냈다. 아리엘 공국의 대공 에르네스와 대결을 펼치기 위해서였다.

아르카디아 십대 초인의 명부에 당당히 이름을 올리고 있는 에르네스 대공은 전형적인 무인이었다. 순수한 무위를 바탕으로 대공 자리에 오른 에르네스는 평소에도 이름난 기사들을 초빙하여 교분을 나누는 것을 즐겼다.

연회보다도 좋아하는 것이 강자와의 대련이었고 아름다운 미녀와의 정사보다도 뼈를 깎는 수련을 더욱 좋아하는 인물이었다.

아르카디아에서 초인간의 대결을 벌이는 것은 거의 불가능하다. 그런 상황에서 도전해 온 블러디 나이트는 에르네스 대공에겐 한 마디로 가뭄의 단비나 다름없는 존재였다.

"정말 잘 오셨소. 그대를 환영하는 바요."

에르네스 대공은 그야말로 온 정성을 다해 블러디 나이트를 접대했다. 그리고 모든 신하들이 모인 앞에서 블러디 나이트와 대결을 벌였다.

결과는 블러디 나이트의 승리였다. 철저한 수련으로 단련된 에르네스 대공이라고는 하나 블러디 나이트의 적수는 되지 못했던 것이다. 비록 패했음에도 불구하고 에르네스 대공은 전혀 앙심을 품지 않았다.

"블러디 나이트는 나보다 월등히 강하다. 그가 이룬 무위에 찬사를 보내는 바이다."

에르네스 대공은 대인의 풍모를 보이며 패배를 순순히 시인했다. 그리고 입에 침이 마르도록 블러디 나이트의 실력을 극찬했다. 심지어 그는 체면이 망가지는 것을 감수하며 블러디 나이트에게 가르침을 청했다.

"부디 한 수 가르쳐 주시오."

대결이 끝나면 바람처럼 사라지는 블러디 나이트도 이번에는 다른 모습을 보였다.

무려 일주일 동안 아리엘 공국에 머물며 에르네스 대공과 대련을 해 주었으니 말이다. 에르네스 대공에게 블러디 나이트는 지극히 신사적이고 예의바르게 행동했다. 그랜딜 후작을 대하던 태도와는 하늘과 땅 차이였다. 그로 인해 블러디 나이트의 성품이 확실히 증명되었다.

"블러디 나이트는 철저히 받은 만큼 상대를 대한다. 무례에는 무례로, 호의에는 호의로."

아리엘 공국에서 일주일을 머문 블러디 나이트는 에르네스 대공의 만류를 뿌리치고 길을 떠났다.

여러 왕국에서 파견한 사신들이 그의 뒤를 집요하게 쫓았지만 블러디 나이트는 감쪽같이 추격을 따돌리고 사라졌다. 블러디 나이트가 또다시 어느 왕국에 나타나 누구에게 도전할 것인지는 아무도 알지 못했다.

✤

드넓은 평원이었다. 군데군데 자리 잡은 밭에서는 밀이 익어가고 있었고 멀리 보이는 산자락에서는 목동이 양을 치고 있었다. 튼튼하게 만들어진 관도가 평원을 관통하고 있었다.

끝이 보이지 않게 뻗은 관도는 평원의 중간쯤에서 갈라졌다. 갈림길에 서 있는 이정표가 관도의 끝에 무엇이 있는지 알려주고 있었다.

이정표에는 펜슬럿이라는 왕국명이 표기되어 있었다. 아르카디아 대륙에서 알아주는 강대국 중 하나로써 현재 인접한 마루스 왕국과 백 년이 넘게 전쟁을 치르고 있는 나라.

그 이정표 앞에 두 명의 남녀가 우두커니 서 있었다. 옆에 네 마리의 말이 끄는 마차가 서 있는 것을 보아 그들이 마차를 타고 이곳까지 왔음을 쉽게 알 수 있었다.

용병 차림새를 하고 있는 남자는 언뜻 보기에도 엄청난 체구를 가지고 있었다. 거인이라 불려도 될 정도의 덩치에 걸맞게 큼지막한 배낭을 등에 짊어진 남자는 서글픈 표정으로 이정표를 쳐다보고 있었다.

남자와는 달리 여인는 매우 호리호리한 체형이었다. 별처럼 초롱초롱 빛나는 눈망울이 인상적인 미녀였다. 그녀 역시 마음이 편치 않은 듯 입술을 잘근잘근 깨물고 있었다. 아무 말 없이 이정표를 쳐다보던 두 사람 중 적막을 깬 것은 여인이었다.

"바야흐로 블러디 나이트가 아르카디아에서 사라지려는 순간이군요."

남자는 아무 말도 하지 않았다. 뭔가 미련이 남은 듯한 눈빛으로 여인을 쳐다보던 남자가 조용히 고개를 끄덕였다.

"아마도 그렇게 되겠지요?"

남녀의 정체는 다름 아닌 레온과 알리시아였다. 타인의 이목을 피해 숨어 다니며 아르카디아의 초인들과 대결을 펼치던 그들이 이곳에 서 있는 것이다. 갈림길을 번갈아 쳐다보던 알리시아가 입을 열었다.

"이제 제 역할은 모두 끝났어요. 더 이상 제가 할 일은 없어요."

"……."

"계약이 완료되었으니 더 이상 함께 다닐 이유가 없군요."

침묵을 지키던 레온이 한참 만에 입을 열었다.

"그렇기는 하지요."

그들의 눈앞에 펼쳐진 갈림길은 서로의 목적지로 향하는 길이었다. 다시 말해 둘은 이곳에서 헤어져야 한다는 뜻이다. 그러나 둘은 쉽사리 발걸음을 떼지 못했다.

서로 한 팀이 되어 아르카디아를 위진시키던 일이 쉽사리 머리에서 떠나지 않는 것이다.

레온이 대활약을 할 수 있었던 배경에는 알리시아의 헌신적인 뒷받침이 큰 역할을 했다. 만약 그녀가 없었다면 레온은 그토록 수월하게 초인들과의 대결을 펼칠 수 없었을 것이다.

알리시아는 명석한 두뇌를 십분 활용하여 레온과 아르카디아 초인들과의 대결을 주선했고 훌륭한 결과를 도출해냈다. 대결이 가능한 모든 초인과 맞붙어 레온이 승리를 거머쥘 수 있었으니 말이다.

아리엘 공국의 에르네스 대공과의 대결에서 승리한 뒤 그들이 향한 곳은 마루스 왕국이었다.

마루스 왕국의 초인 플루토 공작과 대결하기 위해서였다.

그러나 예상을 뒤엎고 마루스 왕국에서는 블러디 나이트의 도전을 받아들이지 않았다.

"우리는 지금 펜슬럿 왕국과 전쟁을 치르고 있소. 그런 상황에서 블러디 나이트 당신의 도전을 받아들일 여유가 없소. 만약 플루토 공작전하와 대결을 하고 싶다면 먼저 펜슬럿의 발렌시아드 공작을 꺾고 오시오. 그 전에는 도전을 받아들이지 않겠소."

마루스 왕국의 거부 의사는 완강했다. 결국 레온은 목적을 이루지 못한 채 마루스 왕국을 떠날 수밖에 없었다. 물론 마루스 왕국의 제안은 레온으로서는 받아들일 수 없는 종류의 것이었다.

펜슬럿에 정착해야 할 그가 어찌 발렌시아드 공작과 싸울 수 있다는 말인가. 결국 레온의 행보는 거기에서 종지부를 찍어야 했다.

"더 이상 레온 님의 도전을 받아들일 초인은 아르카디아에 없어요."

물론 남은 초인이 없지는 않았다. 레온은 현재 다섯 명의 초인을 꺾은 상태였다.

윌카스트 공작을 필두로 그랜딜, 리빙스턴, 에르네스 등 네 명의 초인이 그의 창 앞에 패배를 인정했다. 루첸버그 교국의 테오도르 공작과는 무승부를 기록했다. 이제 남은 것은 다섯 명의 초인. 하지만 그들과의 대결은 애초부터 불가능했다.

먼저 크로센 제국의 초인 두 명에게는 일찌감치 도전의사를 접어야 했다.

지금까지 크로센 제국이 보여준 행태를 감안하면 제국의 영토로 들어가는 것은 너무나도 위험했다.

"애석하지만 크로센 제국의 초인들은 포기해야 할 것 같아요. 그들이 어떻게 나올지 모르기 때문이죠."

알리시아의 의견에 레온도 동의했다. 무심코 크로센으로 들어갔다가는 대륙 최고 수준을 자랑하는 제국의 군대 전체를 상대해야 할 우려도 있었다.

펜슬럿 왕국이 보유한 초인 발렌시아드 공작 역시 대결할 수 없는 상대이긴 마찬가지였다. 펜슬럿 왕가의 일원이며 그곳에 정착해야 하니 만큼 도전을 포기하는 것이 현명한 판단이었다.

그 때문에 마루스 왕국의 초인 플루토 역시 블러디 나이트가 싸울 수 없는 상대가 되고 말았다.

이제 남은 것은 단 한 명의 초인. 용병왕 카심뿐이었다. 그런데 카심의 행보는 철저히 비밀에 붙여져 있었다. 그가 어디에 머무는지 아는 사람은 아무도 없었다. 거의 블러디 나이트와 버금갈 정도로 베일에 싸여 있는 초인이 용병왕 카심이었다.

"카심과의 대결도 불가능해요. 그가 어디에 있는지는 크로센 제국의 정보부에서도 파악하지 못하고 있다고 해요."

그렇게 해서 레온의 행보는 거기에서 끝났다. 도전이 가능한 모든 초인과 대결을 치른 만큼 더 이상 블러디 나이트로 활약할 이유가 없다. 알리시아와의 계약은 그렇게 해서 끝이 나버렸다.

지금 그들이 서 있는 곳은 서로의 목적지가 달라지는 갈림길이다. 좌측 길로 가면 크로센 제국이 나온다. 그리고 오른쪽은 펜슬럿으로 가는 길이다. 이정표를 한동안 쳐다보던 레온이 조용히 입을 열었다.

"그런데 알리시아 님은 아직까지 저에게 부탁을 하지 않으셨습니다."

그 말을 들은 알리시아가 방긋 미소를 지었다.

"지금은 레온 님께 부탁을 드릴만한 상황이 아니에요. 별달리 드릴 부탁도 없고요."

"……."

"나중에 기회가 되면, 인연이 닿으면 그때 부탁드릴게요."

"하, 하지만……."

알리시아가 빙긋이 웃으며 머리를 흔들었다. 사실 마음 같아서는 함께 트루베니아로 돌아가자고, 아르니아를 재건하는 데 힘이 되어달라고 부탁하고 싶었다.

그러나 그것은 말이 되지 않는 부탁이다. 그 사실을 알리시아는 누구보다도 잘 알고 있었다. 당장 트루베니아로 돌아가는 것 자체가 불가능한 일 아니던가?

레온은 아르카디아에 남을 사람이다. 모친이 펜슬럿의 왕녀
이니 만큼 여생을 떵떵거리며 살 수 있을 터였다.

그런 그가 자신을 따라 트루베니아로 돌아가야 할 이유는
어디에도 없었다. 모든 것을 떠올려 본 알리시아가 처연히 눈
을 내리깔았다.

'트루베니아에 두고 온 아버님이 너무나도 보고 싶군. 그
래! 레온 님도 나만큼, 아니 그보다 더 어머니가 보고 싶을 테
지?'

그것이 바로 알리시아가 레온에게 부탁을 하지 않은 이유였
다. 서글픈 느낌을 떨쳐 버리려는 듯 알리시아가 머리를 살짝
흔들었다.

"이미 레온 님께서는 저에게 많은 돈을 주셨어요. 거기에
감사드려요."

"아, 아닙니다. 어차피 펜슬럿으로 가게 되면 돈 쓸 일도 없
을 텐데요."

레온은 그간 모아두었던 돈을 모조리 알리시아에게 준 상태
였다. 무투장에서 번 돈을 비롯해서 해적들에게 빼앗은 돈이
상당히 많았다.

그런데 레온은 펜슬럿으로 갈 여비만 빼고 남은 돈을 모조
리 알리시아에게 건네주었다. 홀로 크로센 제국으로 가야 할
알리시아를 위한 배려였다. 레온을 올려다보며 알리시아가 생
긋 미소를 지었다.

"마차까지 주셔서 편하게 크로센 제국으로 갈 수 있겠군요."

"……."

"어머니가 무척 보고 싶으시겠어요."

레온이 묵묵히 머리를 끄덕였다.

"그렇습니다. 그토록 오랜 시간이 지났지만 어머니의 얼굴이 머릿속에 똑똑히 떠오르는군요."

"부디 어머니와 함께 행복하시길 바라겠어요."

"고맙습니다."

더 이상 할 말이 없다는 것을 느낀 알리시아가 몸을 일으켰다.

"그럼 전 이만 가보겠어요."

레온이 아쉬움 가득한 얼굴로 고개를 끄덕였다. 이대로 알리시아를 보내기가 너무나도 안타까웠다.

"저…… 알리시아 님."

"네?"

알리시아가 기대 가득한 얼굴을 돌렸다. 한동안 머뭇거리던 레온이 입을 열었다.

"혹시 저와 같이 펜슬럿으로 가실 의향은 없으신지……."

이미 레온은 알리시아에게 일말의 연정을 품고 있었다. 미모도 미모였지만 차분하게 위기에 대처해 나가는 알리시아의 매력이 이미 레온의 마음 한구석을 차지했던 것이다.

기대감에 부풀었던 알리시아가 살짝 입술을 깨물었다. 혹시라도 레온이 도와주지 않을까 하는 생각을 품었던 그녀였다.

"그럴 순 없어요. 레온 님은 제가 처한 입장을 잘 아시잖아요."

"그렇긴 하지만."

"저는 트루베니아로 돌아가야만 해요. 레온 님께서 어머니를 그리워하는 것만큼 저 역시 가족들이 그립답니다."

레온은 조용히 침묵을 지켰다. 더 이상 그녀를 잡을 명분이 없었다. 사실 알리시아가 추진하는 것은 가능성이 희박한 일이었다.

크로센 제국에서 대관절 무슨 이익이 있다고 이미 멸망한 아르니아를 재건해 주겠는가? 당장 트루베니아로 돌아가는 것조차 여의치 않은 일이다. 미련을 떨쳐버리려는 듯 알리시아가 머리를 흔들었다.

"이만 가보도록 할게요. 레온 님."

레온이 어두운 표정으로 배낭을 고쳐 맸다. 이제는 작별을 해야 할 순간이었다.

"그럼 살펴 가십시오. 그리고⋯⋯."

레온이 자신을 빤히 쳐다보는 알리시아를 보며 조심스레 입을 열었다.

"부디 추진하시는 일이 순탄히 이루어지길 바랍니다. 그리고 도움이 필요하거든 언제든지 펜슬럿을 찾아주십시오."

"알겠어요. 레온 님. 그 마음 영원히 잊지 않을게요."

생긋 미소를 짓고는 알리시아가 마차에 올라탔다.

"이랴."

청아한 음성과 함께 마차가 움직이기 시작했다. 레온은 마치 석상처럼 우두커니 서서 움직이는 마차를 지켜보았다. 마치 돌이 된 것처럼 말이다. 그러나 레온의 사랑은 일방통행이 아니었다.

마차를 모는 알리시아의 얼굴은 벌겋게 달아올라 있었다. 이윽고 호수 같은 두 눈에서 눈물이 주르르 흐르기 시작했다.

"부디 행복하세요. 레온 님."

연정을 품은 것은 단지 레온만이 아니었던 것이다. 알리시아 역시 레온을 마음 깊이 사모하고 있었다. 마음 같아서는 마차를 멈추고 달려가 레온의 품속으로 뛰어들고 싶었다.

하지만 그럴 수는 없었다. 그녀의 어깨에는 아르니아의 재건이라는 무거운 짐이 얹혀 있지 않던가?

알리시아의 울먹이는 음성이 입술을 비집고 흘러나왔다.

"과, 과연 다시 볼 수 있을까요? 레온 님."

어느덧 레온의 모습은 점점 조그마한 점이 되어 작아지더니 사라지고 있었다. 그녀의 얼굴에 체념의 빛이 떠올랐다.

"부, 부디 행복하세요. 레온 님. 언제까지나."

불어오는 바람이 알리시아의 눈물을 마차 뒤로 사정없이 흩뿌렸다.

레온은 하염없이 서서 마차가 멀어지는 모습을 지켜보았다. 마차가 조금씩 멀어질수록 마음 한구석이 허전해졌다. 이별이라는 것이 이토록 힘든 것인가?

레온의 인생에서 가장 슬펐을 때는 누가 뭐라 해도 어머니와의 이별이었다. 하지만 알리시아와의 작별도 그때 못지않게 슬펐다. 이미 그녀가 탄 마차는 레온의 시야에서 사라진 상태. 하지만 레온의 눈가에는 알리시아의 단아한 모습이 계속 어른거렸다.

"과연 그녀를 다시 볼 수 있을까?"

무심코 되뇌어보던 레온이 고개를 흔들었다. 그녀와 자신이 걸어가야 할 길은 판이하게 다르다. 모르긴 몰라도 다시 보게 될 가능성은 그야말로 제로에 가까울 터였다. 머리를 흔들어 아쉬움을 날려 버린 레온이 묵묵히 걸음을 옮겼다.

저벅저벅.

레온이 걸어가는 길에는 펜슬렛 왕국이 자리 잡고 있다. 그곳에는 오매불망 그리워해 온 어머니가 살고 있다. 레온의 가슴은 어느덧 어머니를 보게 된다는 기대감으로 벅차오르기 시작했다.

"기다리세요. 레온이 갑니다. 어머니를 보러……."

자신도 모르게 레온의 걸음걸이에 힘이 들어가기 시작했다.

# II

## 펜슬럿 왕국으로

펜슬럿 왕국은 아르카디아 대륙 북서부에 위치한 부국이다. 국토의 대부분이 기름진 평원으로 이루어져서 농업이 비약적으로 발달해 있다.

생산되는 밀이 전 국민을 먹여 살리고도 남아 외국에 수출까지 할 정도였다. 펜슬럿은 방대한 밀 생산량을 바탕으로 오랫동안 크로센 제국 다음 가는 강대국으로 군림해왔다. 마루스 왕국이 생기기 전까지……

펜슬럿 왕국과 인접해 있는 마루스는 신생 왕국이다. 테르비아와 테제로스 왕국이 합병해서 만들어진 마루스는 이웃나라 비옥한 펜슬럿과는 달리 국토가 지극히 척박하다. 국토의

반이 산악지역이었고 남은 대지도 수원지가 적어 농사가 잘
되지 않았다. 그런 까닭에 마루스는 식량의 절대량을 외국에
서 수입해 와야 했다.

그러나 신의 저울은 지극히 공평한 법. 국토가 척박한 대신
신은 마루스 왕국을 교통의 요충지에 자리 잡게 했고, 다수의
상단들이 마루스의 영토를 가로질러갔다. 그렇게 할 경우 물
류비를 대폭 절감할 수 있기 때문이다.

그 과정에서 얻어지는 교역수입은 정말 막대했다. 그것만으
로 마루스를 일약 강대국의 반열에 올려놓을 정도였다. 그러
나 마루스의 고질적인 문제점은 역시 식량 부족이었다. 인접
한 펜슬럿의 농사가 평작만 된다면 식량을 수급하는 것은 문
제가 되지 않는다.

그러나 문제는 역시 흉년이 들 때였다. 흉년이 들 경우 펜슬
럿은 자국 국민을 먹이기 위해 식량 수출을 일절 하지 않았다.
제아무리 많은 돈을 줘도 요지부동이었다. 그래서 흉년이 들
때마다 수많은 마루스의 국민들이 굶주림에 시달려야 했다.

마루스는 식량문제를 타개하기 위해 극단적인 방법을 썼다.
군대를 동원해 펜슬럿의 주요 곡창지대 중 하나를 무력으로
점령해 버린 것이다.

그로 인해 펜슬럿과 마루스는 서로 양립할 수 없는 원수가
되어 버렸다. 무려 백 년 동안 산발적인 국지전을 벌이며 전쟁
을 이어나가고 있으니 말이다.

부강한 강대국답게 펜슬럿의 수도 코르도는 엄청나게 화려한 도시였다. 왕궁 역시 지극히 웅장하게 지어졌기에 타국에서 온 관광객들의 넋을 빼놓기에는 부족함이 없었다.

왕궁 내부 어디를 둘러보아도 화려하게 치장되지 않은 건물은 없다. 단 하나, 북쪽 외진 곳에 지어진 건물을 제외하면. 그곳은 상당히 규모가 컸지만 건물의 외형은 매우 수수했다. 그도 그럴 것이 건물의 용도가 신을 모시는 수도원이었기 때문이다.

검은 옷을 걸친 수녀들이 밭을 매는 모습이 보였다. 건물 안에는 수도사들이 경건한 태도로 기도를 올리고 있었다.

수도원의 가장 위층에는 방이 하나 있었다. 수도원에 어울리지 않게 화려하게 치장된 방이었다. 그런데 방의 구조가 매우 이상했다. 창문에는 예외 없이 철창이 쳐져 있었고 드나드는 문은 자물쇠로 굳건히 잠겨 있었다.

마치 감옥이나 다름없는 형태의 방이었다. 호사스럽게 꾸며져 있는 것을 보면 상식적으로 이해가 되지 않았지만, 그럴만한 이유가 있었다.

왜냐하면 이 방은 죄를 지은 왕족을 연금하기 위해 수도원 내부에 만들어진 곳이었기 때문이다. 지고한 신분의 왕족을 감옥에다 가둘 수는 없는 노릇이기에 편법을 쓴 것이다.

방 안에는 한 사람이 앉아 두 손을 맞잡고 기도를 하고 있었다. 가녀린 체구를 보니 여인임이 틀림없었다. 한참 동안 기도를 올린 여인이 몸을 일으켰다. 그녀의 입술을 비집고 낮은 탄식이 흘러나왔다.

"하아. 오늘따라 유난히 마음을 다잡을 수가 없구나."

한탄하는 여인의 외모는 매우 수려했다. 중년을 넘어선 나이 탓에 눈가에 주름살이 생겨났지만 젊었을 때 상당한 미모였음을 짐작할 수 있었다.

기도를 마치고 몸을 일으키는 여인이 걸음을 옮겼다. 그런데 걷는 모습이 매우 어색했다. 그녀는 한쪽 다리를 유난히 심하게 절고 있었다. 방구석으로 걸어간 여인이 의자에 몸을 파묻었다.

한동안 아련한 눈으로 천장을 올려다보던 그녀의 눈에서 돌연 눈물이 주르르 흘러내렸다.

"레온. 내 새끼."

감정이 북받쳐 올랐는지 여인이 서럽게 흐느끼기 시작했다.

"네가 너무너무 보고 싶구나. 내 아들아. 네가 어떻게 지내는지 소식을 알 수만 있다면 이 어미는 아마 악마에게 혼이라도 팔았을 것이다."

수도원에서 감히 입에 담을 수 없는 언행이다. 그러나 여인은 아무것도 상관하지 않는 듯했다.

"네가 날 얼마나 원망했을지 안 보아도 눈에 선하구나. 미안하다. 레온. 일이 이렇게 될 줄 이 어미는 전혀 몰랐단다."

눈물을 펑펑 쏟으며 오열하는 여인의 정체는 다름 아닌 레오니아였다. 마루스 왕국의 음모로 인해 천상에서 나락으로 떨어진 펜슬럿의 왕녀. 호위기사 쿠슬란의 도움을 받아 아르카디아로 돌아왔던 레오니아가 이곳에 연금되어 있는 것이다.

레오니아의 오열은 도무지 그칠 줄을 몰랐다.

"널 버린 죗값을 이렇게 치르는구나. 지난 십여 년 동안 한순간도 널 그리워하지 않은 적이 없었단다. 레온. 너무도, 너무도 보고 싶구나."

흐느끼던 레오니아가 조용히 지난 일을 회상하기 시작했다.


레온이 곡마단에 들어간 뒤 하루하루 무료한 나날을 보내던 레오니아. 그녀의 앞에 나타난 사람은 충직한 호위기사 쿠슬란이었다.

모든 추적대가 구출을 포기하고 귀환했을 때 쿠슬란 혼자만이 트루베니아에 남아 십 년이 넘게 레오니아의 종적을 추적해왔다. 그 노고가 헛되지 않아 그는 마침내 레오니아 앞에 모습을 드러냈다.

쿠슬란이 무슨 이유로 자신의 인생을 포기하다시피 하며 레오니아를 찾아다녔는지는 아무도 모른다. 어쨌거나 쿠슬란으로 인해 레오니아는 오랫동안 잊고 지냈던 가족들에 대한 그리움을 떠올릴 수 있게 되었다.

오랜 고민 끝에 레오니아는 펜슬럿으로 돌아가기로 마음먹었다. 그것은 레온이 곡마단에서 잘 생활하고 있다고 생각했기에 내릴 수 있는 결정이었다.

고국으로 돌아가는 과정은 매우 간단했다. 쿠슬란이 지니고 있던 통신 스크롤을 찢자 그 즉시 펜슬럿으로 레오니아의 생존 사실이 전송되었다.

그러자 펜슬럿에서는 즉각 구조대가 파견되었다. 레오니아는 그들의 호위를 받으며 꿈에도 그리던 가족의 품으로 돌아갈 수 있었다.

그러나 상황이 그녀의 바람대로 풀린 것은 아니었다. 이미 레오니아라는 이름은 펜슬럿 왕가의 계보에서 삭제된 상태였다. 그녀가 생환했어도 지위는 복권되지 않았다.

펜슬럿 왕국으로서는 크로센 제국의 눈치를 봐야 했던 것이다. 과거 레오니아를 사랑했던 크로센 제국의 황태자는 그때 제국의 황제가 되어 있었다.

다시 고국으로 돌아간 그녀를 늙을 대로 늙은 펜슬럿 국왕이 눈물을 글썽거리며 맞이했다.

"레오니아. 네가 살아 돌아오다니 꿈만 같구나."

"보, 보고 싶었어요. 아버님. 흐흐흑."

무려 십수 년 만에 조우한 부녀는 서로 부둥켜안고 펑펑 울었다. 그러나 레오니아를 반긴 사람은 오직 아버지뿐이었다. 그토록 그리워하던 어머니는 이미 이 세상 사람이 아니었다.

갖은 고생 끝에 생환했지만 아버지를 제외한 가족들은 그녀를 일절 반기지 않았다.

왕세자이자 그녀의 오빠인 에르난데스를 비롯해 둘째, 셋째 오빠는 레오니아에게 왜 돌아왔냐는 싸늘한 시선을 보냈다.

그들로서는 크로센 제국과의 관계를 망쳐 버린 레오니아에게 반감을 가질 수밖에 없었다. 어릴 때 절친하게 지냈던 언니와 여동생들은 이미 타국에 시집간 상태였서 레오니아는 다시 외톨이가 되어 버렸다.

비록 트루베니아 시절보다 생활은 풍족해졌지만 그녀는 펜슬럿에서의 나날이 너무도 힘들었다. 무엇보다도 아들인 레온을 볼 수 없다는 것이 그녀의 가장 큰 괴로움이었다.

'안 되겠어. 다시 트루베니아로 돌아가야겠어.'

매일매일 아들을 그리던 그녀는 힘든 결단을 내린다. 레온을 찾아 다시 트루베니아로 가기로 결심을 한 것이다. 마음을 정한 레오니아는 호위기사 쿠슬란을 은밀히 불렀다. 그는 레오니아를 구출해 온 공을 인정받아 기사단 분대장이 되어 있었다.

쿠슬란을 대면한 자리에서 레오니아는 간곡한 어조로 협조를 요청했다.

"일전에 내가 한 부탁 기억나나요?"

"네. 기억하고 있습니다. 왕녀님께서 요청하실 경우 언제든지 왕녀님을 트루베니아로 모시고 가겠다는 부탁이었습니다."

"그 부탁을 지금 하겠어요. 저를 트루베니아로 데리고 가 주세요."

부탁을 받은 쿠슬란은 매우 놀랐다.

"지, 진정이십니까?"

그 모습을 레오니아는 조마조마한 표정으로 쳐다보았다. 그 부탁을 들어 주려면 쿠슬란은 자신이 누리고 있는 온갖 부와 명예를 포기해야 한다.

쉽게 내리기 힘든 결정이었을 텐데도 쿠슬란은 레오니아의 부탁을 흔쾌히 승낙했다.

"알겠습니다. 명령대로 봉행하겠습니다."

이후 쿠슬란은 은밀히 계획을 세웠다. 레오니아를 데리고 트루베니아로 건너가기 위해서는 방대한 자금과 오랜 준비기간이 필요하다.

사실 그들이 트루베니아로 건너갈 수 있는 방법은 요원했다. 사적인 일로 트루베니아로 가는 것은 거의 불가능하다고 봐야 한다. 각 왕국에서 대륙 간의 왕래를 엄격히 통제했기 때문이었다.

가능한 방법은 오직 하나, 밀항뿐이다. 그 때문에 쿠슬란은 전 재산을 털어 배 한 척을 세냈다. 작은 배로는 갈 수 없었기 때문에 많은 돈을 들여 큼지막한 배를 빌린 것이다. 선원들의 입까지 막아야 하기 때문에 그야말로 천문학적인 돈이 뿌려졌다. 그렇게 해서 계획은 차곡차곡 진행되어갔다.

그러나 결정적인 순간 그들의 계획은 실패로 돌아갔다. 왕세자인 에르난데스가 평소와 다른 레오니아의 행동에 의심을 품고 감시를 붙여놓았던 것이다.

결국 둘은 밀항선에 오르기 직전 왕실 근위병들에게 포위당했다. 쿠슬란은 즉각 체포되어 투옥되었고 레오니아는 왕궁으로 압송되었다. 근위병에게 끌려온 레오니아에게 쏟아진 것은 에르난데스 왕세자의 차가운 눈빛이었다.

"도대체 무슨 이유로 트루베니아로 돌아가려는 것이냐? 이유를 말해보거라."

그러나 레오니아는 그 질문에 대답할 수 없었다. 그녀가 트루베니아에서 오우거에게 겁탈당해 하프 오우거를 낳았으며, 그 아들이 보고 싶어 간다는 말은 목에 칼이 들어와도 할 수 없는 종류의 것이다. 그녀가 할 수 있는 말은 오직 하나뿐이었다.

"쿠슬란 분대장에겐 죄가 없어요. 모든 것은 제가 시킨 일이에요."

결국 둘의 탈출은 그렇게 해서 봉쇄되었다. 쿠슬란은 전에 세운 공을 인정받아 죄를 면책 받았다. 물론 왕족인 레오니아에게 죄를 묻는 이는 없었다.

하지만 그 후에도 둘의 탈출시도는 끊이지 않았다. 쿠슬란이 레오니아의 명을 이행하기 위해 끊임없이 탈출계획을 세웠던 것이다. 그러나 그의 시도는 번번이 실패로 돌아갔다.

에르난데스 왕세자가 이미 레오니아에게 수많은 감시를 붙여놓았기 때문이었다. 결국 그 사실은 늙은 국왕의 귀에까지 들어갔다.

"도대체 왜 트루베니아로 가려는 것이냐? 이유를 말해보거라."

그러나 레오니아는 아버지에게도 사실을 밝힐 수 없었다. 사실이 밝혀지면 펜슬렛 왕가의 위신이 실추될 것은 불 보듯 뻔한 일. 한없이 흐느낄 뿐 입을 열지 않는 레오니아를 보며 늙은 국왕이 혀를 찼다.

"레오니아를 수도원에 감금하라. 탈출하지 않겠다고 맹세할 때까지 풀어 줘서는 안 된다."

결국 레오니아는 수도원에 갇히는 신세가 되었다. 그리고 쿠슬란 역시 왕실 감옥에 갇혔다. 사실 그것은 그들이 자청한 형벌이나 다름없었다.

두 번 다시 탈출시도를 하지 않겠다고 맹세하면 언제든지 풀려날 수 있지만 둘이 결코 맹세를 하지 않았기 때문이었다.

"그때의 시도가 실패하지 않았다면 지금쯤 레온과 함께 오순도순 살고 있었을 텐데."

과거를 떠올려 본 레오니아가 길게 한숨을 내쉬었다. 생각하면 생각할수록 아들이 그리웠다.

비록 오우거의 피가 섞여 이질적인 외모였지만 그녀에게는 세상 누구와도 바꿀 수 없을 정도로 사랑스러운 아들이었다. 돌연 그녀의 마음속에 또 다른 누군가의 얼굴이 떠올랐다. 자신 때문에 인생 전부를 허비한 호위기사 쿠슬란이었다.

"쿠슬란 분대장은 잘 지내고 있을까? 왕실 감옥에 갇혔다는 말을 얼핏 듣긴 했지만."

쿠슬란을 떠올리자 미안하다는 감정이 솟구쳤다. 어찌 보면 그의 인생은 자신으로 인해 망친 것이나 다름없었다.

촉망받던 왕실기사 자리를 미련 없이 사직하고 십 년이 넘게 트루베니아를 떠돌며 자신을 찾아다닌 것은 분명 범인의 상식으론 이해하기 힘든 일이다.

물론 그에 대한 보상은 어느 정도 받았다고 볼 수 있다. 자신을 구해낸 공으로 기사단 분대장 자리를 비롯해 거대한 저택과 막대한 보상금을 받았으니 말이다.

그러나 쿠슬란은 자신의 부탁을 들어주기 위해 그것마저도 모두 포기했다. 그는 가진 재산을 모두 처분하여 탈출 계획을 세웠다. 그럼에도 불구하고 그 시도는 무위로 돌아갔고 쿠슬란은 왕실 감옥에 갇히는 신세가 되고 말았다.

만약 그가 자신을 탈출시키지 않겠다고 맹세한다면 그 즉시 풀려날 것이다. 어차피 그에겐 왕녀의 명령을 충실히 수행한 죄밖에 없다. 그럼에도 쿠슬란은 맹세를 하지 않았다.

그 때문에 기약 없이 감옥에 갇혀 있어야 하는 것이다. 영리한 레오니아는 그 이유를 어느 정도 짐작하고 있었다. 그녀의 얼굴에 안타까운 표정이 떠올랐다.

"멍청한 사람. 사랑 하나에 모든 것을 바치다니……."

쿠슬란이 그토록 자신에게 헌신적으로 대하는 것은 아마도 사랑 때문일 것이다. 그가 자신을 연모한다는 사실은 눈빛만 봐도 알 수 있었다.

그러나 그것은 결코 이루어지지 못할 사랑이었다. 펜슬럿은 아르카디아 왕국 중에서도 혈통을 중시하기로 소문난 나라이다. 그런 펜슬럿에서 왕녀와 호위기사 간의 사랑이 이루어진다는 것은 상상도 하기 힘들다. 생각을 거듭하던 레오니아의 얼굴이 살짝 붉어졌다.

"만약 탈출이 성공했다면, 그랬다면 쿠슬란은 어쩌면 자신의 염원을 이룰 수도 있었을 텐데……."

만약 트루베니아로 탈출하는 것이 성공했다면 레오니아는 쿠슬란의 사랑을 받아줄 생각이었다. 트루베니아로 건너간다면 자신은 더 이상 왕녀가 아니고 쿠슬란 역시 호위기사의 신분에서 벗어난다.

상처를 지닌 여자와 그녀를 평생 사랑했던 남자가 부부의 연을 맺어 남은 생을 해로하지 못할 이유란 없다. 그러나 탈출은 실패로 돌아갔고 둘은 서로 떨어진 채 갇히는 신세가 되고 말았다.

"쿠슬란 분대장에게 너무나도 미안하군. 나 같은 여자로 인해 인생을 송두리째 허비하다니……."

처연한 표정을 지은 레오니아가 눈을 꼭 감았다. 눈을 뜨고 있으니 아들인 레온의 얼굴이 자꾸만 아른거렸기 때문이었다.

'레온. 잘 지내고 있는 거지? 너무나도 그립구나. 부디 이 어미를 용서해 주기 바란다.'

꼭 감은 눈에서 눈물이 그칠 줄 모르고 흘러내리고 있었다.

⚜

그 시각 레오니아가 오매불망 그리던 레온은 펜슬럿의 수도 코르도에 들어선 상태였다. 강대국의 수도답게 코르도는 매우 화려한 도시였다. 오가는 사람들의 옷차림에서는 풍족함이 묻어나고 있었다.

그러나 레온에겐 한가롭게 도시 감상이나 하고 있을 여유가 없었다. 서둘러 어머니를 보고 싶은 마음에 그는 곧바로 왕궁으로 향했다. 물론 계획 따윈 없었다. 무작정 부딪혀 보려는 것이 레온의 생각이었다.

"알리시아 님의 빈자리가 유독 아쉽군. 그녀라면 분명히 좋은 계획을 세워주었을 텐데 말이야."

그러나 알리시아는 더 이상 레온의 옆에 있지 않았다. 헤어질 때의 충고대로 레온은 블러디 나이트로 활약하던 시절의 신분을 모두 버렸다.

상당한 기간 동안 그와 동고동락했던 메이스와 그레이트 엑스를 대장간에 팔아 버렸고 용병 길드에서 발급 받은 패를 미련 없이 파기했다.

러프넥이라는 신분패 역시 불태워 버렸다. 일급 용병 러프넥에서 다시 원래의 신분으로 돌아온 것이다.

레온의 품속에 있는 것은 트루베니아에서 건너올 당시 발급 받은 임시 신분패였다. 거기에는 자신이 트루베니아 출신이란 사실이 명기되어 있었다.

주머니에 손을 집어넣어 신분패를 움켜쥐어 본 레온이 묵묵히 걸음을 옮겼다. 그가 걸어가는 방향에는 왕궁 근위병이 석상처럼 서 있었다.


왕궁 경비대 소속 27경비조 조장인 하우저는 열심히 업무일지를 쓰고 있었다. 27경비조가 맡은 근무 기간은 오늘 자정으로 끝난다.

후임 경비조장에게 인계해야 하기 때문에 하우저는 세심하게 신경 써서 업무일지를 작성해 나갔다.

'그래도 27경비조가 맡은 기간 동안 말썽이 안 생겨서 다행이야.'

하나의 경비조는 20명의 인원으로 구성되어 있다. 그 인원이 사흘 동안 하루 24시간 정문의 경비를 서야 하는 것이다. 물론 주력 경비 임무는 근위기사단에서 담당한다.

그들이 하는 일이라곤 화려한 갑주를 걸치고 부동자세로 서 있는 것뿐이었다. 그러나 그것은 결코 쉽지 않은 일이다.

다리가 저리다고 꼼지락거리다가 순찰사령의 눈에 띈다면 혹독한 처벌을 각오해야 한다. 근무 기간이 거의 끝났기에 하우저의 입가에는 만족스런 미소가 맺혔다.

"하루 동안 푹 쉴 수 있겠군. 오랜만에 술독에나 빠져볼까?"

그러나 그의 행복한 상상은 그리 오래가지 못했다. 급히 달려 들어온 경비조원이 버럭 고함을 질렀다.

"크, 큰일났습니다."

하우저가 짜증스런 표정으로 몸을 일으켰다.

"무슨 일인데 그리 호들갑을 떠는 건가? 평소에 품위를 지키라고 내가 누누이……."

그러나 이어지는 경비조원의 말에 하우저의 눈이 툭 불거져 나왔다.

"지금 정문에 자신이 왕족의 숨겨진 아들이라고 주장하는 자가 등장했습니다."

그 말을 들은 하우저는 두말 하지 않고 몸을 일으켰다. 그게 사실이라면 이만저만 큰일이 아니었다.

✤

대기실로 달려가는 하우저의 머릿속은 무척이나 복잡했다.

"젠장 재수도 없군. 하필이면 내가 근무하는 시기에……."

그는 정문에 나타난 자를 왕족의 사생아로 간주했다. 사실 왕족이 은밀히 외도를 하는 일은 심심찮게 일어나는 일이다. 귀족 여인들은 왕족이라면 사족을 못 쓰기 때문이다.

하지만 지금 벌어진 경우처럼 왕족의 사생아가 왕궁을 방문하는 일은 거의 없다. 왕족들은 왕실의 명예를 지키기 위해서 어떠한 일이 있어도 말썽이 될 일을 하지 않는다.

귀족사회의 음모와 모략은 생각 외로 집요하고 끈끈하다. 미모의 여인을 이용해 왕족을 유혹한 뒤 왕실을 협박해 이익을 취하려는 귀족 가문들도 셀 수 없이 많다.

아이를 가진 것은 가장 좋은 핑곗거리였다. 그 때문에 왕족들은 외도를 할 때도 각별히 조심한다. 후환이 있을 것 같으면 일절 건드리지 않으니 사생아가 태어나는 것은 상상도 하지 못할 일이다.

그런데 지금 왕족의 사생아가 왕궁을 찾는 일이 발생한 것이다. 그것도 자신의 경비조가 근무를 하고 있을 때.

"왕족 사칭죄는 평생 감옥에 갇혀야 할 정도의 중죄이다. 믿는 구석이 없고서야 그리 주장할 리가 없을 테니……."

하우저의 뇌리에는 평소 바깥출입을 자주 하는 왕족들의 얼굴이 하나씩 떠올랐다.

"도대체 누가 그런 어처구니없는 실수를 했단 말인가?"

머리가 지끈지끈 아파오는 것을 느낀 하우저가 걸음을 서둘렀다.

"일단 만나 보면 알게 될 일."


대기실 안에 들어선 하우저의 눈에 실내를 꽉 채우고 있는 덩치가 보였다. 그가 놀란 눈빛으로 덩치의 아래위를 훑어보았다.

'왕족 중에 저렇게 덩치가 큰 사람은 없는데? 혹시 모계쪽 혈통 탓인가?'

하우저가 날카로운 눈으로 덩치의 면모를 낱낱이 살폈다. 일이 잘 되면 승진할 수 있지만 잘못될 경우 쥐도 새도 모르게 숙청당할 수도 있기 때문에 세심하게 신경 써야 했다.

덩치의 외모는 무척이나 평범했다. 마치 산골에 살다 막 뛰쳐나온 촌놈처럼 느껴질 정도였다.

'이상하군. 내가 아는 왕족 중 그 누구와도 닮지 않았거늘.'

고개를 갸웃거린 하우저가 덩치에게로 다가갔다.

"본인은 경비조장인 하우저라고 하오. 일단 귀하의 성명을 알고 싶소."

그 말에 덩치가 고개를 돌렸다. 정면에서 보니 더욱 순박해 보이는 모습이었다.

"레온입니다. 성은 아직까지 모르고 있습니다."

그 말에 하우저가 미간을 지그시 모았다.

"좋소. 그거야 나중에 밝혀질 일. 일단 귀하가 부친이라 생각하는 분의 존함을 알고 싶소."

그 말에 레온이 겸연쩍다는 듯 머리를 긁적였다.

"부친이 아니라 모친입니다. 저는 어머니를 찾아왔습니다."

그 말을 들은 하우저의 눈이 살짝 커졌다. 왕족 여인이 외도를 하여 사생아가 생기는 경우는 거의 없기 때문이다. 그가 의심이 잔뜩 서린 눈빛으로 레온을 노려보았다.

"확실하오?"

"그렇습니다. 어머니께서는 저에게 자신이 펜슬럿의 왕녀셨다고 말씀하셨습니다."

하우저의 눈이 이번에는 찢어져라 부릅떠졌다. 사내의 말이 사실이라면 이것은 이만저만 큰일이 아니었다.

평범한 왕족이 아니라 왕의 직계인 왕녀가 외부에서 알려지지 않은 아들을 두었다는 것은 그야말로 천지가 개벽할 일이었다.

"틀림없소? 만약 그대의 말이 거짓으로 드러난다면 사형에 준하는 형벌을 각오해야 하오."

그 말에 레온이 머뭇거림 없이 고개를 끄덕였다.

"틀림없습니다."

하우저가 은근슬쩍 손짓을 했다. 경비병들로 하여금 사내의 동태를 일거수일투족 감시하라는 신호였다.

"좋소. 모친의 존함을 말해보시오."

반듯하게 몸을 세운 레온이 어머니의 얼굴을 떠올리며 입을 열었다.

"제 어머니의 이름은 레오니아이십니다. 저는 그분의 아들 레온이구요."

✛

레오니아는 오늘도 변함없이 하루 일과를 보내고 있었다. 행동의 자유가 없었기 때문에 그녀의 하루는 오직 기도에서 시작해서 기도로 끝났다. 아들인 레온을 보살펴 달라는 내용의 기도가 주 내용이었다.

갇혀 있다는 것만 제외하면 그녀의 삶은 무척이나 호사스러웠다. 세 명의 요리사가 최고의 재료를 엄선해서 그녀가 먹을 음식을 차렸다. 옷도 최고급만이 제공되었다.

그러나 그녀에겐 전혀 달갑지 않은 처우였다. 거친 옷에 형편없는 음식을 먹더라도 아들인 레온과 함께할 수 있다면 더 이상 바랄 것이 없었던 레오니아였다.

하루하루를 무료하게 보내던 레오니아. 그런데 뜻밖에도 수도원의 원장이 그녀를 찾았다. 깐깐하게 생긴 오십대 초반의 수도원장은 그녀를 보자마자 용무를 꺼냈다.

"면회 신청이 들어왔습니다. 허락하시겠습니까?"

"면회 신청?"

레오니아의 눈이 동그래졌다. 그녀를 찾아올 만한 사람이 없었기 때문이었다. 현재 그녀는 철저한 왕실의 천덕꾸러기였다. 아버지인 국왕 말고는 찾아올 만한 사람이 전혀 없었다.

물론 아버지가 찾아왔다면 굳이 수도원장이 자신의 허락을 얻을 이유가 없다. 국왕의 행차를 그 누가 허락받는다는 말인가? 그랬기에 레오니아는 조금 곤혹스러워했다.

"대관절 누가 날 보자고 하던가요?"

"왕궁 경비대의 조장입니다. 신분을 확인한 상태이지만 방문 목적은 명확히 밝히지 않았습니다."

수도원장의 말에 레오니아가 미간을 지그시 모았다. 왕궁 경비대의 조장이 무슨 일로 자신을 보자는 것인가? 무료하던 참이었기에 레오니아는 조용히 고개를 끄덕였다.

"한 번 만나보도록 하죠."

"알겠습니다. 그를 면회실로 안내하겠습니다."

✛

검은 옷을 걸친 수녀가 살짝 손짓을 했다.

"절 따라오십시오."

경비조장 하우저는 조용히 수녀의 뒤를 따랐다. 물론 그는 수녀의 정체를 알고 있었다.

검은 수녀복을 걸치고 있었지만 실상은 혹독하게 검을 수련한 여기사라는 사실을…… 그녀들의 임무는 엄연히 레오니아 왕녀를 보호하는 것이다.

수녀가 안내한 곳은 큼지막한 방이었다. 벽 한쪽에는 불투명한 막이 쳐져 있었다. 방 가운데 의자만 하나 덩그러니 놓인 단조로운 방이었다. 하우저가 조용히 걸어가서 의자에 앉았다.

"조금 기다리면 왕녀님께서 오실 것입니다."

그 모습을 본 수녀가 문을 닫고 나갔다.

덜컥.

긴장감으로 인해 하우저의 손아귀는 축축하게 젖어 있었다. 그에게는 그 정도로 큰일이었기 때문이었다.

"조급해 하면 안 돼. 차분히 대화를 풀어나가야 해."

하우저는 조용히 조금 전에 나누었던 대화를 떠올렸다. 덩치가 레오니아 왕녀의 이름을 거론했을 때 하우저는 소스라치게 놀랐다.

레오니아라는 이름을 아는 사람이 거의 없었기 때문이었다. 레오니아 왕녀의 존재는 왕궁에서도 극소수의 존재들만이 알고 있었다. 물론 하우저 역시 그들 중 하나였다.

'하필이면 레오니아 왕녀님을 거론하다니……'

물론 상대의 말을 액면 그대로 믿을 수는 없었다. 온갖 암계와 음모가 횡횡하는 곳이 귀족사회 아니던가?

"혹시 어디서 오셨는지 알 수 있겠소?"

"저는 바다 건너 트루베니아에서 건너왔습니다."

하우저는 조용히 침묵을 지켰다. 트루베니아에서 건너왔다면 레오니아 왕녀의 아들일 가능성이 전혀 없지 않았다. 머리가 아파진 하우저가 몸을 일으켰다.

"알겠소. 본인이 한 번 알아보리다. 그러니 이곳에서 잠시 대기하고 있도록 하시오."

경비병들에게 눈짓을 해서 덩치를 잘 감시하도록 지시한 다음 하우저는 즉각 왕궁으로 들어왔다. 원칙대로라면 상부에 이 사실을 보고해야 하는 것이 정석이다.

그러나 하우저는 그렇게 하지 않았다. 레오니아 왕녀에게 사실을 직접 확인하는 것이 가장 현명한 판단이었다.

만약 이 사실을 상부로 보고했다가 공식적으로 레오니아 왕녀에게 확인이 들어갈 경우 일이 커진다. 또한 허위사실로 판명될 경우 자신도 책임의 일부를 져야 한다. 그것이 바로 하우저가 레오니아 왕녀를 먼저 찾아온 이유였다.

생각에 잠겨 있는 하우저를 쳐다보는 눈동자 한 쌍이 있었다. 그러나 하우저는 그 사실을 전혀 눈치채지 못했다.

왜냐하면 그들 사이를 가르고 있는 막에 마법적인 처리가 가해져 있었기 때문이었다. 한쪽에서는 다른 방의 내부정경을 일목요연하게 살펴볼 수 있다. 하지만 반대쪽 방에서는 그저 불투명한 막만 보일 뿐이었다. 물론 눈동자의 주인은 레오니아였다.

'저자가 도대체 무슨 일로 나를 찾아왔을까?'

아름다운 눈을 깜박이던 레오니아가 입을 열었다.

"무슨 일로 저를 찾아오셨나요?"

갑자기 들려온 음성에 하우저가 화들짝 놀라 물었다.

"레, 레오니아 왕녀님이십니까?"

"그래요."

"저는 정문의 경비를 책임진 27경비조의 조장 하우저입니다. 왕녀님을 배알하게 된 것을 필생의 영광으로 생각합니다."

"고맙군요. 하지만 저는 하우저 경비조장님께서 찾아온 이유를 빨리 듣고 싶어요."

그 말에 찔끔한 하우저가 조용히 용건을 풀어놓았다.

"현재 경비대 본부에 방문자가 한 명 대기하고 있습니다."

"……"

"어머니를 찾아 트루베니아에서 건너온 자라고 하더군요."

그 말을 듣자 레오니아의 안색이 하얗게 질렸다. 도무지 얼굴에서 핏기를 찾아볼 수 없었다. 그러나 마법차단막 때문에 하우저는 그 낌새를 전혀 알아차리지 못했다.

"그자는 다름 아닌 레오니아 왕녀님을 거론했습니다. 불경스럽게도 왕녀님을 자신의 어머니로 생각하더군요."

현기증을 느낀 레오니아가 비틀거렸다. 그 정도로 받은 충격이 컸기 때문이었다.

'서, 설마 레온이 나, 날 찾아왔다는 것인가? 그, 그럴 리는 없을 텐데……'

아들인 레온은 하프 블러드이다. 비록 정신은 인간이되 외형은 흉포한 몬스터 오우거.

그런 존재가 인간 세상에 나타난다면 틀림없이 크나큰 소란이 벌어질 것이다. 그 때문에 두 모자가 얼마나 많은 고초를 겪어왔던가?

'아냐. 그럴 리는 없어.'

충격으로 인해 정신이 혼미해진 탓인지 하우저의 음성이 도무지 귀로 들어오지 않았다.

"그래서 사실 확인을 하고자 왕녀님을 찾아왔습니다. 혹시라도 트루베니아에서 찾아올 만한 아드님이 있으십니까?"

그러나 대답은 들려오지 않았다. 당사자인 레오니아가 완전히 공황상태에 빠져 있었기 때문이다. 고개를 갸웃거린 하우저가 조용히 대답을 기다렸다.

'내, 냉정해야 해.'

레오니아는 필사적으로 정신을 다잡았다. 사실 레온이 자신을 찾아 아르카디아로 건너올 가능성은 그야말로 전무했다. 그 누가 오우거의 외모를 가진 레온을 배에 태워 주겠는가?

또한 펜슬럿의 왕궁까지 남의 눈에 띄지 않게 올 수도 없는 노릇이다. 겨우 정신을 되찾은 레오니아가 조심스럽게 입을 열었다.

"어떻게 생겼던가요?"

갑자기 들려온 음성에 하우저가 흠칫 놀랐다.

"덩치가 매우 좋았습니다. 매우 순박한 인상을 가지고 있더군요. 그것 말고는 특이한 점이 보이지 않았습니다."

"인간이란 말인가요?"

그 말을 들은 하우저가 이해하기 힘들다는 듯 고개를 갸웃거렸다. 그럼 인간이 아니라 짐승이 찾아왔단 말인가?

"물론 인간이었습니다."

그 말을 들은 레오니아는 온몸에서 긴장이 빠져나가는 것을 느꼈다. 그녀의 아들은 인간이 아니다.

정신은 인간이되 외모는 몬스터와 다름없는 존재. 다시 말해 하우저가 거론한 자는 자신의 아들인 레온이 아니었다. 그녀의 얼굴에 허탈감이 떠올랐다.

'질 나쁜 귀족들이 장난을 치는 것인가?'

어처구니없다는 듯 머리를 흔든 레오니아가 입을 열었다.

"그자는 내 아들이 아니에요."

"틀림없으십니까?"

"그래요. 그럼 저는 이만……."

말을 마친 레오니아가 몸을 일으켰다. 더 이상 나눌 대화가 없었기 때문이었다.

"감사합니다. 왕녀님의 협조에 진심으로 감사드립니다."

공손히 예를 올린 하우저가 몸을 일으켰다. 그의 눈동자에는 자신을 농락한 자에 대한 분노가 일렁이고 있었다.

'놈! 왕족 사칭죄가 얼마나 큰 범죄인지 확실히 알려주겠다.'

면회실을 나서는 하우저가 잠시 고개를 갸웃거렸다.

'그런데 놈의 이름이 레온이라는 사실을 왕녀님께 말씀드리지 못했군.'

그러나 고민은 길지 않았다.

'뭐 상관없겠지?'

대수롭지 않다는 듯 머리를 흔든 하우저가 성큼성큼 걸음을 옮겼다.

# III
# 왕실 감옥의 이상한 사내, 란

레온은 한가롭게 대기실에서 명상을 하고 있었다. 방 한편에는 완전무장한 두 명의 경비병이 눈빛을 번뜩이며 레온을 감시하고 있었다.

그 사실을 아는지 모르는지 레온은 조용히 눈을 감고 상념에 빠져 있었다. 어머니를 볼 수 있다는 기대감으로 인해 레온의 가슴은 터져나갈 듯 뛰었다. 시간이 얼마나 흘렀을까? 문이 열렸다.

덜컥.

열린 문 사이로 경비조장 하우저의 모습이 나타났다. 눈을 뜬 레온의 얼굴에 반가움이 어렸다.

"오셨군요. 확인해 보셨습니까?"

하우저의 입가에 비릿한 미소가 떠올랐다.

"암. 확인했지. 그것도 확실하게 말이야."

말을 마친 하우저가 손가락을 뻗어 레온을 가리켰다.

"저놈을 체포하라. 감히 왕족을 사칭한 중죄인이다. 세상에 사칭할 것이 없어 왕녀님의 아들을 사칭해? 네놈은 죗값을 톡톡히 치러야 할 것이다."

명이 떨어지자 경비병들이 즉각 달려들어 레온을 포박했다. 다소 당황한 듯 보였지만 레온은 저항하지 않았다. 이미 그는 이런 사태를 예견하고 있었다.

'아마 어머니는 내가 아르카디아를 찾아올 것을 예상하지 못하셨을 것이다. 내가 인간이 된 사실을 전혀 모르기 때문이지.'

그는 일체 저항하지 않고 순순히 경비병의 손에 몸을 내맡겼다. 경비병들은 튼튼해 보이는 오랏줄로 레온을 꽁꽁 동여맸다.

그것도 모자라 철제 수갑으로 손까지 결박했다. 하우저가 레온을 올려보며 사납게 으르렁거렸다.

"이놈을 일단 왕실 감옥에 수감시켜라."

"하, 하지만 왕실 감옥은……."

"임시로 수감할 것이다. 놈의 죄상을 상부에 보고하면 명령이 떨어질 것이다. 그때 이감시키면 된다."

경비병들이 두말하지 않고 복명했다.

"알겠습니다."

하우저가 경비병들에게 끌려 나가는 레온을 사나운 눈빛으로 노려보았다.

"하늘 무서운 줄 모르는 천둥벌거숭이 놈. 한몫 단단히 잡아보겠다고 거짓말을 생각했겠지만 세상은 그리 호락호락하지 않은 법이다."

⚜

레온이 끌려간 곳은 왕실 감옥이었다. 왕족에게 죄를 지은 자를 임시로 수감하는 곳. 감방의 수는 그리 많지 않았다. 죄가 확정되면 그 즉시 일반 감옥으로 이감하기 때문이었다.

그 때문인지 감옥 대부분은 텅 비어 있었다. 경비병들은 레온을 독방 속에 집어넣고 철문을 잠갔다.

철컹.

독방에 홀로 남겨진 레온이 주위를 두리번거렸다. 독방 내부는 감옥답지 않게 상당히 깔끔했다. 바닥에 양탄자까지 깔려 있을 정도였다.

한쪽 구석에 침대가 놓여 있었다. 그것을 본 레온이 걸어가서 침대에 걸터앉았다.

"난감하군. 일단 어머니를 만나야 할 텐데……."

처음에 레온은 몰래 잠입해서 어머니를 만나 자초지종을 설명할 계획을 세웠다. 그러나 그 계획은 펜슬럿 왕궁을 본 순간 백지화되었다.

펜슬럿 왕궁의 규모는 상상 이상으로 컸다. 이 큰 왕성에서 어머니를 찾아내는 것은 그야말로 사막에서 모래알 찾기나 다름없었다. 그것은 레온이 초인이라고 해도 마찬가지였다.

그래서 정공법을 택했는데 일이 순탄히 풀리지 않은 것이다. 주위를 둘러보던 레온이 쓴웃음을 지었다.

"어머니를 만나는 것이 역시 쉽지 않군."

주위는 온통 적막감에 쌓여 있었다. 레온이 갇혀 있는 층에는 심지어 간수조차 머무르지 않는 모양이었다. 머리를 절레절레 흔든 레온이 침대에 누웠다.

"도대체 어떻게 하면 어머니를 만날 수 있을까? 만나기만 하면 모든 일이 해결될 텐데 말이야."

그때 벽에서 나지막한 음성이 들려왔다.

"신참인가? 놀랍군. 왕실 감옥에 갇히는 경우는 그리 흔치 않은데 말이야."

레온은 깜짝 놀랐다. 자신 외에 또 누군가가 갇혀 있는 줄은 몰랐기 때문이었다.

"누, 누구십니까?"

석벽 너머에서 들려오는 소리는 모기소리만큼 작았다.

"선배 수감자지 누구긴 누구겠어? 아무튼 반갑군. 정말 오랫동안 누군가와 대화를 해보지 못해서 말이야."

미간을 지그시 모은 레온이 정신을 집중해서 석벽 너머를 주시했다. 누가 있다는 사실만 안다면 살피는 것은 레온의 능력으로 그리 어려운 것이 아니다.

'제법 실력이 있는 기사로군. 엑스퍼트 중상급 정도? 놀랍군. 저 정도 수준의 기사가 왕실 감옥에 갇혀 있다니 말이야.'

그 외에는 갇혀 있는 수감자가 전혀 없었다. 잠시 후 예의 음성이 또다시 들려왔다.

"괜찮다면 잠시 그쪽으로 건너가도 되겠나?"

이해할 수 없는 말이었다. 그 누가 감옥을 마음대로 옮겨 다닐 수 있단 말인가? 레온이 얼떨떨한 표정으로 승낙했다.

"그, 그렇게 하십시오."

대답하고 얼마 지나지 않아 바닥에 깔려 있던 양탄자가 들썩였다.

젖혀진 양탄자 사이로 머리통 하나가 모습을 드러냈다. 머리가 희끗희끗한 중년인이었다. 각이 진 턱과 짙은 눈썹, 부리부리한 눈매를 보니 성품이 매우 강직해 보였다.

레온을 보자 중년인의 얼굴에 반색의 빛이 떠올랐다.

"이거 얼마 만에 보는 외부인인지 모르겠군. 정말 반가워."

"네? 네."

"이해하게. 내가 원래 이런 성격이 아니지만 매일매일 재수 없는 간수 놈들 상판대기만 대하다 보니 이렇게 변해 버렸어."

너스레를 떠는 중년인을 보던 레온의 시선이 돌아갔다. 그가 나온 곳에는 큼지막한 구멍이 뚫려 있었다.

왕실 감옥답게 바닥은 돌로 되어 있다. 범인이라면 결코 돌바닥에 구멍을 뚫을 수 없다. 레온의 날카로운 시선이 구멍의 표면을 훑었다.

'오러를 사용해서 굴을 팠군. 제아무리 엑스퍼트라고 해도 엄청나게 오랜 세월이 걸렸을 텐데…….'

구멍을 쳐다보는 레온을 보며 중년인이 겸연쩍은 표정을 지었다.

"원래 밖으로 탈출하려고 판 구멍이야. 그런데 방향을 잘못 잡아서 이리로 오고 말았지. 그때 얼마나 허탈했던지……."

어떻게 구멍을 팠는지 알고 있었지만 레온이 짐짓 신기하다는 투로 물었다.

"어떻게 돌바닥에 굴을 팔 수 있었습니까?"

"포크를 이용했지. 빌어먹을 간수 놈들이 나무로 바꿔치기하기 전까진 말이야."

"포크로 돌에 굴을 팔 수 있습니까?"

중년인이 머리를 흔들며 조용히 웃었다.

"자세한 것은 알려고 하지 말게. 범인은 죽었다 깨어나도 하지 못하는 일이니……. 그건 그렇고, 자넨 무슨 죄로 들어왔나? 언뜻 듣기에 어머니를 찾아왔다고 들었는데."

레온이 쓴웃음을 지었다.

"액면 그대로입니다. 헤어지기 전 어머니로부터 당신이 펜슬럿의 왕족이라는 말을 들었습니다. 그래서 어머니를 찾아왔는데 조사해 본다고 하더니 다짜고짜 이곳에 가두더군요."

그 말이 끝나기가 무섭게 중년인이 혀를 찼다.

"너무 무모했군. 방법이 잘못 되었어. 자고로 왕족들은 명예를 가장 소중히 여기기 마련이지. 만약 내가 자네였다면 아마도 은밀히 어머니를 방문해 자네라는 존재를 알리는데 주력했을 것이야."

중년인 역시 레온을 펜슬럿 왕족의 사생아로 간주했다.

"명예를 지키기 위해선 혈육까지 아낌없이 버리는 것이 왕족들이야. 그런 면에서 왕궁을 찾아와 어머니를 찾은 자네의 행동은 정말로 무모했네."

"어머니는 반드시 절 찾아올 것입니다."

"모르는 소리. 어쩌면 자네 어머니는 자네에 대한 소식을 전해 듣지 못했을 수도 있어."

머리를 흔든 중년인이 공허한 시선을 들어 천정을 쳐다보았다.

"특히 펜슬럿은 혈통을 까다롭게 따지기로 유명한 왕국이네. 정말 고약한 전통이지."

더 이상 어머니에 대해 왈가왈부하고 싶지 않았던 레온이 말머리를 돌렸다.

"그런데 무슨 죄를 짓고 수감되셨습니까? 아 아직까지 통성명을 하지 않았군요. 제 이름은⋯⋯."

레온의 말이 끝나기도 전에 중년인이 손을 내저었다.

"굳이 통성명은 하지 말기로 하지. 어차피 그리 오래 갈 인연은 아닐 테니 말이야. 음 내가 무슨 죄를 지었냐고? 설명하자면 무척 기네."

중년인이 정색을 하고 레온을 쳐다보았다.

"나는 사랑 때문에 이곳에 갇혀 있네. 믿기 어렵겠지만 말이야."

그 말을 들은 레온의 눈이 커졌다.

"사, 사랑 때문이라고요?"

"그렇다네. 내가 정말로 사랑하는 사람의 명을 받들려다 이곳에 갇히게 된 것이지."

잠시였지만 중년인의 눈가에 쓸쓸함이 스쳐 지나갔다.

"사실 난 내 의지로 갇혀 있는 것이나 마찬가지야. 지금이라도 한 가지 맹세를 한다면 당장 풀려날 수 있네. 그러나 그렇게 한다면 사랑하는 여인을 배신하는 것이 되기에 맹세를 하지 않는 것이지."

레온으로서는 도저히 중년인의 사정을 짐작할 수 없었다.

"저로서는 도무지 이해가 되지 않는군요."

"이해가 되지 않아야 정상이지. 어쨌거나 난 추호도 사랑을 버릴 생각이 없네. 내 목숨이 다하는 순간까지 그녀의 명령을 이행하려 노력할 것이니까."

말을 마친 중년인이 잔잔한 눈으로 레온을 쳐다보았다.

"원래 이런 성격은 아닌데 워낙 오래 갇혀 있다 보니 그만 수다쟁이가 되어 버렸군. 한 가지 충고를 할까?"

"네?"

"주장을 철회하게. 단순한 착각이었다고 말하란 말이야. 뭐 그래도 죄를 모두 면할 수는 없겠지만 비교적 가벼운 처벌이 내려질 거야. 형기를 마치고 출소한다면 분명히 어머니가 보낸 사람이 자넬 찾아올 걸세."

"……."

"틀림이 없을 거라는 사실을 보증하지. 이래봬도 난 귀족이나 왕족들의 생리에 해박해. 한때 왕족을 경호하는 호위기사였기 때문이지."

그 말에 레온이 쓴웃음을 지었다.

"충고는 감사하지만 사양하겠습니다. 저는 어머니를 믿습니다."

"허허. 내 말을 믿지 않는 것도 무리가 아니지. 뭐 받아들이지 않는다면 어쩔 수 없고……."

말을 마친 중년인이 벽에 등을 기댔다.

"무례가 되지 않는다면 대화를 조금 더 나누고 싶네. 간수가 음식을 가지고 올 때까진 시간적 여유가 있으니 말이야."

안 그래도 할 일이 없었던 레온이었기에 중년인의 제의를 거절할 이유가 없다.

"그런데 한 가지 궁금한 것이 있습니다."

"뭔가? 말해보게."

"사랑 때문에 갇혀 있다는 말이 조금 이해가 되지 않습니다."

"흠, 궁금하다면 들려주지."

중년인이 조용히 자신의 가슴속에 숨겨진 사랑이야기를 털어놓기 시작했다.

"이 이야기는 지금껏 누구에게도 하지 않았네. 오직 나 혼자만이 가슴 속에 품고 있었지. 내가 왜 처음 보는 자네에게 이런 이야기를 하는지 나도 이해가 되지 않네. 아마 평생 묻어두기 싫어서, 누구 하나라도 내 심정을 알아주기를 바라는 마음에 그러는 것일 수도 있지."

레온은 조용히 중년인의 말을 듣고 있었다.

"나를 란이라고 불러주게. 기사단 시절 동료들이 쓰던 애칭이지."

"그럼 전 온이라고 불러주십시오."

중년인의 입가에 미소가 떠올랐다.

"온. 좋은 이름이로군. 앞으로 자네를 그렇게 부르도록 하지."

란이라고 자신을 밝힌 중년인의 음성이 적막한 감옥 안에 고즈넉이 울려 퍼졌다.

"나는 호위기사 출신이네. 고위급 귀족의 근접경호가 주 임무였지. 그때까지만 해도 나는 무척이나 평범한 삶을 살았네. 자작 가문의 다섯째 아들로 태어나서 지극히 교본적인 코스를 밟아 왔으니 말이야. 아마 그녀를 만나지 않았다면 난 지극히 평범한 삶을 살고 있었을 걸세."

말을 마친 란이 레온을 쳐다보았다.

"혹시 자네 사랑을 해 본 적이 있나?"

레온의 얼굴에 슬며시 그늘이 졌다.

"사랑인지 아닌지는 모르겠습니다. 얼마 전에 한 여인과 이별을 했습니다. 그게 사랑인지는 모르겠지만 이별하는 순간이 정말 마음 아프더군요."

란이 재미있다는 듯 되물었다.

"무엇 때문에 이별을 했지?"

"그녀와 나는 걸어가야 할 길이 판이하게 달랐습니다."

"자네도 이루어지지 못할 사랑을 했군. 나 역시도 그렇다네. 이루어질 수 없는 사랑에 모든 것을 걸었던 거지."

예전 일을 떠올리는 듯 란의 눈빛이 아련해졌다.

"경호임무를 맡고 그분을 처음 만났을 때 크나큰 충격을 받았지. 한눈에 반해 버린 거야. 물론 그것은 애초부터 이루기 불가능한 사랑이었고 그 사실을 난 잘 알고 있었지."

호위기사가 모시던 귀족 여인을 사랑하는 일이 없지는 않다. 대부분의 호위기사가 피 끓는 젊은 나이인 만큼 하등 이상

할 것이 없다. 그러나 그것을 겉으로 표출하는 호위기사는 거의 없다고 봐야 한다.

"난 진작부터 이루어질 수 없다는 것을 알고 있었지. 그 때문에 욕심을 버렸네. 그저 곁에서 경호하며 그분의 모습을 뵐 수 있는 것만으로 만족했지."

귀족 여인들의 운명은 뻔하다. 나이가 차면 정략결혼의 희생물이 되는 경우가 다반사였다. 란이 모시던 귀족 여인 역시 정략결혼의 굴레에서 벗어나지 못했다.

"그분이 강대국의 최고위급 귀족과 결혼을 한다는 말을 들었을 때 큰 충격을 받았지. 며칠 동안 밥도 먹지 못할 정도였어. 그러나 난 금세 체념했지. 그녀를 평생 가슴속에만 묻고 살아가기로 말이야."

서글픈 사연에 레온은 숙연해졌다.

"슬픈 일이로군요. 그래서 그분은 결혼을 하셨습니까?"

"그 결혼은 이루어지지 못했네. 불의의 사고 때문에."

"무슨 사고였습니까?"

"굳이 알려고 하지 말게. 아무튼 결혼은 취소되었지. 이후 난 기사단을 그만두었네. 그런 다음 무려 십 년 동안 세상을 떠돌아다녔지."

란은 구체적이고 자세한 일은 일절 말해주지 않았다.

"그러다가 다시 그분을 만나 다시 호위를 맡게 되었네. 다시 뵙게 되었을 때 정말 기뻤지. 마치 하늘의 별을 가슴에 품은 느낌이라고나 할까?"

그 대목에서 란의 얼굴빛이 어두워졌다.

"하지만 그 기쁨은 오래가지 않았어. 그분은 나에게 한 가지 부탁을 했네. 하지만 난 능력이 모자라 그 부탁을 이행하지 못했어."

답답하다는 듯 란이 머리를 흔들었다.

"결국 나는 그분의 부탁을 들어드리지 못하고 이곳에 갇히고 말았네."

너무도 서글픈 사랑이야기에 레온이 문득 알리시아를 떠올렸다.

"그분께 솔직히 마음을 털어놓지 그러셨습니까?"

그 말에 란이 펄쩍 뛰었다.

"큰일 날 소리 하지 말게. 그건 결코 불가능한 일이야. 펜슬럿 왕국은 그 누구보다도 혈통을 중시하는 국가이네. 나의 사랑이 이루어질 가능성은 애초에 없어."

"너무 슬프군요. 그토록 사랑하면서 하염없이 쳐다만 봐야 한다는 사실이 말입니다."

"내가 바라는 것은 오직 하나뿐이야. 그분의 근처에 머물며 먼발치에서 모습만 뵐 수 있다면 여한이 없네."

레온의 입가에 미소가 떠올랐다.

"무척이나 아름다운 분이신가 보군요."

"그야 이를 데가 있겠나? 세상에서 그분만큼 아름다운 여인은 존재하지 않을 것일세."

사랑하는 여인의 모습을 떠올리는지 란의 눈빛이 아련해졌
다.

"그런데 여자들은 직감이 매우 뛰어나다고 들었습니다. 그
분께서 란 님의 마음을 어렴풋이 짐작하셨을 가능성도 있지
않습니까?"

"그럴 수도 있겠지. 하지만 그렇지 않았으면 하는 것이 내
본심일세. 난 그저 그분을 해바라기처럼 쳐다보는 것만으로
만족할 수 있어. 그리고 그분이 내 사랑을 아신다 해도 받아들
일 수 없는 입장이시니 말이야."

씁쓸한 표정으로 고개를 흔들던 란의 표정이 별안간 심각해
졌다.

"음…… 간수가 식사를 가지고 올 시간이로군. 이만 내 감
방으로 돌아가야겠네."

란이 허겁지겁 몸을 날렸다. 뛰어난 실력을 지닌 기사란 것
을 증명하듯 그는 금세 양탄자를 헤치고 굴속으로 사라졌다.

물론 레온은 란보다 먼저 간수의 접근을 눈치챈 상태였다.
비록 란이 마나를 다루는 엑스퍼트라고 하나 초인의 경지에
오른 레온을 능가할 순 없는 노릇이다. 이윽고 철문 앞에서 퉁
명스런 음성이 들려왔다.

"식사다."

철문 아래 쪽문으로 접시 하나가 들이밀어졌다. 검은 빵 한

덩이와 물 한 병이 전부였다.

저벅저벅…….

간수의 걸음이 멀어지는 것을 느낀 레온이 침대에 몸을 뉘었다. 그다지 시장하지 않아 빵은 내버려둔 상태였다.

'란 님은 정말 슬픈 사랑을 하고 있군. 세상에 그런 순정을 가진 남자가 또 있을까?'

슬픈 사랑이야기를 듣고 나니 더욱 알리시아가 그리워졌다. 미모도 미모였지만 자신을 배려하는 마음에 반해 버렸던 레온이었다.

그러나 란과 마찬가지로 그녀 역시 레온과 이루어질 수 없는 관계였다. 둘 중 한 명이 목적을 포기하지 않는다면 말이다.

"그녀 역시 가족을 버릴 수 없을 테고, 나 역시 어머니를 포기할 수 없으니……."

따지고 보면 레온 역시 변변찮게 사랑을 해 본 적이 없다. 오우거의 육신을 가졌을 때는 언감생심 생각조차 못한다. 그 어떤 여자가 흉포한 오우거의 외모를 지닌 자신을 사랑해 주겠는가?

유일하게 자신에게 마음을 주었던 첫사랑 제나는 이미 다른 남자의 아내가 되어 있었다. 이후 인간이 되었지만 인연은 이어지지 않았다.

레온의 인생을 되짚어보면 제나와 알리시아 말고는 마음을

둔 여인이 없었다. 한 여인이 더 있기는 하지만 그녀에게는 특
별한 감정이 생기지 않았다.

"샤일라 님은 마법 길드에서 잘 지내고 계시겠지?"

피로가 몰려오는 것을 느낀 레온이 눈을 감았다. 그는 금세
깊은 수면에 빠져 들어갔다.

✠

잠시 졸다 인기척에 눈을 뜬 레온의 눈에 란의 모습이 보였
다. 그가 어느새 레온의 감방으로 들어와 있었다.

"많이 피곤했었나 보군."

"네, 기대를 많이 했었거든요."

기지개를 켜는 레온의 어깨를 란이 두드려 주었다.

"용기를 잃지 말게. 반드시 어머니를 만나게 되기를 기원하
겠네."

"고맙습니다."

"아마 내일쯤이면 다른 곳으로 이감이 될 걸세."

레온이 깜짝 놀라 란을 쳐다보았다.

"이감이라니요?"

"이곳은 임시로 가두는 곳이야. 죄상이 확정될 경우 외부의
일반 감옥으로 옮겨간다네. 지금까지 내가 겪어본 바로는 그
러했네."

"아, 그렇군요."

레온이 살짝 눈살을 찌푸렸다.

'정공법이 실패했으니 부득이 차선책을 선택해야겠군. 일반 감옥으로 옮겨지고 나서 탈출을 시도해야겠어.'

사실 레온이 마음먹는다면 이 정도 감옥을 탈출하는 것은 일도 아니다. 하지만 문제를 일으키고 싶지 않았기 때문에 일반 감옥으로 옮겨지고 난 뒤 탈출할 생각이었다.

'처음 계획했던 대로 왕궁에 잠입해 어머니를 찾아봐야겠군. 아무리 오랜 시간이 걸린다 하더라도 말이야.'

그때 레온의 감각에 사람의 기척이 잡혔다. 누군가가 그가 갇혀 있는 감옥으로 다가오고 있었다. 란 역시 그 기척을 눈치 챘는지 표정이 굳어졌다.

"벌써 이감인가? 정말 아쉽군. 오늘따라 유난히 빠른데?"

머리를 절레절레 흔든 란이 양탄자를 들췄다.

"만나서 반가웠네. 부디 행운이 함께하기를……."

"네? 네."

레온이 얼떨떨해 하며 대답하는 사이 란의 모습이 사라졌다. 이제 그는 또다시 감옥에 홀로 남겨질 터였다. 이윽고 자물쇠 푸는 소리가 울려 퍼졌다.

철컥.

문이 열리고 간수의 모습이 드러났다. 그런데 그의 뒤에는 안면이 있는 경비조장 하우저의 모습도 보였다. 하우저가 손짓을 하자 경비대원들이 달려들어 레온을 결박했다. 튼튼한 수갑을 손에 채우고 포승으로 묶은 다음 그들은 레온의 머리에 시커먼 천을 뒤집어씌웠다. 눈앞이 캄캄해진 것을 느낀 레온이 쓴웃음을 지었다.

'이감 절차가 상당히 거창하군.'

귓전으로 굵직한 음성이 파고들었다.

"가자."

레온은 잠자코 간수를 따라 걸음을 옮겼다.

하우저와 간수는 한참 동안 레온을 끌고 갔다. 눈이 가려져 있었기 때문에 레온은 아무것도 볼 수 없었다. 그러나 초인인 그의 감각을 완전히 속일 수는 없었다.

'이상하군. 왕궁 외부가 아니라 내부 깊숙이 들어가는 것 같잖아?'

고개를 갸웃거렸지만 레온은 순순히 간수를 따라갔다. 그렇게 한참 걸은 끝에 하우저의 걸음이 멈췄다. 이어 누군가가 레온의 머리에 뒤집어씌운 검은 천을 벗겼다.

얼굴을 찌푸린 레온이 주위를 두리번거렸다. 그가 도착한 곳은 큼지막한 방이었다. 한쪽 벽에는 불투명해 보이는 막이 쳐져 있었다. 방 가운데 의자만 하나 놓인 이상한 방이었다.

간수들이 거친 손길로 레온을 끌고 가서 의자에 앉혔다. 그들은 포승을 이용해 레온을 의자에 붙들어 맸다. 다가온 하우저가 레온의 멱살을 잡고 사납게 으르렁거렸다.

"놈! 허튼 수작 하지 않기를 바란다."

밑도 끝도 없는 말을 남긴 뒤 하우저를 비롯한 간수들이 일제히 방을 나섰다. 잠시 후 방 안에는 레온만 혼자 남겨졌다.

'이상하군. 심문을 하려는 것인가?'

⚜

불투명한 막 건너편에는 한 쌍의 눈동자가 격동의 빛을 담은 채 반대편을 쳐다보고 있었다. 물론 눈동자의 주인은 레오니아였다. 마침내 모자가 대면하는 순간이었다.

하우저는 상당히 철두철미한 성격을 가졌다. 이름을 말하지 않은 것을 못내 걸려하던 그는 휘하 경비병을 수도원의 레오니아에게 보냈다. 그로부터 이름을 전해들은 레오니아는 혼비백산했다.

"그, 그자의 이름이 레온이라구요?"

레오니아로서는 놀랄 수밖에 없었다. 그도 그럴 것이 아르카디아엔 레온이라는 이름을 아는 사람이 아무도 없다.

심지어 그녀를 펜슬럿으로 데리고 온 쿠슬란조차 아들의 이름이 레온이라는 사실을 알지 못했다. 그로 인해 레오니아는 확신할 수 있었다.

"그래. 그자는 내 아들 레온이 보낸 자가 틀림없어. 직접 오지 못하니까 동료나 친구를 보낸 것이야."

그녀는 다시금 희망을 품을 수 있었다. 적어도 사람을 보냈다면 레온이 무사히 잘 살고 있다는 뜻이었다.

"그자를 만나봐야 해. 내 아들 레온의 근황을 듣지 않는다면 견딜 수 없을 거야."

결국 레오니아는 사람을 시켜 면회신청을 했다. 수도원 밖으로 나갈 수 없었기에 호위를 맡은 수녀를 하우저가 있는 경비대 본부로 보낸 것이다. 연락을 받은 하우저는 즉시 레온을 수도원으로 압송했다.

레오니아는 그렇게 해서 레온의 모습을 쳐다볼 수 있게 되었다. 그런데 불투명한 막 너머를 쳐다보는 레오니아의 눈동자에는 곤혹스러운 빛이 일렁였다.

분명 처음 보는 자임에 틀림이 없었다. 그런데도 왠지 모르게 친숙했다.

'이상하군. 어디에서 본 자인가?'

느낌이 이상했기에 레오니아는 섣불리 입을 열지 못하고 막 너머의 덩치를 관찰하기만 했다.

# IV
## 레온, 어머니를 만나다

레온이 이상한 느낌을 받은 것은 바로 그때였다. 그의 확장된 감각에 누군가의 기척이 잡혔다. 레온의 시선이 불투명한 막 쪽으로 향했다.

"응?"

그의 눈이 찢어져라 부릅떠졌다. 막 너머에 있는 사람의 기척이 너무도 친숙했기 때문이었다.

'어, 어머니?'

틀림없었다. 지금까지 그가 오매불망 그리워했던 어머니의 기척이 막 너머에서 느껴지고 있었다.

큼지막한 레온의 눈에 금세 습막이 차올랐다. 드디어 어머니와 대면하게 된 것이다.


　레오니아는 깜짝 놀랐다. 방 안을 두리번거리던 사내가 돌
연 자신을 쳐다보았기 때문이었다.

　'나, 날 볼 수 없을 텐데? 헉.'

　레오니아는 비명이 터져 나오려는 입을 가까스로 막았다.
사내의 눈빛을 보았기 때문이었다. 뭔가를 간절히 갈구하는
저 눈빛은 그녀의 기억 속에 똑똑히 남아 있는 바로 그 눈빛이
었다.

　'저, 저 눈빛은?'

　믿을 수 없다는 듯 머리를 절레절레 흔드는 레오니아. 그녀
의 귓전으로 격동 어린 음성이 파고들었다. 그것이 이곳과는
다른 차원의 기술인 전음이란 사실을 그녀가 알 턱이 없었다.

　『어머니.』

　음성을 들은 순간 레오니아가 몸을 부르르 떨었다.

　『정말 보고 싶었습니다. 어머니.』

　레오니아는 차마 입을 열어 말할 엄두를 내지 못하고 간헐
적으로 몸을 떨기만 했다.

　『저 레온입니다. 어머니가 보고 싶어 아르카디아로 건너왔
습니다. 이제야 어머니를 만나게 되는군요.』

　급기야 레오니아의 큰 눈동자에도 눈물이 그렁그렁 맺히기
시작했다.

『제 모습이 달라져서 무척 놀라셨을 것입니다. 그러나 저는 어머니의 아들 레온이 맞습니다. 페론 마을 외곽에서 어머니와 함께 오순도순 살던 레온 말입니다.』

레온의 전음은 계속해서 이어졌다.

『나무둥치에 숨겨두신 편지를 읽고 너무도 슬펐습니다. 그러나 저는 어머니를 원망하진 않았습니다. 오우거의 외모를 타고난 저를 그만큼 키워주신 것은 어머니가 아니라면 그 누구도 하지 못했을 테니까요.』

그때 레오니아의 입술이 비로소 열렸다. 굳이 설명이 아니더라도 그녀는 눈앞의 덩치가 자신의 아들이라는 사실을 본능적으로 알아차릴 수 있었다. 눈빛만 봐도 자신이 낳은 아들이 틀림없었다.

"레, 레온."

『그렇습니다. 저 레온입니다. 너무나도 어머니가 보고 싶은 나머지 트루베니아에서 바다를 건너왔습니다.』

"아들, 내 아들!"

레오니아가 버럭 고함을 지르며 몸을 날렸다.

텅.

불투명한 막이 그녀의 손에 부딪혀 산산이 흩어졌다. 그러나 그 자리에는 굵직한 철창이 쳐져 있었다. 철창에 바짝 붙어선 레오니아가 손을 쭉 뻗었다.

"레온! 내 아들."

레온이 몸을 부르르 떨었다. 그러자 몸을 속박하던 포승줄이 그대로 끊어져나갔다.

투툭.

강철로 만들어진 수갑 역시 종잇장처럼 뜯겨서 떨어졌다. 그 상태로 레온은 몸을 날렸다. 오매불망 그리워했던 어머니의 품속으로 말이다.

"어머니."

두 모자는 철창을 사이에 두고 서로 부둥켜안았다. 둘의 눈에서는 눈물이 끊임없이 흘러내렸다.

"아들, 내 아들."

"어머니."

둘은 아무것도 인식하지 못한 채 서로 얼싸안고 눈물을 흘렸다. 뜻밖의 소란에 하우저를 비롯한 간수와 수녀들이 달려들어왔지만 둘은 그것조차 의식하지 못했다.

두 사람은 그저 서로의 등을 쓸어내리며 해후의 기쁨을 만끽하기 바빴다. 간수와 수녀들은 엉거주춤 서서 그 모습을 멍하니 쳐다보고만 있었다.


한참을 오열하며 아들의 등을 쓸어내리던 레오니아가 움직임을 멈췄다. 고개를 돌리자 당황한 눈빛으로 자신을 쳐다보는 수녀와 간수들의 모습이 보였다. 아들을 꼭 부둥켜안은 채 레오니아가 입을 열었다.

"철창을 열어주세요."

그 말에 호위하는 수녀가 난감한 표정을 지었다.

"하, 하지만 그건 곤란합니다."

레오니아 왕녀는 현재 구금된 상태이다. 그런 만큼 외부인과 접촉을 할 수 없다. 그 사실을 알아차린 레오니아가 다른 요구를 했다.

"그렇다면 수도원장을 불러주세요. 그녀에게 맹세를 하겠다고 전해주세요."

그 말을 들은 수녀의 눈이 찢어져라 부릅떠졌다. 사실 레오니아는 자의로서 수도원에 갇혀 있는 상태였다. 탈출하지 않겠다는 맹세만 하면 언제든지 풀려날 수 있다.

그러나 레오니아는 지금껏 한 번도 맹세하겠다고 말한 적이 없다. 그렇게 고집을 부리던 그녀가 갑자기 맹세를 하겠다는 것이다.

어찌할 바를 모르고 머뭇거리던 수녀에게 레오니아가 미소를 지어주었다.

"제겐 더 이상 탈출할 이유가 없어요. 오매불망 그리워하던 아들이 찾아왔기 때문이죠."

그 말이 끝나는 순간 수녀와 간수들의 눈이 경악으로 물들었다. 왕녀 레오니아에게 숨겨둔 아들이 있다는 사실은 그 정도로 큰일이었다.

자칫 잘못하면 왕실의 망신으로도 이어질 수 있는 문제인

것이다. 그러나 레오니아는 아무것도 상관하지 않았다. 그녀
가 다정한 손길로 무릎을 꿇고 품에 안겨 있는 아들의 등을 어
루만졌다.

"정식으로 소개하겠어요. 내 아들 레온이랍니다. 세상에서
가장 듬직하고 믿음직스러운 아들이죠."

수녀와 간수들은 누구 하나 움직일 엄두를 내지 못했다. 그
정도로 받은 충격이 컸기 때문이다.

✚

맹세를 하겠다고 했지만 레오니아는 바로 풀려나지 못했다.
국왕에게 그 사실을 전하고 허락을 받아야 수도원을 벗어날
수 있다.

그러나 아들인 레온을 만나는 것은 가능했다. 수도원장은
자신의 재량으로 레온과의 해후를 승낙했다.

"일단 궁정으로 전갈을 보내겠습니다. 국왕전하의 허락이
떨어져야 왕녀님을 풀어드릴 수 있습니다. 그러나 아드님과의
만남은 제 재량으로 해드리겠습니다."

그렇게 해서 레온은 어머니와의 사이에 있던 철창을 걷어낼
수 있게 되었다. 레오니아는 아들을 얼싸안은 채 하염없이 눈
물만 흘렸다.

그 얼마나 그리워했던 아들이었던가? 그런 아들을 다시 만

나게 된 지금 레오니아는 세상을 품속에 안은 듯한 느낌이었
다.

"내 아들. 너를 다시 만나게 되다니 정말 꿈만 같구나."

수녀들이 당혹한 눈빛으로 그 모습을 쳐다보았다. 사실 이
것은 엄청난 일이다. 왕녀라면 귀족들 중에서도 최고의 귀족
이다. 그런 왕녀에게 숨겨둔 아들이 있었다는 사실이 알려지
면 귀족사회에 엄청난 이슈가 될 것이 틀림없었다.

안 그래도 말이 많고 탈이 많은 귀족 부인들이 이 사실을 오
랫동안 곱씹을 것이고, 왕실의 위신에도 상당한 영향을 미친
다. 그런데도 레오니아는 추문 따위는 아무 상관하지 않겠다
는 듯 아들과의 해후를 만끽했다.

'귀족들의 살롱에 좋은 뉴스거리가 생기겠군.'

그런데 유독 표정이 좋지 않은 이가 있었다. 경비조의 조장
인 하우저였다. 왕녀와 왕손의 해후를 쳐다보는 그의 안색은
마치 백지장처럼 창백해졌다.

'젠장. 재수가 없어도 이렇게 없을 수가 있다니.'

사기꾼으로 생각했던 자가 레오니아 왕녀의 진짜 아들이었
다. 상황을 보니 왕손으로 인정받을 수밖에 없는 상황이다. 왕
손이라면 최고위급 귀족임에 틀림없다.

다시 말해 한낱 경비조장인 자신이 감히 범접할 수 없는 존
재가 되어 버린 것이다.

그런데 그에게 폭언을 퍼붓고 심지어 멱살까지 잡기도 했으

니 당연히 눈앞이 캄캄할 수밖에 없다. 자칫 잘못해서 왕실의 눈 밖에 난다면 산간오지로 좌천될 수도 있었다.

그런 하우저의 마음을 아는지 모르는지 레오니아가 아들의 눈을 들여다보며 입을 열었다.

"여기는 보는 눈이 많아서 좀 그렇구나. 어미의 방으로 가도록 하자."

"네 어머니. 어머니가 계시는 곳이라면 어디든지 가겠어요."


레오니아가 기거하던 곳으로 간 모자는 두 손을 꼭 붙들고 놓아주지 않았다. 조금 진정이 되었는지 레오니아가 손을 들어 퉁퉁 부어 오른 눈가를 훔쳤다.

"설마 꿈이 아니겠지? 이것이 꿈이라면 나는 더 이상 세상을 살아갈 수 없을 것이다."

"걱정 마세요, 어머니. 이건 현실이랍니다."

레온을 물끄러미 쳐다보던 레오니아가 다시금 아들을 와락 얼싸안았다.

"내 새끼. 못 보던 사이에 정말 많이 컸구나."

그 말에 레온이 겸연쩍은 표정을 지었다.

"지금은 많이 줄어든 거예요. 예전에는 훨씬 컸었죠."

돌연 레오니아의 음성이 모기소리만큼 줄어들었다.

"그런데 지금의 모습은 어떻게 된 거니?"

레온이 조용히 내공을 움직여 밖으로 소리가 퍼져 나가는

것을 차단했다. 섬세하게 통제했기에 레오니아는 그 기미를
전혀 눈치채지 못했다.

"어머니와 헤어진 후 스승님을 만났습니다. 제 인생을 판이
하게 바꿔주신 분이죠. 그분께서는 마법과 기타 초자연적인
힘을 이용해서 절 인간으로 만들어 주셨습니다. 그래서 어머
니를 찾아 아르카디아로 건너올 생각을 할 수 있었죠."

"잘 되었구나. 정말 잘 되었어."

궁금한 것이 적지 않았지만 레오니아는 더 이상 물어보지
않았다. 외형이 어떻게 바뀌었던 간에 자신이 낳은 아들임에
는 틀림이 없다.

그녀에겐 그것만으로 충분했다. 정이 담뿍 담긴 눈빛으로
어머니를 올려다보던 레온이 담담하게 입을 열었다.

"지금껏 제가 어떻게 살아왔는지 궁금하지 않으십니까?"

레온은 어머니께 모든 것을 털어놓을 작정이었다. 심지어
자신이 아르카디아를 위진시키고 있는 블러디 나이트란 사실
까지 말이다. 그러나 레오니아는 쓸쓸히 웃으며 고개를 흔들
었다.

"아니다. 네가 돌아온 것만으로도 충분하다. 보나마나 평탄
치 못한 삶을 살았을 터, 듣고 나면 내 마음이 더욱 괴로울 것
같구나."

"……"

"너와 내가 만났는데 과거가 뭐 대수이겠느냐? 우리 이제

두 번 다시 떨어지지 말자꾸나."

그 말을 들은 레온은 다시금 눈시울이 뜨거워지는 것을 느꼈다.

"예. 어머니."

"내가 잘못 생각했다. 여기 와서 아버지와 어머니만 잠시 본 뒤 다시 너를 만나러 트루베니아로 가려고 했었는데 그게 결코 쉽지 않은 일이었단다."

이미 레온은 어머니의 사정을 어느 정도 짐작하고 있었다. 수도원에 구금되어 있었기 때문에 자신을 찾으러 오지 못했을 것이 틀림없었다.

"아니에요. 전 지금껏 단 한 번도 어머니를 원망해 본 적이 없었어요. 나무둥치 속에 넣어두신 편지를 보고 슬프기는 했어요. 하지만 그뿐이었답니다. 어머니에 대한 기억은 오직, 그리움뿐이었답니다."

그 말을 들은 레오니아의 눈에서도 눈물이 주르르 흘러내렸다.

"아들. 한없이 착한 내 아들……."

그때 퍼뜩 정신이 든 듯 레오니아가 고개를 들었다.

"참, 그러고 보니 무척 시장하겠구나. 음식을 준비하도록 시키겠……."

그러나 아들을 쳐다본 레오니아는 금세 생각을 바꿨다.

"아니다. 내가 직접 네가 먹을 음식을 차리마. 네가 좋아하는 것들로 말이다."

몸을 일으킨 레오니아가 허겁지겁 식당 쪽으로 뛰어갔다. 왕녀의 신분으로 직접 음식을 차리려는 것이다. 그 모습을 레온이 정이 담뿍 담긴 눈빛으로 쳐다보았다.

✤

펜슬럿 왕실은 발칵 뒤집혔다. 왕녀 레오니아에게 숨겨둔 아들이 있었다는 사실과 그 아들이 트루베니아에서 바다를 건너 찾아왔다는 사실이 전해졌기 때문이었다.

상당한 스캔들로 비화될 우려가 있었기에 왕실에서는 두 번 세 번 진위 여부를 확인했다. 그러나 그것은 변할 수 없는 사실이었다.

소식을 가지고 간 수도원장이 분명한 어조로 장담했다.

"틀림없습니다. 레오니아 왕녀님께서 분명히 자신의 아들이라고 말씀하셨습니다."

결국 그것은 국왕에게까지 보고가 올라갔다. 물론 왕실 곳곳에 심어놓은 끄나풀을 통해 귀족사회에 널리 알려질 것임은 두말할 필요가 없었다. 보고를 받은 펜슬럿 국왕 로니우스 2세는 적이 놀랐다.

"뭣이? 레오니아가 트루베니아에서 아들을 낳았는데 그 녀석이 왕궁을 찾아왔다는 말이냐?"

"그, 그러하옵니다."

"흠."

로니우스 2세가 손을 턱에 괴고 생각에 잠겨 들어갔다.

"그렇다면 레오니아가 그토록 기를 쓰고 트루베니아에 가려고 했던 이유가 아들 때문이었단 말인가?"

비로소 딸의 심정이 이해가 되었다. 아들이 멀리 떨어진 대륙에 있는데 그 어떤 어미가 마음 편히 살 수 있다는 말인가?

"그런데 왜 그 사실을 나에게 말하지 않았지? 만약 사실을 알았다면 기사단을 파견해서라도 아들을 데리고 왔을 터인데? 혹시 아이 아비의 신분이?"

로니우스 2세가 사실을 알아차린 듯 고개를 끄덕였다. 딸이 그토록 감추는 것을 보니 아이 아버지의 신분이 천박한 모양이었다.

혈통을 유독 중시하는 것이 펜슬럿 왕실의 기풍이니만큼 충분히 이해가 갔다. 물론 그는 딸이 낳은 아이의 아버지가 흉포한 몬스터 오우거란 사실을 꿈에도 알아차리지 못했다.

국왕의 입가에 서서히 미소가 번져갔다.

"흘흘. 외손자가 날 찾아왔다는 말이지?"

로니우스 2세는 일흔에 가까운 고령이었다. 그런 만큼 왕가의 명예실추보다는 외손자의 존재 자체에 더 관심을 가졌다. 물론 그에게 외손자가 없지는 않다.

레오니아의 언니 두 명이 다른 왕국이나 귀족가로 시집을 가서 아이를 낳았기 때문이었다. 그러나 만나볼 수는 없었다. 왕자나 공작 가문의 후계자를 어찌 불러다 볼 수 있단 말인가? 때문에 로니우스 2세의 가슴 속에는 외손자를 보고 싶다는 생각이 새록새록 자라나고 있었다.

"쯔쯔. 트루베니아에서 얼마나 힘들게 살았을꼬? 어쨌거나 펜슬럿 왕가의 피를 받은 아이이거늘……."

그는 더 생각할 것도 없다는 듯 딸의 구금명령을 철회했다. 더 이상 탈출시도를 하지 않겠다고 맹세했기 때문에 걸릴 것은 아무것도 없었다.

"레오니아를 수도원에서 풀어주어라. 지금 이 시간부터 그 아이의 거처인 봄의 별궁에 머무는 것을 허락한다. 그리고 아들과 함께 입궐하라고 전하라. 오랜만에 가족들끼리 정찬을 하도록 하겠다."

정찬이라면 왕세자를 비롯한 왕가의 아들딸들이 모두 참석해야 한다. 시집간 딸들을 제외하고 말이다. 로니우스 2세의 입가에서는 도무지 미소가 떠날 줄을 몰랐다.

"흐흐. 외손자가 정말로 보고 싶구나. 내 피를 이어받았다면 분명 범상치 않을 테지."

⚜

왕명이 내려지자 즉각 기사단이 출동했다. 수도원의 수녀들을 대신해 레오니아 왕녀와 왕손을 호위하여 궁정으로 입궐할 기사들이었다.

레오니아와 레온은 그들의 철통같은 호위를 받으며 왕성으로 들어갔다. 그들이 향한 곳은 왕이 기거하는 본궁이었다. 레온은 그곳에서 외할아버지를 만나게 되는 것이다.

아버지에게로 향하는 레오니아의 가슴은 심하게 뛰고 있었다. 과연 아버지가 자신이 몰래 낳은 아들을 어떻게 대할 것인지 걱정이 되었기 때문이다.

세 오빠의 반응 역시 걱정스럽긴 마찬가지였다. 왕손이라면 멀기는 하지만 왕위계승권을 가지고 있다. 그런 만큼 불안할 수밖에 없었다.

'일단 부딪혀 보는 수밖에……. 나이가 드셨으니 만큼 혈육에 대한 정이 우선하길 바라야지.'

본궁 안에 들어서며 모자는 잠시 헤어졌다. 왕이 참석하는 정찬인 만큼 옷차림에 각별히 신경을 써야 했다. 본궁에 소속된 시녀가 다가와 레온에게 예를 취했다.

"왕손님께서는 저를 따라오십시오."

머뭇거리는 레온을 보며 레오니아가 방긋 미소를 지어주었다.

"따라가서 옷을 갈아입도록 해라. 시녀들이 입혀줄 테니 걱정할 것은 아무것도 없다."

"네 어머니."

"조금 있다 만나자꾸나."

레온은 본궁에 딸려 있는 의상실로 안내되었다. 벽에는 각종 의례에 사용되는 예복들이 빽빽이 들어차 있었다. 레온의 체구를 본 시녀장의 얼굴에 난감한 표정이 떠올랐다. 레온의 덩치가 너무나 컸기 때문이었다.

'맞는 사이즈가 없을 텐데……. 정말로 거인이시군.'

그렇다고 해서 맞지 않는 옷을 억지로 입힐 수는 없는 노릇. 때문에 시녀장은 옷을 새로 맞춰야겠다는 결정을 내렸다.

"서두르세요. 정찬 시간까지 한 시간도 남지 않았어요."

재단사들이 달려들어 치수를 재고 난리법석을 떨었다. 시간이 부족한 탓에 비치된 예복 중 가장 큰 사이즈의 옷을 뜯어고쳐서 레온의 몸에 맞춰야 한다.

왕궁에 소속된 재단사들인 만큼 솜씨가 보통이 넘었다. 그리하여 그들은 단 한 시간 만에 정찬에 참가할 수 있는 예복을 만들어내는 마술을 부렸다. 그 작품을 본 시녀장이 흡족한 표정을 지었다.

'이 정도면 훌륭하군.'

그러나 옷을 입고 있는 레온은 거북하기 짝이 없었다. 몸에 꽉 끼는 바지와 레이스가 치렁치렁 달린 연미복이 너무나도 불편했기 때문이었다.

게다가 장식은 왜 이렇게 많이 달려 있는지. 당장이라도 벗어 버리고 싶은 마음이 굴뚝같았지만 레온은 꾹 눌러 참았다. 난생처음 외할아버지를 만나는 장소이기 때문이다.

게다가 외삼촌 세 분도 함께 식사를 한다고 했다. 그 생각을 하자 레온은 마음이 설레는 것을 느꼈다.

'드디어 가족을 만나게 되는구나. 나에게도 가족이 있었어.'

지금껏 고아처럼 살아왔기 때문에 더욱 가슴이 설렐 수밖에 없었다. 준비가 끝나자 레온은 시녀들의 손에 이끌려 정찬장으로 향했다. 이미 레오니아는 예복을 곱게 차려입은 채 레온을 기다리고 있었다.

레온을 보자 그녀가 빙긋 미소를 지었다.

"어서 오너라. 옷을 제대로 차려입으니 신수가 훤하구나."

레온이 울상을 지었다. 어머니 앞에서 어리광을 부리고 싶었던 모양이었다.

"하지만 어머니, 너무 답답해요."

"조금만 참아라. 식사가 끝나면 다시 편한 옷으로 갈아입을 수 있느니라."

레온이 쑥스럽게 웃으며 고개를 끄덕였다.

"네 어머니."

그때 레오니아가 음성을 낮췄다.

"이것은 노파심에서 하는 말인데, 네 아비에 대한 비밀은……."

레오니아의 말뜻을 알아차린 레온이 머뭇거림 없이 고개를 끄덕였다.

"네, 걱정 마세요."

다음으로 이어지는 말은 전음이었다.

『미처 말씀드리지 못했어요. 저 아버지를 만났어요.』

레온은 아버지 로보를 만나 겪은 사실을 어머니에게 털어놓았다. 물론 레오니아에게 로보는 상상조차 하기 싫은 일을 겪게 한 흉포한 몬스터이다.

하지만 레온에겐 아버지임에 틀림없었다. 게다가 로보는 레온에게 부정이 어떤 것인가를 보여주었다. 로보가 자신을 어떻게 대했으며 또한 자신을 구하려다 목숨까지 잃게 된 사연을 설명하자 레오니아는 숙연한 표정을 지었다.

'오우거에게 그런 면이 있을 줄은 몰랐군. 그저 본능에 따라 행동하는 몬스터인 줄 알았는데.'

그녀의 귓전으로 전음이 계속 파고들었다.

『지금 이 시간부터 아버지에 대한 얘기는 거론하지 않겠어요. 어머니의 명예와 직결되는 문제이니까요.』

레오니아가 빙그레 웃으며 레온의 머리를 쓰다듬었다.

"부탁한다. 레온."

둘은 한참 동안 정찬장에서 기다렸다. 신분과 서열이 낮은 순서대로 입장하기 때문이다. 조금 시간이 지나자 정장을 걸친 사십대 중반의 사내가 정찬장 안으로 들어섰다.

국왕이 참석하는 정찬인 만큼 수행원을 한 명도 거느리지 않은 상태였다.

그를 보자 레오니아가 레온의 손을 잡았다.

"인사하거라. 셋째 숙부인 군나르시다. 안녕하세요, 오라버니."

그 말을 들은 레온이 공손히 예를 취했다.

"반갑습니다."

그러나 외삼촌 군나르는 건성으로 고개를 끄덕일 뿐이었다. 그의 시선은 레온에게로 꽂혀 있었다.

"이 아이가 트루베니아에서 낳은 네 아들이냐?"

얼굴이 살짝 굳어졌지만 레오니아는 서슴없이 고개를 끄덕였다.

"그렇습니다."

"흠, 건강하게는 생겼구나."

그 말을 마친 군나르가 이내 자신의 자리로 가 버렸다. 더 이상 상대할 가치가 없다는 듯한 태도였다. 그 모습을 본 레오니아는 불안감을 느꼈다.

세 오빠 중 가장 다정다감한 군나르가 저런 태도를 보인다면 나머지 두 오빠는 대관절 얼마나 차갑게 레온을 대할 것인가!

현재 펜슬럿의 후계구도는 왕세자인 에르난데스를 중심으로 돌아가고 있었다. 그렇다고 해서 펜슬럿이 맏아들 상속 구도를 채택한 것은 아니다.

　왕위 계승권을 가진 왕족들은 적자생존의 싸움을 통해 왕세자로 책봉된다. 각자 지닌 능력을 발휘해 사람을 모으고 귀족들을 끌어들여 자신의 세력을 만드는 것이다. 그리하여 가장 큰 세력을 형성한 왕족에게 왕세자의 자격이 부여된다.

　하지만 그것은 다분히 한시적이었다. 책봉되지 못한 왕족이 나중에 더 큰 세력을 형성한다면 왕세자 자리가 다시 뒤바뀔 수도 있기 때문이었다.

　물론 근위기사단이나 각급 대신들은 권력다툼에서 엄격히 제외된다. 그들은 오직 승자에게만 충성을 맹세한다. 거기에서 선두주자는 단연 왕세자 에르난데스였다.

　타고난 카리스마와 조직관리 능력으로 에르난데스는 일찌감치 강력한 세력을 형성하여 왕권을 탐내고 있었다. 그 뒤를 둘째 왕자 에스테즈가 바짝 뒤쫓고 있었다. 그 역시 만만치 않은 통솔력을 지녔고 그에 걸맞은 세력을 형성한 상태였다.

　그러나 에르난데스보다 열세인 것이 분명했기에 은인자중하며 힘을 키우고 있었다. 그런 만큼 둘의 사이는 견원지간이나 다름없었다. 국왕이 참석하는 정찬이 아니라면 서로 대면

하는 일이 없을 정도였다.

셋째인 군나르는 일찌감치 세력다툼에서 밀려난 경우였다. 두 형과 같은 카리스마도 없고 조직 통솔력도 떨어져서 이렇다 할 세력을 구축하지 못했다. 때문에 일찌감치 왕위에 대한 욕심을 접은 상태였다.

그러나 왕권을 완전히 포기한 것은 아니었다. 왕권에 대한 미련이 없다면 두 형 중 한 명의 휘하로 들어가는 것이 현명한 판단이다.

그렇게 한다면 적어도 편안하고 화려한 여생을 보장받을 수 있다. 그러나 군나르는 그렇게 하지 않았다. 때문에 에르난데스와 에스테즈는 군나르에 대해 의심의 눈초리를 거두지 않고 있었다.

그런 군나르조차 레온에게 관심을 보이지 않는다면 나머지 두 오빠의 반응은 뻔했다.

'큰일이로군. 안 그래도 외롭게 자라온 아이인데.'

생각을 거듭하는 사이 둘째 왕자 에스테즈가 들어왔다. 화려한 예복을 걸친 콧수염이 멋들어진 중년인이었다. 그 역시 수행원들을 멀찌감치 떼어놓고 들어왔다.

"어서 오세요, 오라버니."

그러나 에스테즈는 레오니아의 인사조차 받지 않았다. 무표정한 얼굴로 레오니아를 힐끔 쳐다본 뒤 묵묵히 자신의 자리에 가서 앉았다.

그나마 레온에게는 눈길조차 주지 않았다. 그 모습에 레오니아가 입술을 질끈 깨물었다.

'정말 너무들 하시는군요. 오라버니. 그래도 조카인데.'

상심하지 말라는 듯 그녀가 레온의 손을 꼭 쥐었다. 그때 그녀의 귓전으로 전음이 파고들었다.

『신경 쓰지 마세요, 어머니. 저는 어머니와 함께 있을 수 있게 된 것만으로도 만족한답니다. 다른 것은 아무것도 바라지 않아요.』

레오니아는 눈시울이 시큰해지는 것을 느꼈다. 어릴 때부터 어머니를 배려해 준 너무나도 착한 아들이었다.

얼마 지나지 않아 왕세자인 에르난데스가 들어왔다. 그는 처음부터 모녀에게 반감을 표시했다.

"아, 안녕하세요. 오라버니."

못마땅하다는 눈빛으로 레오니아와 레온을 훑어본 에르난데스가 한 마디를 툭 던져놓고 자신의 자리로 향했다.

"흥. 반쪽이라도 왕가의 혈통은 혈통인가?"

국왕을 제외하고 모두 모였지만 말 한 마디 오가지 않는 냉랭한 분위기가 연출되었다.

특히 에르난데스와 에스테즈 사이에는 적의 어린 시선이 연신 오고갔다. 가족 간의 정찬이라곤 생각되지 않는 냉랭한 분위기.

국왕이 등장한 것은 그때였다.

"오! 다들 모였구나."

늙수그레한 음성과 함께 국왕이 모습을 드러냈다. 다른 사람과는 달리 네 명의 근위기사들이 국왕을 호위했다. 그를 보자 모든 사람들이 자리에서 일어났다.

레온 역시 어머니의 손길에 이끌려 일어섰다. 로니우스 2세가 자리에 앉자 근위기사들이 석상처럼 뒤에 시립했다.

"오랜만에 보니 반갑구나."

에르난데스를 위시한 왕자들이 일제히 예를 올렸다.

"국왕전하를 뵈옵니다."

국왕의 얼굴에 못마땅하다는 표정이 떠올랐다.

"흘흘. 이런 자리에서는 그냥 아버지라고 지칭하는 것이 낫지 않느냐? 자리에들 앉도록 하거라."

그 말에 중인들이 조용히 자리에 앉았다. 이윽고 시녀들이 쟁반을 들고 들어왔다. 그녀들은 큰 대접을 자리에다 하나씩 내려놓았다.

대접 안에 담긴 물에는 꽃잎이 뿌려져 있었다. 무척이나 목이 말랐던 레온이 무심코 대접 속의 물을 마셔 버렸다.

벌컥벌컥.

좌중은 순식간에 조용해졌다. 그 물은 손을 씻는 용도였다. 그런데 레온이 그것을 마셔 버린 것이다. 어처구니없다는 듯한 시선이 레온에게 집중되었다. 오직 한 사람, 레오니아만이 걱정스런 눈빛으로 레온을 쳐다보았다.

"레온. 그것은 손을 씻는 물이란다."

"아, 그런가요? 하도 목이 말라서."

레온이 겸연쩍은 표정을 지으며 뒷머리를 긁적였다. 확실히 귀족사회의 예법과는 거리가 먼 레온이었다. 국왕 로니우스 2세는 재미있다는 듯한 눈빛으로 레온을 쳐다보았다.

'녀석, 트루베니아에서 무척이나 힘들게 자랐나 보군. 그나저나 덩치 하나는 당당하군.'

그와 반대로 왕자들의 눈빛은 싸늘하기 그지없었다. 처음부터 실수를 한 레온을 용납하지 못한다는 눈치였다. 이윽고 입맛을 돋우기 위해 먼저 나오는 전채 요리가 하나둘씩 들어오기 시작했다.

레온에겐 식사시간이 무척이나 곤욕이었다. 시녀들은 그의 앞에 무려 다섯 쌍의 나이프와 포크를 내려놓았다.

하나같이 크기와 형태가 달랐다. 그것을 보고 레온이 난감해했다.

'젠장. 도대체 어떤 걸로 음식을 먹으란 말인가?'

그때 다정스런 손길이 레온의 손을 잡아왔다.

"걱정하지 말고 편하게 골라 먹도록 해라. 귀족사회의 예법은 어릴 때부터 배운 사람도 종종 실수할 정도로 방대하다. 네가 편하게 행동해도 누가 뭐라고 할 사람은 없느니라."

"알겠어요. 어머니."

그러나 그 말은 레온을 생각해서 한 말이었다. 귀족사회는 생각보다 싸늘한 일면이 있다. 정찬 자리에서 사소한 실수를 하더라도 소문이 알파만파로 퍼져나간다.

때문에 귀족들은 실수를 하지 않기 위해 필사적으로 예법을 공부한다. 그럼에도 종종 실수할 정도로 예법의 종류는 방대했다.

어머니의 말에 힘을 얻은 레온이 제일 큼지막한 포크와 나이프를 집어 들었다. 마침 시장하던 판국이라 그는 머뭇거리지 않고 시녀들이 내려놓은 음식을 집어먹었다.

쩝쩝.

소리 내어 음식을 먹는 레온에게 쏟아진 것은 왕자들의 질책 어린 시선이었다.

'역시나 생각했던 대로군. 트루베니아에서 대관절 뭘 배웠겠어.'

'예법과는 담을 쌓았군. 왕가의 명예에 먹칠을 할 놈이야.'

그러나 국왕 로니우스 2세의 생각은 좀 달랐다.

'허허. 그놈 잘도 먹는군. 남자라면 저 정도는 먹어야지. 암.'

정찬은 거의 1시간가량 지속되었다. 그동안 시녀들이 수많은 요리를 들고 들어왔다가 내어갔다.

에르난데스를 비롯한 왕자들은 접시의 음식을 조금씩 떼어 맛만 보았다. 그렇게 하지 않는다면 모든 요리를 먹을 수 없기 때문이다.

그러나 레온만은 예외였다. 그는 시녀가 내려놓는 요리접시를 남김없이 비웠다.

음식 맛도 좋았지만 척박한 환경에서 살아온 탓에 음식을 남기는 것이 이해되지 않았다. 음식을 나르는 시녀들의 눈에 놀라움이 떠올랐다.

'세, 세상에……'

'엄청난 대식가로군.'

레온 정도 경지의 무사에겐 음식의 양이 문제가 되지 않는다. 한 번에 십인 분이 넘게 먹어치워도 소화불량에 걸릴 일이 없다. 반대로 열흘이 넘게 굶어도 큰 타격을 받지 않는다.

내공을 이용해 몸의 기능을 적절히 조율하기 때문이다. 그러나 그 사실을 모르는 시녀들은 당연히 놀랄 수밖에 없다. 들어가는 접시마다 깨끗이 비워 버리는 통에 시녀들이 고개를 절레절레 흔들었다. 왕자들의 눈에도 놀람의 빛이 스쳐지나갔다.

'무식한 놈이라 먹기도 많이 먹는군.'

'고급 요리를 보니 눈에 보이는 것이 없는 건가?'

물론 로니우스 2세와 레오니아의 생각은 달랐다. 레오니아는 어릴 때부터 레온의 엄청난 먹성을 보아온 탓에 놀랄 이유가 없다. 그리고 로니우스 2세는 생전 처음 식사를 같이 하는 외손자가 너무도 예쁘게 보였다.

'허허, 녀석. 많이도 먹는군. 내 손자라면 저 정도는 먹어야 지.'

지루했던 정찬 시간도 거의 마무리 단계에 이르렀다. 들어 온 요리를 모조리 해치우고도 모자라 레온은 디저트로 들어온 빙과까지 말끔히 먹어치웠다.

곱게 간 얼음에 꿀과 과실즙을 얹어 만든 빙과의 맛은 일품 이었다. 그득하게 배를 채운 레온이 만족스러운 표정을 지었 다.

'음, 조금 과식을 한 것 같군.'

레오니아는 빙과의 맛만 살짝 본 뒤 손수건으로 입가를 닦 았다. 어릴 때부터 예법교육을 받아온 왕녀답게 그녀의 식사 예절은 완벽했다.

시녀들이 바삐 오가며 식탁 위를 치웠다. 식탁 위가 말끔해 지자 국왕이 자애로운 눈빛으로 레온을 쳐다보았다.

"그래. 네가 레온이냐?"

레온이 공손히 머리를 조아렸다.

"그렇습니다."

이번에는 그의 시선이 레오니아에게로 돌아갔다.

"아이 아버지는 뭐하는 사람이더냐?"

레오니아의 얼굴이 딱딱하게 굳었다. 가장 우려했던 일을 물어본 것이다.

"죄송하옵니다. 전하. 그 사실은 묻지 말아 주시옵소서."

"호! 어째서 감추는 것이냐?"

"왕가의 명예에 누를 끼칠 우려가 있사옵니다."

그 말을 들은 국왕이 눈살을 찌푸렸다. 저토록 완강히 거부하는데 더 이상 물어볼 수도 없는 노릇이다. 해서 그가 레온을 쳐다보았다.

"아비가 누구인지 알고 있느냐?"

레온이 조용히 마음을 가라앉혔다.

"저는 태어나서 단 한 번도 아버지란 사람을 본 적이 없습니다."

레온의 말은 엄연히 따지면 거짓말이라 할 수 없었다. 그의 아버지는 오우거이지 사람이 아니기 때문이다.

"호. 그래? 그렇다면 할 수 없지. 그래 트루베니아에서 살아왔다고?"

"그렇습니다."

처음 보는 외손자의 모든 것이 알고 싶었는지 로니우스 2세가 계속해서 질문을 퍼부었다.

"그래 트루베니아에선 뭘 하고 살았느냐?"

그 말을 들은 레온이 어머니를 쳐다보았다. 사실대로 말해야 할지 혼란스러웠기 때문이었다. 레오니아가 방긋 웃으며 고개를 끄덕여 주었다.

"어서 대답하거라. 외할아버지께서 물어보시지 않느냐?"

레온이 외할아버지를 쳐다보며 또박또박 대답했다.

"이것저것 하고 살았습니다. 나무도 베어서 팔고 사냥도 했습니다."

그 말에 로니우스 2세의 눈이 커졌다. 트루베니아에서 어렵게 살았으리라 짐작은 했지만 설마 나무꾼에다 사냥꾼이었다니……. 왕자들의 눈에는 그럴 줄 알았다는 듯한 조소의 빛이 떠올라 있었다.

"허. 어처구니가 없구나. 왕가의 피를 이어받은 자가 그런 일을 했다니? 그것 말고 다른 일은 하지 않았느냐?"

"네 용병일도 한 적이 있습니다."

점입가경이었다. 용병은 평민이나 화전민에겐 꿈의 직업이다. 그러나 귀족들에겐 더없이 천박하고 지저분한 직업으로 낙인찍혀 있다. 돈에 목숨을 파는 것이니 만큼 귀족들이 멸시할 수밖에 없다.

더 이상 할 말이 없었는지 로니우스 2세가 입을 닫았다. 왕자들은 의심할 여지없는 멸시의 눈빛으로 레온을 쳐다보고 있었다.

국왕의 입은 한참 만에 열렸다.

"무척이나 힘들게 살았구나. 하지만 더 이상 걱정할 필요 없다. 네 몸에 흐르는 피의 절반은 엄연히 펜슬럿 왕가의 것. 이제 과거는 잊어버리고 왕가의 일원으로 살아가도록 하거라. 알겠느냐?"

외할아버지의 따뜻한 말에 레온은 가슴이 뭉클해지는 것을 느꼈다. 난생처음 가족의 정을 느끼는 레온이었다.

"알겠습니다. 국왕전하."

그 말에 로니우스 2세가 살짝 눈살을 찌푸렸다.

"가족들이 모여 식사하는 자리이니라. 그러니 호칭을 한 번 바꿔 보거라."

"네?"

어리둥절해 하던 레온이 퍼뜩 정신을 차렸다. 그는 금세 외할아버지의 말뜻을 깨달았다.

"알겠습니다. 할아버지."

로니우스 2세의 입가에 만족스러운 미소가 피어났다.

"그래야지."

그의 시선이 이번에는 레오니아에게로 향했다.

"너는 이제부터 봄의 별궁에서 거하도록 하라. 레온과 함께 말이다."

생각보다 아버지의 반응이 호의적이었기에 레오니아의 표정은 한결 풀려 있었다.

"네 아버님."

"그리고 레온의 교육에 각별히 신경 쓰도록 하여라. 추후에 레온이 왕가의 위신을 실추시키는 일이 없어야 할 것이다."

"명심하겠사옵니다. 아버님."

"그래야지. 내 적당한 시기에 레온에게 작위와 영지를 내릴 것이니 그 전까진 네가 데리고 있도록 하거라."

말을 마친 로니우스 2세가 몸을 일으켰다. 가족 간의 정찬이 모두 끝난 것이다.

왕자들을 비롯한 중인들이 일제히 몸을 일으켜 국왕을 배웅했다. 로니우스 2세는 근위기사들의 철통같은 호위를 받으며 정찬장을 떠났다.

국왕 다음으로 떠난 이는 둘째 왕자 에스테즈였다. 그는 아무런 말도 하지 않고 무표정한 얼굴을 견지하며 정찬장을 나섰다.

그 모습을 에르난데스 왕세자가 못마땅한 눈빛으로 쳐다보았다. 명백한 무례였기 때문이었다.

'건방진 놈. 엄연히 왕세자인 내가 국왕전하 다음으로 자리를 떠야 하거늘……..'

레온과 레오니아를 쳐다보는 그의 시선은 싸늘하기 그지없었다. 비록 조카이긴 하지만 식민지인 트루베니아의 피가 반섞여 있기 때문에 그는 레온을 전혀 인정하지 않았다. 더욱이 아비가 누군지도 밝히지 않는 상황 아닌가?

"아버지도 참 이해할 수가 없군. 저런 놈을 왕가의 일원으로 인정하다니……."

퉁명스럽게 한 마디 던져놓은 에르난데스가 정찬장을 나섰다. 그 말에 발끈했지만 레온은 이성을 잃지 않았다. 손을 잡아오는 따뜻한 손길 때문이었다.

"네 외숙이니라. 무슨 말씀을 하더라도 네가 참아야 한다."

"네, 어머니."

마지막으로 군나르가 몸을 일으켰다. 그 역시 레온에게 호의적인 시선을 보내지 않았다.

"앞으로 두 번 다시 오늘과 같은 모습을 보이지 않길 바란다."

싸늘한 말을 남긴 군나르가 정찬장을 나섰다. 레온과 레오니아는 물끄러미 서서 그 모습을 지켜보고 있었다.


정찬이 끝난 뒤 레온과 레오니아가 향한 곳은 봄의 별궁이었다. 레오니아가 처녀 때 사용하던 아름다운 궁전. 작위와 영지가 내려질 때까지 레온은 거기서 기거해야 한다.

별궁 안에 들어서자 둘은 마음이 편해지는 것을 느꼈다. 누구의 눈치도 볼 필요 없는 그들만의 공간이었기 때문이었다. 레오니아가 정이 담뿍 담긴 눈빛으로 레온을 쳐다보았다.

"영지와 작위가 내려지기 전까지 어미랑 같이 살자꾸나. 그동안 헤어져 있었으니 말이다."

그 말에 레온이 머리를 긁적였다.

"작위가 내려지지 않았으면 좋겠어요. 그럼 계속 어머니랑 살 수 있잖아요."

레오니아가 손으로 입을 가리고 웃었다.

"호호. 녀석도 참."

그러나 그녀는 금세 정색을 했다.

"내일부터 바쁜 하루가 될 것이다. 모르긴 몰라도 할아버지께서 가정교사를 보낼 것이다. 너에게 귀족사회의 예법을 가르칠 학자이지."

아들을 쳐다보는 레오니아의 눈빛에는 안타까움이 가득했다.

"귀족사회의 예법은 정말로 방대하다. 어릴 때부터 배워도 모두 외울 수 없을 정도이지. 아마 네가 익히기엔 무척이나 버거울 것이다. 그러니 힘들 것 같으면 배우지 말거라."

레온에겐 듣던 중 가장 반가운 소리였다.

"그, 그래도 되나요?"

"나중에 아버님께 부탁해서 너에게 내려질 영지를 고를 것이다. 한적하고 조용한 지방으로 말이다. 거기서 살게 되면 구태여 예법을 익힐 필요가 없다. 물론 너의 배필로는 예법에 해박한 귀족 영애를 구해야 할 것이다. 그래야만 너의 모자란 점을 보충할 수 있다."

레온의 얼굴이 슬그머니 붉어졌다.

"참 어머니도. 전 결혼하고 싶은 생각이 없어요."

"안 될 말이다. 언제까지 어미에게 의지해서 살 수는 없는 법. 게다가 이 어미는……."

레오니아의 입가에 빙그레 미소가 걸렸다.

"손자가 빨리 보고 싶단다. 네 할아버지처럼 말이다."

"소, 손자요?"

"그럼. 그러니 어미가 좋은 영애를 물색해 보겠다. 왕가의 혈통을 이은 만큼 혼처자리를 구하는 것이 그리 어렵지 않을 것이다."

왕족이라면 최고의 귀족이다. 혼인을 통해 정략적 제휴를 해나가는 것이 귀족사회의 생리인 만큼 레온의 배필을 구하는 것은 결코 어렵지 않을 것이다.

고급 귀족 가문은 힘들겠지만 중하급 귀족들은 왕가와 관계를 맺기 위해 혈안이 되어 있다. 귀족사회의 생리에 밝은 레오니아는 그 사실을 잘 알고 있었다.

"그리고 혹시 검을 배운 적이 있느냐?"

어머니의 말에 레온이 다소 곤혹스러워했다. 물론 검을 배운 적은 없다.

창으로써 그랜드 마스터의 경지에 올랐는데 검을 익힐 필요가 있겠는가? 사실대로 말해야 하는지 고민하던 레온이 조용히 머리를 흔들었다.

"검을 배운 적은 없습니다."

"흠, 그렇다면 검술선생도 하나 두어야겠구나. 왕족들에게 어느 정도의 검술실력은 필수란다."

귀족사회에서는 서로의 명예를 훼손했다는 이유로 결투가 심심찮게 행해진다. 물론 세력이 있는 고급 귀족들은 휘하의 기사를 대전사로 출전시킬 수 있다.

그러나 모든 귀족들이 그런 것은 아니었다. 때문에 귀족들은 어릴 때부터 검술을 익혀왔다.

"적어도 너 자신을 지킬 힘 정도는 있어야지. 그렇다면 말은 탈 줄 아느냐?"

레온이 머리를 절레절레 흔들었다.

"아이 참 어머니도. 제가 인간이 된 것은 그리 오래되지 않았어요. 오우거 시절에 그 어떤 말이 저를 태우겠어요. 그리고 인간이 되었어도 몸집이 크다 보니 제 체중을 받아줄 만한 말을 살 수 없었어요."

"그것은 문제가 되지 않는다. 왕실 마구간에는 훌륭한 말들이 많단다. 그렇다면 승마선생도 한 명 섭외해 보겠느니라."

그 말을 들은 레온은 귀가 솔깃했다. 검술은 몰라도 승마는 배워보고 싶은 마음이 굴뚝같았기 때문이었다.

"네. 부탁드려요 어머니. 말은 꼭 타보고 싶네요."

"걱정하지 말거라."

말을 마친 레오니아가 몸을 일으켰다.

"나를 따라오너라. 네 방을 정해주겠다."

그러나 레온은 어머니의 말을 따르지 않았다.

"싫어요. 얼마 만에 어머니를 만났는데……. 당분간은 어머니와 함께 자고 싶어요."

레오니아의 입가에 미소가 떠올랐다. 사실 그녀 역시 아들과 함께 자고 싶은 마음이 굴뚝같았다. 다만 다 큰 아들을 생각해서 방을 정해주려고 한 것이다.

"그렇다면 어미와 함께 자자꾸나. 그러나 단 일주일뿐이다. 그 뒤에는 네 방에서 자도록 해라."

레온의 입가에 함박웃음이 떠올랐다.

"알겠어요, 어머니."

# V

## 야생마 렉스의 주인이 되다

귀족의 생활은 생각보다 빡빡했다. 꼭두새벽부터 레온을 찾아온 이는 왕실에서 보낸 학자였다. 시녀로부터 얘기를 전해들은 레온이 응접실로 나왔다. 백발이 성성한 늙은 학자가 날카로운 눈빛으로 레온을 쳐다보았다.

"안녕하십니까. 왕손님. 저는 왕실학자인 아케누스입니다. 왕손님의 예법교육을 담당하게 되었습니다."

레온이 얼떨떨한 표정으로 예를 취했다.

"아! 안녕하세요."

살짝 고개를 끄덕인 아케누스가 손뼉을 쳤다. 그러자 서너 명의 하인들이 책을 바리바리 싸 안고 들어왔다. 보기만 해도 기가 질릴 정도의 분량이었다. 그들은 탁자 위에 책을 차곡차곡 쌓아놓았다.

아케누스가 손을 들어 책을 가리켰다.

"왕손께서는 오늘부터 하루 네 시간씩 예법교육을 받으셔야 합니다. 가장 먼저 이 책의 예법을 모두 외우셔야 합니다."

그 말에 레온이 입을 딱 벌렸다. 하인들이 들고 들어온 책은 무려 백 권에 가까웠다. 하나같이 두껍기 그지없는 책들이었다. 그것을 다 외워야 한다니 기가 질릴 수밖에 없다.

"이, 이걸 다 외워야 한다고요?"

놀라는 레온의 반응이 마음에 들지 않는 듯 아케누스가 눈살을 찌푸렸다.

"이것은 기초 예법 책입니다. 중급 예법에 관한 책은 이것보다 양이 많지요."

"……"

"아마도 고급 예법은 왕손님께 무리일 것입니다. 중급과 비교도 할 수 없을 정도로 내용이 방대하니까요. 그러나 익히셔야만 합니다."

그 말에 레온은 결정을 내렸다. 예법을 무시하기로 말이다. 어머니 레오니아의 말에 따르면 어릴 때부터 예법을 익혀도 모든 것을 마스터할 수 없다고 했다.

서른이 넘은 레온에겐 당연히 벅찰 수밖에 없었다. 그런 레온의 마음을 아는지 모르는지 아케누스가 가장 위에 놓인 책한 권을 집어 들었다.

"이것은 식사예절에 관한 기초 예법입니다. 상중하 세 편으로 나뉘어 있지요. 오늘은 상권을 학습하도록 하겠습니다."

말을 마친 아케누스가 레온에게 책을 내밀었다. 그가 얼떨떨한 표정으로 책을 받아들었다.

"크게 소리 내어 읽어보십시오. 오늘 중으로 책의 내용을 모두 숙지하셔야 합니다."

그러나 레온은 멀뚱멀뚱 책의 표지만 쳐다볼 뿐이었다. 이미 그는 예법교육을 받지 않겠다고 결심을 굳힌 상태였다. 그 모습을 본 아케누스가 눈살을 찌푸렸다.

"큰 소리로 읽어보십시오. 왕손님."

"뭘 읽으란 말이지요?"

"당연히 책……."

아케누스의 말이 잠시 끊겼다. 그가 미심쩍은 눈빛으로 레온을 쳐다보았다.

"혹시 글을 읽을 줄 모르십니까?"

레온이 기다렸다는 듯 고개를 끄덕였다.

"네."

아케누스는 맥이 탁 풀리는 것을 느꼈다. 글도 읽을 줄 모르는 까막눈에게 무슨 예법교육을 한단 말인가? 그가 어처구니없다는 듯 레온과 서책을 번갈아 쳐다보았다.

'세상에, 왕실의 혈통을 이은 왕손이 까막눈이라니 이게 말

이 되는 소린가?'

　물론 그는 레온이 거짓말을 했다는 사실을 전혀 눈치채지 못했다. 레온은 이미 중원의 문자까지 읽고 쓸 수 있는 수준이다. 그런 그가 글을 읽지 못할 이유가 없다.

　예법교육을 하고 싶지 않아 꾀를 부린 것이란 사실을 알아차리지 못한 아케누스는 한없이 난감해했다. 그렇다고 예법교육을 하지 않을 수도 없는 노릇이었다.

　"알겠습니다. 그럼 제가 읽어드리겠습니다."

　속이 답답해진 아케누스가 책을 펼쳐 들고는 읽기 시작했다. 그러나 그의 낭송은 그리 오래 지속되지 않았다.

　"드르렁."

　난데없이 들려오는 코고는 소리에 아케누스의 얼굴이 참담하게 일그러졌다.

　'정말 대책이 서지 않는군.'

　그러나 어쩔 수 없는 노릇이다. 상대는 평범한 귀족 자제가 아니라 왕손이다. 왕실학자인 그가 어떻게 할 수 있는 존재가 아니었다.

　'아무래도 왕손님께 예법교육을 시키는 것은 불가능할 것 같군.'

　한숨을 길게 내쉰 아케누스가 주섬주섬 책을 챙겼다. 예법교육을 포기하고 돌아가려는 것이다. 그 모습을 레온이 실눈을 뜬 채 쳐다보고 있었다.

'저 많은 책을 외운다면 아마도 내 머리가 터지고 말 거야.'

그러나 레온이 배울 것은 예법뿐만이 아니었다. 정오쯤 되자 시녀가 레온을 찾아왔다.

"검술교관께서 도착하셨습니다. 그러니 연무장으로 나가보십시오."

한낮의 오수를 즐기고 있던 레온의 얼굴이 살짝 일그러졌다. 그랜드 마스터인 그에게 어째서 검술이 필요하단 말인가? 그러나 어쩔 수 없었다.

검술교관이 도착해서 기다리고 있다는 말에 레온이 터덜터덜 연무장으로 걸어갔다.

어머니의 궁전인 봄의 별궁에도 연무장이 있었다. 다른 궁전에 비해 규모는 작았지만 호위하는 기사들이 틈틈이 연무장에서 대련하곤 했다.

연무장 구석에는 머리가 희끗희끗한 노기사 한 명이 묵묵히 목검을 손질하고 있었다. 레온이 재빨리 노기사의 수준을 살폈다.

'소드 엑스퍼트 상급 정도 되겠군. 하긴 마스터를 이런 일에 투입할 순 없는 노릇이니.'

레온이 가까이 다가가자 노기사가 목검을 들고 검례를 취했다.

"레온 왕손님이시죠? 저는 왕손님의 검술교습을 맡은 텔리단이라고 합니다."

레온도 깍듯이 예를 취했다.

"처음 뵙겠습니다."

텔리단이 손가락을 뻗어 한쪽에 놓인 무복을 가리켰다.

"일단 무복으로 갈아입으시지요."

그는 옷을 갈아입는 레온의 체격을 면밀히 살폈다. 처음 봤을 당시 텔리단은 레온의 덩치에 놀랐다. 거인이라고 표현해도 될 정도로 덩치가 컸기 때문이었다.

'예전 같았으면 훌륭한 체격조건이겠지만 지금은 그렇지 않지. 마나만 다룰 수 있다면 능히 육체적인 제약을 벗어던질 수 있으니 말이야.'

레온은 무복으로 갈아입기 위해 상의를 벗었다. 몸에 금속제 흉갑을 두른 탄탄한 상체가 드러났다. 텔리단이 눈을 가늘게 뜨고 레온의 근육을 살폈다. 그러나 도출된 결론은 그리 긍정적이지 못했다.

'근육상태가 좋긴 하지만 단련으로 만들어진 것은 아냐. 그저 타고난 것으로 보이는군. 아무래도 검을 가르치기가 쉽진 않겠군.'

서른이 다 되도록 제대로 된 수련 한 번 하지 않은 자가 검을 배우기란 매우 어렵다. 때문에 텔리단의 표정은 그리 좋지 않았다. 그 사이 무복을 모두 갈아입은 레온이 텔리단에게 다가왔다.

텔리단이 마뜩찮은 눈빛으로 병기대에 가지런히 세워진 목검을 가리켰다.

"손에 맞는 목검을 하나 고르십시오."

병기대를 쳐다본 레온이 가장 큰 사이즈의 목검을 집어 들었다. 레온의 덩치가 워낙 컸기 때문에 목검이 작아 보일 정도였다.

"검을 한 번 쥐어보시겠습니까?"

살짝 고개를 끄덕인 레온이 목검을 쥐었다.

세상에는 수많은 검술이 있다. 검으로 이름난 명가의 검술도 있고 실전에서 파생된 용병 검술에 이어, 국가에서 비밀리에 관리하는 검술도 있다. 그러나 검을 움켜쥐는 파지법은 거의가 대동소이하다.

검 파지법의 기본은 강한 충격을 받아 손아귀가 찢어질지언정 검을 놓치지 않는 것이다. 물론 레온이 파지법에 대해 알 리가 만무하다. 때문에 그는 메이스나 곤봉을 쥘 때처럼 목검을 쥐었다.

사실 곤봉을 잡는 법과 검의 파지법은 상당한 차이가 있다. 검과는 달리 곤봉은 목표물을 타격할 때 손에 강한 충격이 전해진다.

때문에 약간 여유를 두어 잡는 것이 원칙이었다. 그래야만 충격을 흡수할 수 있기 때문이다. 레온이 목검을 잡은 자세를 보자 텔리단의 표정이 착잡해졌다.

'예상은 했었지만 역시나······.'

경험으로 미루어 볼 때 눈앞의 덩치 큰 왕손은 지금껏 검을 잡아본 적도 없음이 분명했다.

왕손은 목검을 마치 몽둥이나 도끼를 쥐는 것처럼 움켜쥐고 있었다. 검을 처음 잡아본 초심자들이 흔히 보여주는 자세였다.

'미치겠군. 기초부터 검술을 가르쳐야 한다니······.'

텔리단은 상당히 실력이 있는 검술교관이었다. 기초가 탄탄한 귀족 자제들에게 고급 검술을 가르치는 것이 평소의 일이었다. 그런데 검도 제대로 잡지 못하는 초심자에게 기초부터 가르쳐야 하니 내키지 않을 수밖에 없었다.

'대관절 뭐부터 가르쳐야 할지 모르겠군.'

연신 한숨을 내쉬는 텔리단을 보며 레온이 조용히 입을 열었다.

"검술을 제가 꼭 배워야 하는 것입니까?"

레온의 물음에 텔리단이 적이 당황했다. 지금까지 한 번도 받아본 적이 없는 질문이었기 때문이다.

"귀, 귀족이라면 의당 익혀야 하는 것이 검술입니다. 일종의 교양이나 마찬가지이니까요."

"전 지금껏 검을 배워본 적이 한 번도 없습니다. 구태여 배우고 싶은 생각도 없고요."

레온의 대답에 텔리단은 귀가 솔깃한 것을 느꼈다. 왕손이 검술을 배우기를 거부한다면 구태여 자신이 힘들여 가르칠 필요가 없다. 다시 말해 초심자에게 기초부터 가르쳐야 한다는 고역에서 벗어나는 것이다.

"검술을 배우고 싶지 않으십니까?"

레온이 머뭇거림 없이 고개를 끄덕였다.

"그렇습니다. 검술을 모른다고 해서 살아가는데 지장이 있을 것 같지는 않군요."

그 말을 들은 텔리단은 더 이상 권유하지 않았다.

"알겠습니다. 그렇다면 국왕전하께 그렇게 말씀드리겠습니다."

뭔가 찜찜했지만 레온은 굳이 만류하지 않았다. 창술로써 그랜드 마스터가 된 그가 구태여 검술을 익힐 이유는 없었다.

그렇게 해서 검술교관도 떠나갔다. 그러나 레온이 배울 것은 아직도 남아 있었다. 방에서 쉬고 있는 레온에게 어머니 레오니아가 찾아왔다.

"오셨습니까? 어머니."

정이 담뿍 담긴 눈빛으로 아들을 쳐다보던 레오니아가 입을 열었다.

"왕실학자와 검술교관이 더 이상 봄의 별궁으로 오지 않겠다고 하더구나. 예법과 검술을 익히고 싶은 생각이 정녕 없는 거니?"

레온이 겸연쩍게 웃으며 뒷머리를 긁적였다.

"예. 도저히 엄두가 나지 않았어요."

"그래. 네가 내린 결정이니 존중해 주마. 그런데 승마는 배우고 싶다고 그랬지?"

"네 어머니."

"궁성 마구간으로 가 보아라. 거기에서 탈이란 마구간지기를 찾으면 된다. 그가 너에게 말 타는 법을 가르쳐 줄 것이다."

그 말에 레온이 눈을 크게 떴다.

"마구간지기요?"

레오니아가 빙그레 웃으며 고개를 끄덕였다.

"그렇다. 그 사람이 너에겐 전문승마교관보다 나을 것이다. 전문승마교관은 어느 정도 말을 탈 줄 아는 사람의 자세를 교정해주는 것이 주 임무이다. 너처럼 말을 전혀 타보지 않은 경우에는 가르치기가 쉽지 않을 것 같아서 마구간지기를 골랐다."

"흠. 그런가요?"

"비록 마구간지기이긴 하지만 어릴 때부터 말을 타 왔고 말과 함께 생활한 사람이니 널 가르치기에 충분할 것이다. 그러니 그에게서 승마술을 기초부터 배우도록 해라."

레온이 빙긋 웃으며 고개를 끄덕였다.

"알겠어요. 어머니."

"지금 즉시 가 보거라."

"네."

레온은 머뭇거림 없이 왕실 마구간으로 향했다. 조금이라도 빨리 승마술을 배우고 싶었기 때문이었다.

탈이라는 마구간지기를 찾는 것은 그리 어렵지 않았다. 그가 마구간 입구에 서서 레온을 기다리고 있었다.

"혹시 레온 왕손님이십니까?"

탈은 삼십대 중반 정도 되어 보이는 장년인이었다. 축 늘어진 눈꼬리가 매우 순한 인상을 풍겼다.

"그렇소. 당신이 탈이오?"

"그렇습니다. 제가 왕손님께 말 타는 법과 다루는 법을 가르쳐 드릴 것입니다."

탈의 얼굴은 조금 상기되어 있었다.

"사실 전 지금껏 왕손님처럼 지체 높은 분의 승마교습을 맡아본 적이 없습니다. 그래서 많이 떨리는군요."

그 말에 레온이 실소를 지었다.

"그게 뭐 대수라고."

"왕녀님께 들은 바로 왕손님께서는 지금껏 단 한 번도 말을 타보신 적이 없다고 들었습니다. 그게 사실이십니까?"

"그렇소. 지금까지 말을 탈 기회가 전혀 없었소."

"그렇다면 자신 있습니다. 쟁쟁한 승마교관보다도 왕손님을 더 잘 가르쳐 드릴 수 있습니다."

탈은 매우 자신만만한 태도를 견지했다. 사실 승마교관들은 기초가 탄탄한 귀족 자제들에게 자세를 교정하거나 마상전투를 가르친다. 때문에 눈앞의 왕손처럼 전혀 기초가 없는 경우는 가르치는데 한계가 있을 수밖에 없다.

"제 가문은 대대로 마구간지기였습니다. 때문에 어릴 때부터 말을 친구삼아 자라왔죠. 제 자랑 같지만 저만큼 말이란 짐승을 잘 이해하는 사람은 없을 것입니다. 일단 안으로 들어가시죠."

레온은 탈의 뒤를 따라 마구간 안으로 들어갔다.


마구간의 규모는 엄청나게 컸다. 왕실의 말을 모두 관리하는 곳이니 그럴 수밖에 없었다.

수십 동의 마구간에는 모두 말이 들어차 있었다. 탈은 레온을 마구간 뒤쪽으로 데리고 갔다.

"처음 말을 타시는 귀족 자제분들은 보통 망아지를 권해드립니다. 순하고 말을 잘 듣기 때문이죠. 하지만 왕손님 같은 경우는……."

탈이 레온의 아래위를 곁눈질했다.

"워낙 거구시라 망아지로는 역부족일 것입니다. 때문에 다 컸으면서도 순한 녀석들로 몇 마리 골라놓았습니다."

마구간 뒤쪽에는 서너 필의 말이 매어져 있었다. 하나같이 덩치가 좋은 놈들이었다. 탈이 그중 갈색의 털빛을 가진 말을 가리켰다.

"저 말이 왕손님께서 타실 말입니다."

천천히 걸어간 탈이 손을 뻗어 말의 목을 쓸었다. 기분이 좋았는지 말이 긴 혀를 내밀어 탈의 얼굴을 핥았다.

"말은 상당히 세심하게 다루어야 합니다. 성격이 섬세할 뿐 아니라 다양하지요. 이 녀석은 그래도 매우 유순한 편입니다."

말을 마친 탈이 말고삐를 단단히 움켜쥐었다.

"한 번 타보십시오. 타는 요령은 옆구리 쪽에서……."

간단하게 승마 요령을 들은 레온이 등자에 발을 올렸다. 이어 등에 올라타려는 순간 말이 투레질을 하며 뒷걸음질을 쳤다.

히히히힝.

"이런. 괜찮다. 괜찮아."

탈이 필사적으로 말을 달랬다. 그러나 말은 불안한 눈초리로 레온을 쳐다보았다. 물론 레온은 그 이유를 알고 있었다. 그것은 바로 비정상적으로 무거운 레온의 체중 때문이었다.

레온의 신장은 2미터를 넘어선다. 게다가 온통 근육질이라 체중이 적게 잡아도 백육십 킬로그램에 달한다. 물론 그 정도라면 말이 부담을 느끼지 않았을 것이다.

문제는 레온이 착용한 마신갑에 있었다. 레온이 내공을 불어넣을 경우 마신갑은 풀 플레이트 메일의 형상으로 증식된다. 제아무리 가벼운 드래곤 본 재질이라 하더라도 기본적으로 금속제이기 때문에 상당히 무게가 나간다.

경량화 마법이 걸려 있지 않았기 때문에 그 무게감이 고스란히 레온의 체중에 더해질 수밖에 없다. 그래서 말이 레온을 태우려 하지 않는 것이다.

마갑에 익숙한 전마가 아니라면 무게감을 버틸 수 없다. 그 이유를 모르는 탓에 탈은 난감해했다.

"허. 이런 경우는 없었는데……. 그럼 다른 말을 한 번 타보십시오."

그러나 마찬가지였다. 대부분의 말들은 레온이 올라타려는 것을 거부했다. 너무도 무거웠기 때문이었다.

레온이 발을 디디고 올라서려는 순간 엄청난 무게감이 전해졌고 그것을 느낀 말이 투레질을 하며 뒤로 물러섰다.

"자, 착하지?"

난감한 상황이 이어지자 탈이 필사적으로 말을 진정시켰다. 그의 노력 덕택에 레온은 마침내 말 한 필의 등에 올라타는데 성공했다.

"우선은 걷는데 익숙해지셔야 합니다."

말을 마친 탈이 고삐를 잡고 걷기 시작했다. 그 뒤를 레온을 태운 말이 터덜터덜 뒤따랐다.

말을 타보는 경험은 레온에겐 상당히 색달랐다. 난생처음 말이란 짐승을 타보았기 때문이었다. 말이 걸음을 옮김에 따라 레온의 몸이 아래위로 흔들렸다.

"상당히 많이 흔들리는군요."

"아직 익숙해지지 않으셔서 그렇습니다. 타다 보시면 말의 움직임에 몸이 저절로 적응이 될 것입니다."

탈의 승마술 요령은 오로지 경험이었다.

"말을 잘 타는 데는 별 요령이 없습니다. 그저 많이 타보시면 됩니다. 사람의 몸이란 오묘하기 짝이 없지요. 그 어떤 것에도 적응할 수 있으니 말이지요."

고개를 끄덕인 레온이 말의 움직임에 몸을 내맡겼다. 천천히 걸으니 의외로 탈만 했다. 그 상태로 둘은 한 시간가량 산책로를 돌았다. 레온이 어느 정도 적응한 것을 본 탈이 말 한 필을 더 끌고 왔다.

"이제부터 빠른 걸음으로 가겠습니다."

탈이 끌고 온 말의 등에 올라탔다. 한 손은 여전히 레온이 탄 말의 고삐를 단단히 붙잡은 상태였다.

"속도를 올리겠습니다. 놀라지 마십시오."

고삐를 당기자 탈을 태운 말이 빠른 걸음으로 달리기 시작했다.

두두두두.

그러자 레온을 태운 말도 덩달아 속도를 올리기 시작했다. 탈이 레온이 탄 말의 고삐를 단단히 움켜쥐고 있었기 때문이었다.

마구간의 뒤에는 기다란 주로가 설치되어 있었다. 왕실 사냥터 외곽으로 빙 둘러 설치된 주로였다. 본격적으로 달리기로 작정했는지 탈은 말을 주로 입구로 끌고 갔다.

"일단 빠른 걸음으로 주로를 한 바퀴 돌겠습니다. 조금 버거우시겠지만……."

그러나 탈의 말은 이어지지 못했다. 레온을 태운 말이 투레질을 하며 그 자리에 멈춰 섰기 때문이다. 당황한 탈이 말의 등에서 뛰어내렸다.

"왜 그러니?"

가까이 다가간 탈의 얼굴에 당혹감이 어렸다. 말이 온통 땀투성이가 되어 거칠게 숨을 몰아쉬고 있었기 때문이었다. 마치 한 시간 정도 전력질주를 한 것과 같은 상태였다. 이해할 수 없었는지 탈이 고개를 갸웃거렸다.

"어찌 이런 일이……."

물론 말은 레온의 비정상적인 체중 때문에 지친 것이었다. 마신갑의 무게까지 합치면 무려 이백 킬로그램이 넘는 만큼 당연히 지칠 수밖에 없다.

말이 더 이상 달릴 수 없는 상태란 사실을 파악한 탈이 머리를 흔들었다.

"희한하군요. 아무래도 다른 말을 골라야 할 것 같습니다."

탈이 마구간 안쪽으로 걸음을 옮겼다. 안장에서 내린 레온이 안쓰러운 눈빛으로 말을 쳐다본 뒤 탈의 뒤를 따랐다.

탈이 향한 곳은 아직까지 주인이 정해지지 않은 말들이 매어져 있는 곳이다. 수많은 말들이 질서정연하게 마구간을 차지하고 있었다. 관리가 잘된 탓인지 말똥 냄새조차 풍기지 않았다. 줄줄이 늘어선 말을 본 탈이 고개를 갸웃거렸다.

'어떤 녀석을 골라드려야 할지 모르겠군. 힘이 좋은 녀석이라야 될 텐데.'

레온 역시 마구간을 기웃거리며 마음에 드는 말을 찾았다. 그때 말 한 필이 레온의 눈에 들어왔다.

'응? 저 녀석은?'

레온의 시선에 들어온 말은 거마라고 불려도 될 정도로 덩치가 컸다. 옆에 매어져 있는 말들이 마치 망아지로 보일 정도의 체구였다.

전체적으로 검붉은 빛의 털을 가졌는데 특이하게도 갈기가 길게 늘어져 마치 사자와 같은 위용을 풍겼다.

레온이 주시한 것은 말의 눈빛이었다. 다른 말의 유순한 눈초리와 달리 녀석의 눈빛은 다분히 도전적이었다. 마치 세상 모든 것을 눈 아래로 깔아뭉개는 듯한 오만한 눈빛. 거기에 호기심을 느낀 레온이 말을 지그시 응시했다.

히히히힝.

말이 가소롭다는 듯 길게 울음을 터뜨렸다. 그 소리를 들은 탈이 레온이 있는 곳으로 달려왔다. 탈의 얼굴에 당혹감이 서렸다.

"이, 이 녀석은?"

왜 하필이면 왕손이 이 녀석에게 관심을 가졌단 말인가? 눈앞의 말은 탈이 고개를 절레절레 흔들 정도로 골칫덩어리였다.

말의 이름은 렉스였다. 렉스란 통상적으로 말에게는 붙이지 않는 이름이다.

그러나 눈앞의 말은 그런 이름이 붙여질 정도로 난폭하고 성질머리가 고약했다. 지금껏 말을 한 번도 타본 적이 없는 왕손이 다른 말도 아닌 렉스에게 관심을 가진 것이다.

'덩치가 커서 관심을 가지셨나 본데 이놈은 절대 안 돼.'

렉스는 탈조차도 다룰 수 있다고 장담할 수 있는 말이 아니다. 오죽했으면 아직까지 주인이 정해지지 않았겠는가? 사실 순수한 능력만으로 따지면 렉스는 그야말로 최고의 말이었다.

덩치에 걸맞게 힘도 좋았고 달리는 속도도 빨랐다. 지구력까지 좋아서 어디 하나 나무랄 데가 없는 말이었다. 그 어느 고급 귀족의 애마에 견주어 보아도 떨어지지 않았다. 그러나 문제는 렉스는 아직까지 길들여지지 않은 상태라는 점이다.

렉스는 원래 펜슬럿 북부 화산지대에서 뛰어놀던 야생마였다. 우연히 사람들의 눈에 띄어 포획당한 뒤 펜슬럿 왕실 마구간에까지 팔려온 것이다.

사실 다 자란 야생마는 길들이려는 시도를 하지 않는다. 길들일 수 있는 확률이 무척 낮기 때문이었다. 망아지가 아닌 이상은 거의 실패로 돌아간다고 봐야 한다.

그러나 펜슬럿 왕실에서는 여러 명의 조련사를 투입해 렉스를 길들이려 했다. 렉스는 그 정도의 가치가 있는 말이기 때문이었다. 그러나 조련은 실패로 돌아갔다.

렉스는 성질이 거친 야생마 중에서도 특히나 포악한 성품을 지녔다. 결국 조련사 한 명이 반신불구가 되고 나서야 왕실에서는 렉스를 길들이는 것을 포기했다.

원래 조련사들은 렉스를 거세시킨 뒤 길들이려 했다. 그래야 포악한 성질이 조금 누그러지기 때문이다. 그러나 왕실에서 렉스의 거세를 극구 말렸다.

훌륭한 체격조건을 지닌 수컷이었기 때문에 씨를 받아야 할 필요성이 있었다. 그리하여 렉스는 종마로써 왕실 마구간에 머물게 되었다. 그런 내력을 떠올린 탈이 조심스럽게 입을 열었다.

"이 말은 불가능합니다."

"어째서 그렇소?"

"이 녀석은 아직까지 길이 들지 않았습니다. 거의 야생마나 다름없다고 보셔야 하죠. 성격 또한 고약하기 때문에 초심자가 타는 것은 그야말로 불가능에 가깝습니다."

"그런가요?"

레온이 호기심 어린 눈빛으로 렉스를 쳐다보았다. 야생마란 말에 관심을 가진 것이다. 그 모습을 보며 탈이 계속 떠들었다.

"이놈은 원래 북부 화산지대에서 서식하던 야생마였었죠.

그동안 조련사들이 길을 들이려고 부단히 노력했는데…….”

탈의 말대로 렉스라는 말의 눈빛에서는 길들여지지 않은 야
성이 느껴졌다. 그 사실을 깨달은 레온이 고개를 끄덕였다.

'어쩌면 이놈은 가능할지도 몰라.'

야성의 법칙을 누구보다도 잘 알고 있는 레온이기에 가능할
수도 있었다. 마음을 정한 레온이 탈을 쳐다보았다.

“이놈을 한 번 타보겠소.”

탈이 소스라치게 놀랐다.

“아, 안됩니다. 벌써 이놈으로 인해 조련사 여러 명이 크게
다쳤습니다.”

“모든 책임은 내가 지겠소. 그러니 타게 해 주시오.”

레온의 고집에 탈이 난감한 표정을 지었다. 렉스처럼 거친
말에 어찌 초심자를 태울 수 있단 말인가? 그러나 레온은 좀
처럼 고집을 꺾으려 하지 않았다.

“모든 책임은 내가 지겠다고 하지 않소?”

“알겠습니다. 정 그러시다면…….”

탈이 내키지 않는 손길로 렉스의 고삐를 말뚝에서 풀었다.
그 모습을 보고도 렉스는 가만히 있었다.

자신을 풀어준다는 것을 짐작한 모양이다. 탈은 렉스의 고
삐를 조심스레 끌고 마구간 밖으로 나왔다.

“한 번 타볼 것이니 주로로 데려가 주시오.”

탈은 잠자코 렉스를 주로로 데리고 갔다. 오랜만에 맞는 햇

살이 좋은지 렉스가 가볍게 투레질을 했다.

푸르릉.

잠시 후 그들의 앞에 긴 주로가 펼쳐졌다. 왕족들이 주로 이용하는 만큼 주로는 잘 포장되어 있었다. 그곳까지 렉스를 끌고 간 탈이 조심스럽게 입을 열었다.

"다시 한 번 생각해 보십시오. 이 말은 너무 위험합니다."

"괜찮소. 걱정하지 마시오."

살짝 고개를 흔든 레온이 렉스에게로 다가갔다. 그때 귓전으로 다급한 경고성이 파고들었다.

"말 뒤쪽으로 다가가지 마십시오."

그 말이 끝나기가 무섭게 가슴팍에서 강렬한 충격이 전해졌다. 레온이 뒤쪽에서 접근하자 렉스가 냅다 뒷발로 걷어차 버린 것이다.

퍼억.

둔중한 타격음과 함께 레온의 육중한 몸이 허공으로 떠올랐다가 맥없이 나가떨어졌다. 그 모습을 본 탈의 눈이 툭 불거져 나왔다.

"크, 큰일이야."

말의 뒷발길질은 엄청난 위력을 가지고 있다. 사자조차 정통으로 걷어 채이면 즉사할 정도였다. 때문에 조련사들도 말에게 접근할 때에는 각별히 조심한다.

제아무리 순한 말이라도 뒤에서 접근하는 것은 철저한 금기사항이었다.

 얼굴이 까맣게 되었지만 탈은 자신이 할 일을 잘 알고 있었다. 그는 가장 먼저 렉스의 고삐를 말뚝에 묶었다.

 그렇게 하지 않는다면 렉스가 머뭇거림 없이 달아나 버릴 터였다. 조치를 취한 다음 탈이 정신없이 왕손에게로 달려갔다.

 "와, 왕손님."

 경험으로 미루어볼 때 저 정도라면 왕손은 볼 것 없는 즉사였다. 운이 좋아 죽지 않았다고 해도 늑골이 모조리 부러지고 장이 파열되는 중상을 입었을 터였다.

 그런데 다급히 달려가던 탈의 눈동자가 경악으로 물들었다. 왕손이 아무 일 없었던 것처럼 손을 탈탈 털고 일어서는 것이 아닌가?

 "허허. 그 녀석 성질머리 한 번 고약하군."

 눈을 크게 뜬 탈이 레온의 아래위를 살폈다. 레온이 걱정하지 말라는 듯 머리를 흔들었다.

 "난 괜찮소."

 말은 그렇게 했지만 레온은 적지 않은 타격을 입은 상태였다. 위기일발의 순간 다급하게 호신강기를 끌어올렸기에 망정이지 안 그랬으면 크게 다칠 뻔했다. 가슴에서 뻐근함이 느껴지자 레온이 살짝 인상을 썼다.

 '이놈이?'

레온이 아무런 말없이 렉스에게로 다가갔다. 조금 전의 실수를 되풀이하지 않겠다는 듯 이번에는 말 옆구리 쪽으로 접근했다. 렉스는 그 모습을 가소롭다는 듯 곁눈질로 쳐다보고 있었다.

"다, 다시 한 번 생각해 보십시오."

애가 탄 탈이 만류했지만 레온은 듣지 않았다. 결국 탈은 어쩔 수 없다는 듯 렉스의 고삐를 단단히 움켜쥐었다.

"부디 조심하십시오."

탈의 말을 흘려들으며 레온이 렉스의 등자에 발을 얹었다. 워낙 덩치가 커서 그런지 등자의 높이도 상당히 높았다. 한쪽 발을 올리는 순간 렉스의 육중한 몸이 움찔했다.

지금까지 타 본 말들은 이 단계에서 깜짝 놀라 레온을 태우는 것을 거부했다. 엄청난 몸무게 때문이다. 그러나 덩치 값을 하려는지 렉스는 별다른 반응을 보이지 않았다.

'역시 날 태우고 달릴 수 있는 말은 이놈뿐이야.'

그에 고무된 레온이 렉스의 등에 올라탔다. 예상치 못했던 무게감에 살짝 놀란 눈치였지만 예상 외로 렉스는 가만히 있었다. 아래 있던 탈이 탑승용 말고삐를 레온에게 건넸다.

"고삐를 꼭 붙드십시오."

레온이 말고삐를 단단히 손에 휘어 감았다. 여러 겹으로 돌려 감았기 때문에 여간해서는 놓치지 않을 것이다. 그 모습을 본 탈이 조심스럽게 렉스를 주로 쪽으로 이끌었다.

"그럼 달려보겠…… 헉."

탈이 돌연 혼비백산했다. 렉스가 갑자기 앞다리를 치켜들었기 때문이었다.

히히히힝.

사색이 된 탈이 말고삐를 다급히 잡아채려 했다. 그러나 렉스는 역시 영리했다.

탈이 말고삐를 붙들고 용을 쓰려할 때 느닷없이 고개를 숙여 버린 것이다. 그것을 예상하지 못한 탈이 넘어져 버렸고 그 탓에 말고삐가 손에서 풀렸다.

히히히힝.

렉스가 바라던 결과였다. 오랫동안 마구간에 갇혀 있던 탓에 좀이 쑤실 대로 쑤신 렉스가 탈출하기 위해 머리를 쓴 것이다. 조련사를 떨쳐 버린 렉스는 머뭇거림 없이 주로를 질주하기 시작했다.

두두두두.

렉스의 육중한 몸이 무서울 정도의 속도로 주로를 달렸다. 그 뒷모습을 탈이 망연자실한 표정으로 쳐다보고 있었다.

"크, 큰일났어. 이 일을 어쩌면 좋단 말인가?"

✛

레온은 죽을 맛이었다. 이제 겨우 걷기에 숙달된 상태에서 무섭게 질주하는 렉스의 등에 매달려 있는 것은 정말로 고역이었다. 빠른 속도로 달리는 말 등은 표현하기 힘들 정도로 흔들렸다.

말발굽이 대지를 박찰 때마다 충격이 척추로 그대로 전해졌다. 그러나 레온은 필사적으로 말고삐를 휘어 감고 버텼다. 여기서 떨어진다면 아무것도 안 되기 때문이었다.

한동안 달리던 렉스가 마침내 레온을 의식했다. 견디지 못할 정도는 아니었지만 등에 탄 인간의 몸무게가 무시할 수 없는 수준이었다.

때문에 렉스는 인간을 떨쳐 버리기 위해 펄쩍펄쩍 뛰기 시작했다. 저 인간을 떨쳐 버린다면 홀가분하게 탈출을 감행할 수 있으리라. 이미 여러 명의 조련사를 내동댕이친 경험이 있기에 렉스는 자신만만했다.

"크으윽."

레온은 필사적으로 말고삐를 잡고 매달렸다. 마구 날뛰는 야생마의 등에 매달려 있는 것은 정말로 힘든 일이었다. 잔뜩 움켜쥔 말고삐에서 연신 가죽 뜯어지는 소리가 났다.

후두두둑.

만약 레온이 내공을 집중해서 손을 보호하지 않았다면 벌써 손아귀가 찢어졌을 것이다.

인간이 마치 거머리처럼 매달려서 떨어지지 않자 렉스의 눈에 흉광이 돌았다.

이 정도면 아무리 말을 잘 타는 인간이라도 백 중 백 떨어지기 마련인데 이 덩치 큰 인간만큼은 그렇지 않았다. 상대가 만만치 않다는 사실을 깨닫자 마구 질주하던 렉스가 그대로 바닥에 넙죽 엎드렸다.

관성을 이용해 인간을 내동댕이치려는 것이다. 렉스의 예상대로 레온의 몸이 관성을 이기지 못하고 앞으로 공중제비를 넘었다.

"허억."

레온이 다급히 손에 내공을 집중했다. 손으로 팔뼈가 부러질 정도의 압력이 전해졌다. 보통 이런 경우 평범한 인간이라면 고삐를 놓칠 수밖에 없다.

놓지 않고 버틴다면 손뼈가 부러져 버린다. 하지만 레온은 내동댕이쳐지는 와중에서도 고삐를 놓지 않았다.

쿠웅.

인간의 몸이 나자빠지는 것을 본 렉스가 몸을 일으키려다 말고 휘청했다. 덩치 큰 인간이 아직까지 고삐를 단단히 움켜쥐고 있었기 때문이었다. 레온의 체중은 단순한 목 힘만으로 떨쳐낼 정도가 아니다.

인간이 고삐를 놓지 않자 렉스의 눈에 악독한 빛이 떠올랐다. 렉스는 몸을 일으키려는 것을 포기하고 그대로 인간의 몸 위로 굴러 버렸다.

콰지직.

뭔가가 부러지는 소리가 요란하게 울려 퍼졌다. 전마의 체중은 평균 사백 킬로그램이 넘는다.

보통 말보다 월등히 덩치가 좋은 만큼 렉스의 체중은 일반 말을 훨씬 능가한다고 봐야 한다. 그런 체중으로 깔아뭉갰다면 인간이 생존할 가능성은 희박하다.

그것을 확신한 렉스가 몸을 일으키려 했다. 그러나 렉스의 기대는 빗나가 버렸다. 몸을 일으키려던 렉스의 고개가 멈칫했다. 손 하나가 여전히 고삐를 단단히 움켜쥐고 있었기 때문이었다.

"정말 화나게 하는 놈이로군."

레온의 안색은 딱딱하게 굳어 있었다. 다급하게 호신강기를 끌어올리지 않았다면 갈비뼈가 으스러질 뻔했다. 레온이 고삐를 잡아당기자 렉스의 머리가 딸려왔다.

히히히힝.

불안감을 느낀 렉스가 머리를 빼려 했다. 그러나 고삐를 쥔 손은 요지부동이었다. 결국 렉스는 인간과 눈이 마주치고야 말았다.

레온의 눈동자는 활활 타오르고 있었다. 한낱 말에게 연거푸 농락당해 화가 날대로 난 상태. 반드시 꺾고 말리란 생각에 레온이 투기를 내뿜기 시작했다.

콰콰콰콰.

초인이 뿜어내는 투기의 수준은 상상을 초월했다. 살기와

마기를 함께 섞어 뿜어냈기 때문에 렉스가 움찔 몸을 떨었다. 그러나 렉스는 순순히 제압당하지 않겠다는 듯 사납게 콧김을 뿜어냈다.

푸르릉. 푸릉.

그러나 인간이 뿜어내는 투기는 점점 더 짙어졌다. 시간이 지날수록 렉스의 눈동자에 질린 빛이 떠올랐다. 마치 먹이사슬의 최상위를 차지하는 맹수와 일 대 일로 대치하고 있는 기분이었다.

그러나 렉스는 순순히 굴복하지 않았다. 화산지대의 야생마들 중 제일로 강했던 우두머리가 렉스였다. 과거 뒷발차기로 사자 서너 마리의 머리통을 깨 버린 적도 있었다. 그랬기에 렉스는 끈질기게 저항을 하고 있었다.

그러나 몸을 시시각각 옥죄어 오는 인간의 투기는 시간이 지날수록 강해져만 갔다. 곧 렉스의 몸이 사시나무 떨듯 떨리기 시작했다.

덜덜덜.

심령을 강하게 압박해 들어오는 투기. 렉스는 급기야 죽음의 공포를 느끼기 시작했다. 이대로 시간을 끈다면 심장이 멎어 버릴 것이다.

그러나 상대가 바라는 것은 자신의 죽음이 아니다. 인간은 자신에게 굴종을 원하고 있었다. 그 사실을 깨달은 렉스가 마침내 고집을 꺾었다.

히히힝.

구슬프게 울음을 터뜨린 렉스가 눈을 내리깔았다. 마침내 굴복하고 만 것이다.

"좋았어."

그 사실을 깨달은 레온이 투기를 거둬들였다. 자욱하게 난무하던 투기가 순식간에 흔적도 없이 사라져 버렸다. 레온이 오만상을 쓰며 몸을 일으켰다.

"온몸이 뻐근하군."

고삐를 놓고 손을 털었지만 렉스는 조용히 서 있었다. 눈을 내리깐 채 고개를 숙인 상태로 말이다. 탈이 달려온 것은 바로 그때였다.

"와, 왕손님 괜찮으십니까?"

그의 손에는 석궁이 들려 있었다. 상황이 좋지 않으면 렉스를 죽일 작정을 하고 들고 온 것이다.

적절한 타이밍이라 레온의 입가에 미소가 떠올랐다. 이 정도 시간이라면 자신이 내뿜은 투기를 감지하지 못했을 것이 틀림없었다.

"난 괜찮소."

한쪽에 조용히 서 있는 렉스를 본 탈의 눈이 휘둥그레졌다.

"무사하셔서 다행입니다. 그런데 어떻게?"

레온이 태연스런 표정을 지으며 너스레를 떨었다.

"이곳까지 끈질기게 매달려오니 제풀에 지쳤는지 얌전해지더군요."

레온의 말에 탈이 의심스런 눈초리로 렉스를 쳐다보았다. 그게 그리 쉬운 일이라면 지금까지 실패를 거듭한 조련사들은 뭐란 말인가? 그러나 그가 알아낼 수 있는 사실은 아무것도 없었다.

"알겠습니다. 아무래도 렉스는 위험하니 말을 바꾸시는 것이……."

"아니오. 나는 이놈이 마음에 들었소."

이미 굴복시킨 상태였기에 레온이 말을 바꿔야 할 이유는 어디에도 없었다. 결국 탈은 다시 렉스의 고삐를 잡아야 하는 신세가 되었다. 탈이 말없이 자신의 말에 올라탔다.

"일단 제가 인도하겠습니다. 부디 조심하십시오."

"걱정 마시오."

놀랍게도 렉스는 순순히 탈의 인도에 따랐다. 그가 인도하는 대로 순순히 레온을 태우고 빠른 걸음으로 걸었다. 흉성을 폭발시킬 기미는 전혀 보이지 않았다. 그 모습에 탈이 혀를 내둘렀다.

'이놈이 오늘 뭘 잘못 먹었나?'

지금껏 조련사들 중에서 렉스를 타는데 성공한 이는 없었다. 렉스는 그 누구도 등에 태우려 하지 않았다.

제아무리 실력이 뛰어난 조련사라도 불과 5분도 못 버티고 내동댕이쳐지기 일쑤였다. 그런데 오늘 렉스는 순한 양이 되어 있었다. 왕손을 태운 채 조용히 탈의 인도에 따랐으니 말이다.

'교습이 끝나면 한 번 타봐야겠군.'

어쨌거나 왕손의 승마교습이 우선이었기에 탈은 의문을 접고 인도에 온 신경을 쏟았다.

✤

말을 타고 빠르게 달리는 것은 걷는 것보다 월등히 힘들었다. 흔들림도 심했고 몸에 전해지는 충격도 장난이 아니었다.

두 시간가량 승마를 한 레온은 완전히 녹초가 되어 버렸다. 그 기미를 눈치챈 탈은 렉스를 마구간 쪽으로 이끌었다.

"오늘은 여기까지만 하죠. 처음부터 무리하는 것은 좋지 않습니다."

"아무래도 그래야 할 것 같소."

얼굴이 반쪽이 된 레온이 몸을 부들부들 떨며 렉스의 등에서 내려왔다. 다리가 저려 도저히 서 있을 수가 없을 지경이었다.

렉스에게 그토록 당했으니 정상이라면 그게 이상한 일이다. 그러나 기분은 나쁘지 않았다. 그 누구도 등에 태우려 하지 않는 렉스를 굴복시켰으니 말이다. 레온이 큼지막한 손을 들어 렉스의 목을 쓸었다.

"앞으로도 잘 부탁한다."

그 말에 화답하려는 듯 렉스가 구슬프게 울었다.

히히히힝.

빙긋 웃으며 고개를 끄덕인 레온이 탈을 쳐다보았다.

"이만 들어가 보겠소. 렉스를 잘 챙겨주시오."

"걱정하지 마십시오. 말을 돌보는 것은 제 직업입니다."

레온이 비틀거리며 봄의 별궁 쪽으로 걸음을 옮겼다. 탈이 그 모습을 물끄러미 쳐다보고 있었다.

이윽고 레온이 시야에서 사라지자 탈이 렉스 쪽으로 시선을 돌렸다.

"놈이 드디어 고집을 꺾었나 보군. 그렇다면 한 번 타봐야겠어."

렉스를 쳐다보는 탈의 눈동자에는 긴장의 빛이 서려 있었다. 그 어떤 조련사도 길들이는데 실패한 말이 렉스였다. 그런 말을 타 보려는 것이다. 마음을 정한 탈이 조심스럽게 렉스 쪽으로 다가갔다.

"놈. 왕손님을 태운 것처럼 얌전하길 바란다. 그렇지 않을 경우 내 채찍이 용서하지 않을 것이다."

잠시 후 마구간 뒤에서 구슬픈 비명소리가 울려 퍼졌다.

"으아아악. 사, 사람 살려."

감히 자신의 등에 올라타려 한 탈에게 렉스가 응징을 가하는 것이다. 레온에게 당한 상처가 깊었는지 렉스의 응징은 오늘따라 한결 가혹했다.

레온에 대한 소문은 금세 귀족사회에 퍼졌다. 그 소문은 의문스럽게 실종되었던 레오니아 왕녀의 귀환에서부터 시작된다. 무려 십칠 년 동안 실종되었던 탓에 귀족들은 레오니아 왕녀가 이미 죽었을 것이라고 짐작했다.

그러나 모두의 예상을 뒤엎고 레오니아 왕녀가 다시 왕실로 돌아왔다. 이후 그녀의 소식은 철저히 극비에 붙여졌다. 봄의 별궁에 은둔한 채 일체 밖으로 나오지 않았으니 말이다.

그리하여 레오니아 왕녀는 한동안 귀족 부인들의 호기심을 자아냈다. 그녀가 십칠 년 동안 어디에서 살았는지 아는 사람은 아무도 없었다.

그러다 레오니아 왕녀의 탈출미수사건이 귀족사회에 알려졌다. 왕실에서 비밀에 붙이려 했지만 이미 귀족들은 수많은 끄나풀을 왕궁에 깔아둔 상태였다.

"도대체 레오니아 왕녀가 뭐 부족한 것이 있어서 탈출하려 했을까요?"

"혹시 숨겨둔 정부라도?"

이런저런 말들이 많았지만 정확히 알려진 것은 아무것도 없었다. 그런 상황에서 등장한 레온의 존재는 귀족사회에 엄청난 가십거리가 되기에 부족함이 없었다.

난데없이 등장한 레오니아 왕녀의 아들, 그것도 트루베니아에서 건너왔다고 하지 않던가? 때문에 귀족 부인들은 모이는 족족 레온에 대한 이야기를 했다.

"밀정에 따르면 덩치가 엄청나게 크다고 하더군요."

"레오니아 왕녀의 덩치가 그리 크지 않으니 부친을 닮았나 보군요."

"그런데 부친이 누구라고 하던가요?"

"그 사실은 국왕전하조차 모른다고 하더군요. 레오니아 왕녀가 일절 발설하지 않았답니다."

그렇게 해서 귀족들의 관심은 온통 레온에게로 쏠렸다. 그리고 레온의 일거수일투족은 여러 사람들에게 보고되었다. 왕실학자 아케누스와 검술교관 텔리단 역시 끈이 연결된 귀족들이 있었다.

그 때문에 레온 왕손이 글을 읽지 못하는 까막눈이며 또한 지금껏 검을 한 번도 잡아보지 못했다는 사실이 귀족사회에 널리 알려졌다.

"왕족이 글도 모른다니 이해가 되지 않아요. 트루베니아에서 무척 어렵게 살았나 봐요."

"시종들에 따르면 나무와 사냥으로 생계를 이었다고 하더군요. 나중에는 용병 생활도 했었다지요?"

"세상에, 왕손 체면이 말이 아니군요."

레온을 보는 귀족들의 반응은 대체로 호의적이지 못했다. 드러난 결과가 그리 긍정적이지 못하기 때문이었다.

"예법교육과 검술을 포기하고 오로지 말 타는 데만 전념하고 있다더군요."

"어머 불쌍해라. 지금까지 단 한 번도 말을 타보지 못했다지요?"

그런 귀족들의 입방아에 가장 분개한 것은 왕세자 에르난데스였다. 그 역시 귀족사회에 끄나풀을 깔아둔 상태였기 때문에 그런 소식을 금세 전해들을 수 있었다.

물론 그의 분노는 입방아를 찧는 귀족들이 아니라 당사자인 레온에게 향했다.

"미꾸라지 한 마리가 물을 흐린다더니 그놈 때문에 왕실 체면이 말이 아니로군."

옆에 서 있던 부관이 조심스럽게 입을 열었다.

"지금이라도 불러다 예법과 검술교육을 받으라고 하는 게 낫지 않겠습니까?"

왕세자가 냉랭히 머리를 흔들었다.

"이미 싹수가 노란 놈이야. 구태여 신경 쓸 필요 없어."

그는 레온을 조카로 인정하지 않고 있었다. 혈통을 유독 중시하는 것이 펜슬릿 왕가의 기풍이다.

그런 관점에서 레온은 반쪽짜리 왕족이나 다름없었다. 게다가 부친이 누군지도 밝혀지지 않았다. 레오니아가 철저히 숨겼기 때문이었다.

"보나마자 천한 놈이 분명해. 산골 화전민이나 산적 같은……. 그러니까 레오니아가 그토록 숨기려고 애쓰는 거지. 바보 같은……."

레온에 대한 왕세자의 반감은 시간이 지날수록 깊어만 갔다. 엎친 데 덮친 격으로 부정적인 소문까지 계속 전해졌다.

"글도 읽을 줄 모르고 검도 잡아본 적이 없다. 허 참 어처구니가 없군."

왕세자에겐 레온의 모든 면이 못마땅했다.

"그냥 트루베니아에 콕 처박혀 살 것이지 뭐 하러 건너와서 왕실 망신을 시키는지 모르겠군. 정말 마음에 들지 않아."

왕세자가 머리를 절레절레 흔들었다. 차기 왕위를 이어받을 왕세자와 레온 사이에 돌이킬 수 없는 골이 패는 순간이었다.

✤

귀족 부인들이 어떻게 입방아를 찧는지 까맣게 모른 채 레온은 하루하루를 쳇바퀴처럼 생활하고 있었다. 이제 레온은 더 이상 어머니와 함께 잠을 자지 않았다.

어느 정도 어머니에 대한 그리움도 충족시킨데다 레오니아가 다 큰 레온을 조금 부담스러워했기 때문이었다.

그에게는 큼지막한 방이 하나 주어졌다. 왕손의 거처답게 화려하게 치장된 방이었다. 물론 식사는 어머니와 함께했다.

어릴 때처럼 직접 음식을 해 주지 않았지만 그래도 어머니와 함께하는 식사시간이 가장 즐거웠던 레온이었다. 아침을 먹고 난 뒤 정오까지는 취침시간이었다. 적어도 외부에는 그렇게 알려졌다. 그러나 실상 그때가 레온의 수련시간이었다.

방문을 꼭 틀어 잠근 뒤 레온은 자신만의 수련을 했다. 이미 그는 병기를 휘두르며 하는 수련의 경지에서 벗어난 지 오래. 명상과 심상으로 그리는 가상전투를 통해 레온은 착실히 수련을 해 나갔다.

그 사실은 왕실의 그 누구도 알지 못했다. 그렇게 정오까지 수련을 한 뒤 레온은 어김없이 마구간으로 가서 승마를 배웠다.

다음날 마구간을 찾았을 때 레온은 적이 놀랐다. 탈이 온통 멍이 든 얼굴로 레온을 맞이했기 때문이었다. 그의 전신에는 붕대가 칭칭 감겨 있었다.

어떻게 다쳤냐고 물어보아도 탈은 대답을 하지 않았다. 그러나 렉스가 순순히 레온을 태우는 것을 보고 무척 놀라는 것을 보아 어느 정도 짐작은 되었다.

렉스는 오직 레온만을 주인으로 인정했다. 그 외의 사람에겐 변함없이 적의를 드러냈다. 다시 말해 레온만이 렉스의 등에 탈 수 있는 것이다.

그 사실은 마구간지기들을 통해 여러 경로로 귀족사회로 들어갔다. 물론 국왕의 귀에까지 들어갔음은 두말할 필요도 없었다.

그 얘기를 전해들은 국왕은 껄껄 웃었다고 한다.

"누구도 굴복시키지 못한 렉스를 길들였다니 과연 내 손자로고."

국왕은 특별히 왕명을 내려 렉스를 레온에게 하사했다. 그리하여 렉스는 레온의 전용 말이 되고 말았다.

레온에게 승마는 너무나도 즐거운 시간이었다. 빠른 걸음으로 나아가는 렉스의 등에 탄 채 바람을 맞는 것은 정말로 상쾌했다. 약 한 달가량 승마를 거듭하자 마침내 레온은 달릴 수 있게 되었다.

두두두두.

렉스를 타고 주로를 마음껏 달리는 것은 레온에겐 가장 큰 위안이었다. 시간이 지날수록 레온의 승마 실력은 늘어만 갔다. 레온에겐 정말 오랜만에 맞는 평화였다.

지금껏 하루하루 목숨을 걸고 생존을 위해 싸워온 레온에겐 정말 값진 대가일 수밖에 없었다. 그렇게 레온은 오랜만에 맞는 평화를 만끽하며 한가로운 왕실 생활에 적응해갔다.


레오니아는 왕궁을 향해 바삐 걸어가고 있었다. 정복을 입은 근위기사들이 그녀를 호위했다. 그것은 국왕으로부터 입궐 명령을 받았다는 뜻이었다. 그녀의 얼굴에는 긴장감이 서려 있었다.

"도대체 무슨 논의를 하시려고?"

조금 전 그녀는 국왕이 보낸 전갈을 받았다. 긴히 논의할 일이 있으니 입궁하라는 전갈이었다.

레오니아는 즉시 입궐할 채비를 갖춘 다음 별궁을 떠났다. 레온이 왕실에 들어온 지 6개월 만의 일이었다.

궁정에 들어가자 시위들이 그녀를 왕의 집무실로 안내했다. 별도로 명령을 받은 모양이었다. 국왕은 집무실 의자에 앉아 있었다.

"어서 오너라."

레오니아가 살짝 허리를 굽혀 다소곳하게 예를 올렸다.

"국왕전하를 뵙습니다."

살짝 눈살을 찌푸린 국왕이 손짓을 했다. 그러자 레오니아를 호위하고 온 기사들과 시위들이 일제히 밖으로 나갔다. 국왕의 입가에 묘한 미소가 떠올랐다.

"이제 이곳은 공석이 아니라 사석이다. 그러니 호칭을 바꾸도록 해라."

"네 아버님."

흐뭇한 표정으로 고개를 끄덕인 국왕이 정색을 했다.

"널 이곳으로 부른 것은 긴요한 일을 논의하기 위해서이다."

"무슨 일이시길래?"

"레온 때문에 널 불렀다. 듣자하니 예법교육을 거부하고 검술도 익히는 것을 거부했다고 하더구나."

레오니아의 안색이 살짝 굳어졌다. 아버지가 레온을 교육시키지 않은 데 대한 질책을 하려는 것으로 생각한 것이다. 그녀가 다급히 변명을 시작했다.

"하지만 이제 와서 예법교육을 하는 것은 레온에게 너무 벅찹니다. 어릴 때부터 체계적으로 교육을 받아도 모자라는 판국에……."

국왕이 그게 아니라는 듯 손을 흔들었다.

"내가 널 부른 것은 그것을 탓하고자 함이 아니다. 예법교육이 얼마나 벅찬지는 이 아비도 잘 알고 있다. 어릴 때부터 죽자고 배워도 벅차기만 하지 않았더냐?"

지긋지긋했던 예전의 과정이 떠올랐는지 국왕이 혀를 끌끌 찼다.

"아무래도 레온이 예법을 마스터하는 것은 불가능할 것이야. 그 사실을 아비는 잘 안다. 암 그렇고말고."

레오니아는 눈물이 핑 도는 것을 느꼈다.

'아버지가 저토록 레온을 생각하고 계시다니…….'

"고, 고마워요. 아버님."

"고맙긴? 검술 또한 그렇다. 사실 검술이란 귀족들에게 필수는 아니란다."

국왕의 말대로 귀족들이 검을 쓸 일은 거의 없다. 수도로 적군이 밀고 들어오지 않는 이상 귀족들이 검을 꺼낼 일이 없다.

그리고 모든 것을 하인들이 다 해주는 호화로운 생활을 하는 귀족들에게 검술이 어디 필요하겠는가? 그럼에도 불구하고 귀족들은 어릴 때부터 검술을 익힌다. 그것은 귀족사회에 만연한 풍조 때문이었다.

펜슬럿뿐만 아니라 아르카디아의 귀족사회는 남녀관계가 상당히 문란한 편이다.

아내들은 아무 거리낌 없이 반반한 호위기사나 시종을 침대로 끌어들였고 남편들은 그에 질세라 맞바람을 피웠다. 애초에 사랑 없이 조건만 따져 행한 정략결혼의 폐해였다.

귀족들에게 검술이 필요한 경우는 바로 그때였다. 불륜관계를 맺다가 들켜 그 배우자에게 결투신청을 당하는 일이 빈번했다.

물론 최소한의 명예를 지키기 위해 결투를 하는 만큼 누가 죽을 때까지 심하게 싸우는 경우는 없다. 그러나 기본적인 검술 실력이 없다면 큰 망신을 당할 수밖에 없으므로 귀족들이 그토록 기를 쓰고 검술을 연마하는 것이다.

국왕과 레오니아는 그런 귀족사회의 풍조를 너무나도 잘 알고 있었다.

"솔직히 레온에게 검술이 필요하지는 않을 것이다. 그래, 네 생각은 어떠하냐?"

"제 생각도 그래요. 아버지."

레오니아는 가슴 속에 품어 두었던 생각을 조심스럽게 아버지에게 털어놓았다.

"사실 전 이렇게 생각하고 있었어요."

피가 반쪽만 섞였다고 해도 레온은 엄연히 왕족이다. 따라서 그에 어울리는 품위와 생활을 유지하려면 세금을 걷을 수 있는 영지가 있어야 한다. 그 말을 들은 국왕이 고개를 끄덕였다.

"그렇지. 나도 머지않아 레온에게 영지를 내리려고 생각하고 있었단다."

"그런데 아버지. 레온에게 내리실 영지를 수도에서 멀리 떨어진 지방으로 주시면 안 될까요?"

야인이나 다름없는 레온에게 꽉 막힌 수도에서의 생활은 벅찰 수밖에 없다. 귀족들의 생활은 연회에서 시작하여 연회로 끝날 정도로 파티가 많다.

그러나 레온이 파티에 참석하는 데는 문제가 있었다. 예법에 무지하니 귀족들에게 업신여김을 당할 것이며 춤을 줄 줄 모르니 귀족 영애들로부터도 따돌림을 당할 것이다.

그럴 바에야 한적한 시골에 가서 편안하게 사는 것도 나쁘지 않을 것이다. 그것이 레오니아가 말한 내용의 요지였다.

그러나 국왕은 고개를 절레절레 흔들었다.

"안 될 말이다."

"아, 아버지."

"일반 귀족이라면 그게 가능하겠지. 하지만 레온은 왕족이다. 왕족은 자고로 수도에서 살아야 하는 법이야. 레온은 결코 지방에서 살아서는 안 된다. 만에 하나 반란이 일어난다고 가정해 보아라."

순간 레오니아의 표정이 멍해졌다. 그것은 생각하지 못한 것이다.

"그, 그렇군요."

"반란군들은 왕족의 생포에 심혈을 기울인다. 그래야만 정당성을 부여받을 수 있기 때문이지. 그런데 만약 레온이 지방에 있다고 생각해 보거라. 무슨 수를 써서라도 레온을 생포하려 하지 않겠느냐?"

귀족들이 반란을 일으킨다면 그것은 엄연한 반역이 된다. 다시 말해 정당성이 결여된 것이다. 그렇게 될 경우 각지의 자유기사나 용병들이 반란을 진압하기 위해 자발적으로 모여 든다. 반역자를 체포할 경우 엄청난 포상이 뒤따르기 때문이다.

그러나 귀족이 만약 왕족을 손에 넣은 상태로 반란을 일으킬 경우 상황이 조금 달라진다. 제아무리 먼 왕족이라도 엄연히 왕위계승권이 있는 법.

그렇게 되면 반역이 아니라 권력쟁탈전이 되어 버린다. 자유기사나 용병들이 참전할 명분이 사라지는 것이다. 그 때문에 왕족은 치안이 탄탄한 수도에서 살아야 하는 것이 철칙이 되어 버렸다.

국왕이 자애로운 눈빛으로 딸을 쳐다보았다.

"그것이 바로 레온에게 지방 영지를 내릴 수 없는 이유이니라."

레오니아가 풀죽은 표정으로 고개를 끄덕였다.

"알겠어요. 아버님."

"하지만 방도가 없지만은 않다."

그 말에 레오니아가 깜짝 놀라 고개를 들었다.

"레온을 귀족 가문의 영애와 결혼시키면 깨끗이 해결된다. 자고로 남자란 여자가 가꿔주는 법이다. 교육을 잘 받은 귀족 영애가 레온을 챙겨 준다면 예법이 자연히 몸에 익을 것이다."

레오니아의 입가에 미소가 떠올랐다. 그것은 그녀가 생각했던 것과 동일했기 때문이었다.

"좋은 생각이세요. 저도 그 방법을 생각하고 있었어요."

"아무래도 고위급 귀족 영애는 힘들 것이다. 레온이 가진 태생적 한계 때문이지."

레오니아가 국왕의 말에 동의한다는 듯 고개를 끄덕였다. 레온은 엄연히 반쪽 왕족이다. 때문에 공작이나 후작 같은 고급 귀족들은 레온을 섣불리 사윗감으로 맞으려 하지 않을 것이다.

"그러니 백작이나 자작 가문의 영애를 레온과 짝지어 주는 것이 좋을 것이다. 물론 수도 인근에 영지가 있는 귀족이라야 하지."

"제 생각도 그래요."

아귀가 척척 맞아떨어지자 국왕의 입가에 미소가 떠올랐다. 그의 말대로 백작이나 자작 가문은 레온의 태생적 한계를 문제 삼지 않을 것이 틀림없었다.

어떻게든 왕실과 연을 이어보려 혈안이 되어 있는 귀족들이 태반이었다. 귀족사회에서도 엄연히 연줄이 통용되는 법, 국왕의 외손자를 가문에 받아들일 수 있다면 머뭇거림 없이 딸을 내어줄 것이 틀림없었다.

"사람을 잘 보고 선택해야 할 것이다. 겉멋과 허영심에 사로잡힌 여자는 레온을 힘들게 만들 테니까?"

그 말에 레오니아가 걱정하지 말라는 듯 머리를 흔들었다.

"걱정 마세요. 제가 참하고 예법에 밝은 영애를 직접 간택하겠어요."

"그래. 네가 직접 고른다면 걱정하지 않아도 되겠구나."

그러나 결정 났다고 해도 문제가 모두 해결된 것은 아니었다.

"그런데 어떻게 레온과 귀족 영애를 짝지어 주실 건가요? 고르는 것도 쉽지 않을 텐데."

"걱정할 것 없다. 왕실에서 자금을 지원해 줄 테니 왕녀의 명의로 무도회를 주최하도록 해라. 물론 너의 궁인 봄의 별궁에서 개최해야겠지? 소문을 내고 초청장을 발송한다면 많은 귀족 영애들이 봄의 별궁을 찾을 것이다."

레오니아의 아름다운 눈에 감탄의 빛이 어렸다. 늙은 생강이 맵다고, 국왕이 정말 훌륭한 방법을 제시했기 때문이다.

그 말대로 초청장을 발송한 뒤 무도회를 연다면 헤아릴 수 없이 많은 귀족 영애들이 봄의 별궁을 찾을 것이다. 자신은 그들 중에서 레온에게 적합한 짝을 고르기만 하면 되는 것이다.

"다음의 일은 순리에 맡겨야지. 일단 너는 레온에게 춤을 가르치도록 해라. 그래야 귀족 영애들과 춤을 추며 정을 쌓아 나갈 것 아니냐. 춤을 출 줄 모른다면 죽도 밥도 되지 않는다."

"알겠어요. 아버님. 반드시 레온에게 춤을 가르치겠어요."

"무도회는 삼 일 동안 개최하거라. 내가 왕실 소속 요리사들을 보내주겠다."

이미 국왕은 계획을 모두 수립해 둔 상태인 것 같았다.

"무도회가 끝나면 레온에게 넌지시 물어 보거라. 어떤 귀족 영애가 마음에 들었는지 말이다.

너는 그들 중에서 참한 영애를 골라 나에게 말하면 된다. 그러면 내가 왕실 명의로 사신을 보내 청혼을 하겠다. 모르긴 몰라도 상대 귀족 가문에서는 청혼을 마다하지 않을 것이다."

너무나도 좋은 생각이었기에 레오니아의 안색은 한없이 밝았다.

"정말 훌륭하세요."

딸의 극찬에 국왕이 너털웃음을 지었다.

"흘흘. 내가 아직 늙지는 않았느니라. 그럼 돌아가 보도록 해라. 레온에게 춤을 가르치는 것 잊지 말고."

"알겠어요, 아버님. 국정이 바쁘실 텐데 이만 물러가겠어요."

"살펴 가거라."


왕궁을 나온 레오니아는 즉시 봄의 별궁으로 돌아왔다. 그녀는 머뭇거림 없이 레온을 불렀다. 승마 연습을 마친 다음 쉬고 있던 레온이 어머니의 방으로 들어왔다.

"부르셨습니까? 어머니."

레오니아는 거두절미하고 아버지와 세운 계획을 레온에게 말해 주었다. 그런데 어머니의 설명을 듣는 레온의 안색이 그리 좋지 않았다.

'결혼을 하란 말씀이신데, 그렇게 되면 알리시아 님은 어떻게 되는 거지?'

레온은 아직까지 알리시아에게 연정을 품고 있었다. 그녀는 그 어떤 귀족 영애도 따라오지 못할 매력을 보여주었다.

하지만 결정적으로 그녀와 레온은 이루어질 수 없는 사이였다. 차분히 어머니의 설명을 들어나가던 레온이 힘없이 고개를 떨어뜨렸다. 그의 얼굴에 체념의 빛이 어렸다.

'어쩔 수 없지. 이게 어머니의 걱정을 덜어주는 길이라면……'

귓전으로 레오니아의 자애로운 음성이 파고들어왔다.

"……이렇게 결정을 내렸느니라. 너는 어떻게 생각하느냐?"

레온이 묵묵히 고개를 끄덕였다.

"알겠어요. 어머니. 결정대로 하겠습니다."

"잘 생각했다. 교육을 잘 받은 귀족 영애와 혼인을 한다면 충분히 너의 미비한 점을 보완해 줄 수 있을 것이다. 그럼 그렇게 알고 이 어미는 계획을 추진하도록 하겠다."

말을 마친 레오니아가 정색을 하고 레온을 쳐다보았다.

"그러기 위해서 익혀야 할 것이 있다."

"그게 뭔데요?"

"사교춤을 배우도록 해라. 그래야만 귀족 영애들과 가까워질 수 있다."

레온의 눈이 휘둥그레졌다.

"사교춤이요?"

"그래. 파티에 나가려면 능수능란한 춤 솜씨는 필수이니라. 어미가 이미 춤을 잘 추는 선생들 중에서 한 명 수배해 두었단다. 혹시 춤을 배운 적이 있느냐?"

물론 전장을 전전했던 레온이 춤을 배웠을 리가 없다. 레오니아가 고개를 가로젓는 레온을 보며 미소를 지었다.

"쇠뿔도 단김에 빼라고, 오늘부터 춤 연습을 하도록 해라. 내 지금 사람을 보내 춤 선생을 오라고 하겠다."

이렇게 해서 레온은 팔자에도 없는 춤을 배워야 하는 처지가 되어 버렸다.

그날 레온을 찾아온 춤 선생은 사십대 중반쯤 되어 보이는 중년인이었다. 우수에 찬 눈동자와 짙은 눈썹이 인상적인 미남자였는데, 얼굴에 흉측한 칼자국이 나 있었다. 그가 공손히 예를 올렸다.

"왕손님을 뵙습니다. 케른 남작입니다."

"반갑소. 레온입니다."

레온이 내민 손을 보고 케른 남작이 움찔했다. 뭔가 꺼리는 것이 있는 모양이었다. 그러나 왕족이 먼저 청한 악수를 거부할 순 없는 법이다.

악수를 한 순간 레온의 눈썹이 꿈틀거렸다. 딱딱한, 체온이 전혀 느껴지지 않는 손. 레온의 내심을 알아차린 듯 케른 남작이 쓴웃음을 지었다.

"감각이 뛰어나시군요. 의수입니다."

레온이 미간을 지그시 모았다. 케른 남작은 상당한 수준에 오른 검사였다. 몸에서 풍기는 느낌을 볼 때 상당기간 검을 수련한 것이 틀림없었다.

그런 그가 오른팔에 의수를 착용하고 있다니……. 그러나 그에게서 배울 것은 검술이 아니라 춤이었다.

미련을 접어 넣은 레온이 그를 내실로 안내했다.

"이리 오시오."

내실에는 서너 명의 악사들이 대기하고 있었다. 춤을 배울 때 음악을 연주할 악사들이었다. 케른이 레온을 쳐다보았다.

"혹시 춤을 배우신 적 있으십니까?"

케른의 질문에 레온이 머리를 절레절레 흔들었다.

"흐음. 곤란하군요. 사교춤은 종류가 무척이나 방대한데…… 그것을 모두 배우시려면 상당히 많은 시간이 걸릴 것입니다."

"그러지 말고 파티에서 추는 춤이나 몇 가지 가르쳐 주시오."

케른이 안될 말이라는 듯 머리를 흔들었다.

"파티에서 추는 춤만 하더라도 종류가 엄청납니다. 아침과 점심, 저녁때 추는 춤의 종류가 다 틀린데다 음악에 맞춰 춰야 하기 때문입니다. 심지어 파트너의 체격과 키에 따라 각기 다른 춤을 춰야 하는 경우도 있습니다."

레온의 입이 딱 벌어졌다. 그냥 춤 몇 가지만 배우면 될 것이라 생각했는데 이건 그 정도가 아니었다.

"그렇게 많소?"

"물론입니다. 이래뵈도 전 그 모든 종류의 춤에 능통합니다."

레온이 어쩔 수 없다는 듯 한숨을 내쉬었다.

"좋소. 일단 배워봅시다."

그러나 춤을 배우는 것은 레온에게 그리 어렵지 않았다. 아
니 너무나도 쉬운 편이었다. 레온이 한 치의 오차도 없이 동작
을 따라하는 모습을 보자 케른 남작의 입이 딱 벌어졌다.

　"저, 정말 놀랍군요. 이것은 수많은 연습이 없으면 흉내내
기 힘든 동작인데……."

　레온은 마치 솜이 물을 빨아들이듯 춤을 배워나갔다. 그럴
것이 그는 이미 몸 움직이는 법에 대해 통달한 상태였다. 이미
무술로써 인간의 한계를 넘어서며 초인이 된 레온이다.

　춤이라고 해 봐야 음악에 맞춰 몸 움직이는 법에 불과한 법.
그런 레온에게 춤을 배우는 것은 식은 스프 먹기에 불과했다.
상식적으로 상상을 초월하는 균형감각과 민첩함을 가진 레온
을 곤란하게 할 춤동작이란 존재하지 않았다.

　"이렇게 하면 되오?"

　또다시 레온이 상당한 고난이도의 동작을 정확히 소화해 내
자 케른의 눈이 다시 경악으로 물들었다.

　"정말 대단하십니다. 저는 꼬박 6개월을 정진해서 이 동작
을 소화했는데 이리 간단히 해 내시다니?"

　케른의 눈이 부러움으로 물들었다.

　"천부적으로 춤에 대한 재능을 타고나셨군요. 정말 부럽습
니다."

　레온의 얼굴이 붉어졌다.

　"과, 과찬입니다."

"설마 그럴 리가 있겠습니까? 저는 수많은 귀족자제들에게 춤을 가르쳤습니다. 그런데 그 중에서 레온 님만큼 춤을 쉽게 배우는 분은 보지 못했습니다."

케른의 칭찬은 진심이었다. 그가 보는 관점에서 레온은 완전히 춤을 위해 타고난 인재였다. 타고난 춤꾼인 탓에 그는 레온에게 호감을 느꼈다. 묻어두었던 자신의 과거까지 털어놓을 정도였다.

"사실 저는 지방 출신입니다."

케른 남작의 아버지는 제법 세력이 있는 백작령의 관리였다고 한다. 영지의 관리를 잘 한 덕택에 백작의 신임을 한 몸에 받고 있었다. 그러나 가문의 행복은 오래가지 않았다.

마루스와의 전장이 넓어지며 백작령이 전화의 소용돌이에 끼어들었기 때문이었다. 끝없는 소모전으로 인해 백작령은 급속히 피폐해졌다.

농사를 지어야 할 농노들이 죄다 징집되어가고 하루가 멀다 하고 군량을 제공해야 했다.

원래대로라면 백작이 나서서 그것을 막아야 했다. 그러나 전공에 눈이 먼 백작은 영지의 사정에 아랑곳없이 지원을 계속했다.

그 결과 케른 남작의 아버지는 백작령을 떠나기로 마음먹었다. 도저히 견딜 수가 없었기 때문이었다. 그는 모든 재산을 정리해서 수도인 코르도로 올라왔다.

"백작령에서는 남작이었지만 수도에서는 그렇지 않았습니다. 아버지의 작위는 오로지 백작령에서만 통용되었으니까요."

그렇게 해서 케른 남작의 가족들은 코르도에서 평민으로 생활해야 했다. 재산이 넉넉했기 때문에 사는 데는 문제가 없었다. 그러나 그들은 항상 귀족으로의 신분상승을 꿈꿔왔다.

— 비록 내 대에서는 안 되지만 후대에서는 기필코 작위를 받을 것이다.

케른 남작의 부친은 필사적으로 아들을 교육시켰다. 어릴 때부터 엄하게 예법교육을 시키고 검술을 연마하게 했다. 그리고 사교춤을 가르쳤다.

귀족사회에서는 춤을 잘 추는 것도 일종의 능력이기 때문이다. 레온에게 춤을 가르치며 케른 남작은 틈틈이 자신의 과거를 이야기해 주었다.

"이후 저는 펜슬럿 귀족사회에 편입되기 위해 부단한 노력을 했었지요."

펜슬럿 귀족사회는 상당히 배타적이다. 웬만하면 외부의 귀족들을 인정하려 하지 않는다. 귀족이 되기 위해 필사적으로 노력했지만 그 길은 결코 쉽지 않았다.

결국 케른 남작은 편법을 사용하기로 마음먹었다. 그것은 바로 혼인을 통한 작위 취득이었다. 후계자가 없는 귀족 미망인과 결혼할 경우 죽은 남편의 작위를 이어받을 수 있다는 점을 노린 것이다.

그것을 위해 케른은 심혈을 기울여 외모를 꾸몄다. 다행히 본바탕이 수준급이었기 때문에 옷을 잘 차려입는 것만으로도 훌륭한 미남자가 될 수 있었다.

그런 다음 그가 갈고닦은 것은 예법교육과 춤 실력이었다. 멋진 외모와 매너, 그리고 춤 실력이면 귀족 여인의 마음을 사로잡기에는 충분했다.

만반의 준비를 갖춘 케른 남작은 연줄을 총 동원해서 귀족들의 파티에 참여했다. 그리고 그곳에서 갈고닦은 춤 솜씨를 뽐냈다. 그의 예상은 적중했다.

그의 잘생긴 외모와 매너, 그리고 현란한 춤 솜씨는 단숨에 귀족 여인들의 시선을 사로잡았다. 케른의 몸값은 서서히 치솟았다. 처음에는 연줄을 이용해 파티에 참석했지만 시간이 흐르자 가만히 있어도 초청장이 쇄도했다.

그는 채 5년도 되지 않아 염원을 성취할 수 있었다. 남작 가문의 미망인을 유혹하는데 성공하여 결혼을 했던 것이다. 후계자가 없었기 때문에 전남편의 작위는 케른에게 이어졌다.

케른가의 염원이 바야흐로 성취되는 순간이었다. 그 사실을 설명하는 케른의 눈가에 아쉬움이 스쳐지나갔다.

"거기서 만족했었어야 했죠. 그러나 전 욕심을 품었습니다."

남작이 되고 나자 케른에게는 보이는 것이 없었다. 그의 수

려한 외모에 춤 실력이 겸비되자 귀족 여인들은 너무나도 쉽게 넘어왔다. 케른보다 열 살이나 연상인 아내는 더 이상 눈에 차지 않았다.

'후작이나 백작 영애를 유혹한다면 더욱 높은 작위를 가질 수 있을 것이다.'

그렇게 생각한 케른은 아내 몰래 파티에 나가며 애정행각을 이어나갔다. 그러나 귀족사회는 그가 생각하는 것처럼 만만하지 않았다.

파국은 케른이 나이 서른이 되던 해에 찾아왔다. 잘 생긴 외모와 춤 실력을 이용하여 마침내 백작 가문의 영애를 사로잡는데 성공한 것이다. 백작 영애가 아이를 가진 것을 확인한 케른이 쾌재를 불렀다.

"이제 되었어."

이제 남은 것은 늙은 아내와 이혼하는 것뿐이라고 생각했다. 아이까지 생겼으니 백작 가문의 데릴사위로 들어갈 수 있을 것이라 확신했다.

그러나 그것은 오산이었다. 다음날 케른에게 배달된 것은 백작 가문의 결투장이었다. 백작 가문에서는 가장 실력이 뛰어난 기사를 내세워 결투를 청해왔고 케른은 그것을 받아들일 수밖에 없었다.

그리고 백작 가문의 기사는 케른의 실력으로는 감히 상상조차 하기 힘든 강자였다.

"오른팔과 얼굴의 상처는 그때 입은 것입니다. 그 기사는 통상적인 결투의 관례를 깨고 저에게 치명적인 상처를 입혔지요. 나중에 영애가 아이를 낳았지만 백작가의 식솔이 되었습니다. 전 그 아이의 얼굴조차 본 적이 없습니다."

그 말에 레온이 어두운 표정으로 고개를 주억거렸다.

"안타까운 과거로군요."

케른의 얼굴에 회한이 스쳐지나갔다.

"다행히 아내는 좋은 사람이었습니다. 다른 여자였다면 즉각 저랑 이혼해 버렸을 테지만 그녀는 제 과오를 한 번 눈감아 주었습니다. 그 덕에 남작 작위를 유지할 수 있었죠."

케른의 기나긴 과거 얘기는 거기에서 끝이 났다.

"또한 그녀는 제 아이를 세 명이나 낳아 주었습니다. 그래서 저는 평생을 그녀와 아이를 위해 살기로 했습니다. 제가 춤 교습을 하며 돈을 버는 것은 그 때문입니다."

케른의 말에 따르면 귀족이라고 해서 다들 부유한 것만은 아니었다. 가문의 영지가 없거나 특별한 돈벌이가 없는 경우에는 평민이나 다름없이 궁핍하게 살아야 했다. 그것이 바로 케른이 춤 교습을 하며 돈을 버는 이유였다.

레온이 착잡한 표정으로 고개를 끄덕였다.

"그런 사연이 있었군요."

레온은 케른을 통해 생각보다 냉혹한 귀족사회의 일면을 어느 정도 엿볼 수 있었다. 이곳은 레온이 지금껏 살아온 환경과는 판이하게 동떨어져 있었다.

'적응하려면 생각을 많이 바꾸어야 할 것 같군.'

긴 신세타령을 늘어놓으면서도 케른은 여러 가지 춤을 레온에게 가르쳐 주었다. 하루의 교습을 마친 케른이 레온에게 깍듯이 예를 취했다.

"생각보다 진도가 빠르시군요. 이 상태라면 일주일도 되지 않아 제 밑천을 다 털릴 것 같습니다."

"벼, 별 말씀을……."

"그럼 내일 오후에 다시 방문하겠습니다. 그때 뵙겠습니다."

말을 마친 케른이 떠나갔다. 틀림없이 아내와 세 아이가 기다리는 집으로 가는 것일 터였다.

✣

레온의 춤 교습은 꼬박 일주일 동안 이어졌다. 그동안 케른은 열심히 레온에게 춤을 가르쳐 주었다. 레온이 모든 종류의 춤을 마스터하는 데에는 채 일주일도 걸리지 않았다. 단 오 일만에 케른이 익혔던 다양한 춤을 모두 배운 것이다. 그러나 교습이 완전히 끝난 것은 아니었다.

파트너가 있는 것과 없는 것과는 엄청난 차이가 있다. 때문에 케른은 이틀 동안 레온에게 실전교습을 시켰다.

# VI
## 봄의 별궁에서 열린 무도회

실내에는 아름다운 음악이 울려 퍼졌다. 홀 가운데에는 두 남녀가 춤을 추고 있었다. 그런데 악사들의 연주는 1분이 멀다 하고 바뀌었다. 그리고 연주가 바뀔 때마다 춤의 종류가 바뀌었다.

남자의 덩치는 정말로 당당했다. 품에 안겨 춤을 추는 여인이 마치 난장이처럼 보일 정도였다. 비 오듯 땀을 쏟으며 춤을 추던 여인이 울상을 지었다.

"헉, 헉, 더 이상은 힘들어서 안 되겠어요. 왕손님."

물론 남자는 레온이었다. 그리고 파트너는 레온의 춤 상대가 되기 위해 차출된 별궁의 시녀였다. 그 모습을 보던 케른이 손짓을 했다. 그러자 옆에서 쉬고 있던 다른 시녀가 비틀거리며 걸어 나갔다.

어느 정도 쉬었으니 이제 자신이 파트너가 되어주어야 했다. 그러나 그녀의 얼굴에는 질린 표정이 역력했다.

왕손의 춤 상대를 하라는 지시를 받았을 때 시녀들은 무척 기뻐했다. 왕손이라면 그녀들과는 비교도 할 수 없을 정도로 지체 높은 신분이다.

예쁘게 보여서 첩이라도 된다면 팔자가 필 수밖에 없다. 게다가 상류사회의 사교춤을 직접 춰볼 수도 있으니 금상첨화였다.

그러나 그것은 한 마디로 '착각'이었다. 땀으로 범벅이 된 시녀가 수건을 들어 얼굴을 닦았다.

"마치 골렘과도 같은 분이로군. 저토록 쉬지도 않고 계속 춤을 추실 수가 있다니……."

처음에는 좋았지만 쉬지도 않고 몇 시간씩 춤을 추다 보니 속에서 쓴물이 올라올 정도로 힘들었다.

시녀들을 레온의 춤 상대로 삼자는 의견은 케른이 내놨다.

"시녀들은 체계적으로 춤을 배운 적이 없습니다. 그래서 왕손님께 더욱 이득이 될 수 있습니다. 귀족 영애들은 보편적으로 파트너에게 호흡을 맞추기보다는 파트너가 자신에게 호흡을 맞춰주기를 원하니까요."

그 지론에 따라 별궁의 시녀들이 이토록 고생을 하는 것이다. 레온은 끊임없이 파트너를 바꿔가며 춤을 추었다.

　음악을 연주하는 악사들의 이마에서도 구슬 같은 땀이 흘러내렸다. 레온의 넘쳐나는 체력은 케른조차 찬탄을 금치 못했다.

　"정말 체력이 좋으시군요. 보통 체격이 좋으면 지구력이 떨어지던데 그것도 왕손님과는 무관한 얘기로군요.

　케른의 말대로 파트너와 함께 춤을 추는 것은 그 반대의 경우와는 많이 달랐다. 그러나 레온이 적응하는 데에는 그리 오랜 시간이 걸리지 않았다.

　어쨌거나 그는 인간의 한계를 넘어선 초인이다. 따라서 몸을 움직이는 법만큼은 누구에게도 뒤지지 않았다. 그렇게 해서 레온의 숨은 재능인 춤 실력이 서서히 표면으로 드러나고 있었다.

❦

　레온이 춤을 마스터했다는 사실을 전해 듣자 레오니아는 즉시 무도회 개최를 준비했다. 별궁이 워낙 크고 아름다웠기 때문에 장소는 걱정할 것이 없었다.

　홀을 비워 연회장을 만들고 가운데를 널찍하게 비워 춤을 출 공간을 만들었다. 약속한 대로 국왕은 왕실 소속 요리사를 보내주었다. 경비마저도 왕실의 재정에서 지원해 주었기 때문에 풍성한 요리가 식탁을 가득 채울 터였다.

준비가 끝나자 레오니아는 초청장을 작성했다. 수도에 거주하는 백작가와 자작가에 보낼 초청장이었다.

초청장의 수만 해도 무려 삼백여 통. 무도회가 삼 일에 걸쳐 열린다는 것을 생각하면 사뭇 방대한 수의 귀족들이 봄의 별궁을 찾을 터였다. 그와 별도로 왕실에서는 암암리에 소문을 퍼뜨렸다.

왕녀 레오니아가 봄의 별궁에서 무도회를 개최하는데 거기에 참석한 귀족 영애들 중 한 명을 골라 왕손과 혼인을 시킬 것이라는 소문이었다. 소문은 발 없는 말을 타고 귀족사회로 널리 퍼졌다.

"왕손의 배우자를 찾는다고?"

"음 조건이 별로 좋지 않지만 그래도 왕족이니……."

많은 귀족 가문에서 레온에게 관심을 가졌다. 왕실과 혈연관계를 맺을 수 있는 절호의 기회였기 때문이었다.

제아무리 반쪽일지라도 엄연히 왕족은 왕족이다. 때문에 중하급 귀족들은 서둘러 무도회에 참가할 준비를 했다.

그러나 고급 귀족들의 반응은 달랐다. 반쪽짜리 왕족에게 딸을 내어줄 수 없다는 반응이 절대적이었다. 물론 그들이 무도회에 참석할 까닭은 없다.

곧 귀족사회는 무도회로 인해 떠들썩해지기 시작했다.

꽃

무도회에 대한 소문은 왕세자인 에르난데스의 귀에까지 들어갔다.

"레온이란 놈을 혼인시킨다고?"

왕세자는 화가 머리끝까지 나 있었다. 아버지인 국왕이 근본도 없는 미천한 놈에게 관심을 쏟는 것이 못마땅하던 참이었다. 그런데 왕실의 재산을 퍼부어가며 미천한 놈을 장가보내려 하니 당연히 화가 나지 않을 수가 없다.

차기 왕위를 예약한 왕세자답게 그는 왕실의 자금 흐름을 일목요연하게 꿰뚫어 보고 있었다. 결코 적지 않은 왕실의 재산이 이번 무도회에 소모되었다.

"아버지도 참 이해가 되지 않는군. 그런 천박한 놈이 뭐가 예쁘다고?"

그의 입장에서 레온은 때가 되면 숙청해야 할 대상일 뿐이었다. 그것은 레온의 어머니인 레오니아도 마찬가지였다.

피를 나눈 여동생이지만 숙청할 사람은 숙청해야 한다. 원래 권력은 냉정한 법이니까.

너무 화가 치밀어 오른 나머지 왕세자는 입에 담지 말아야 할 말까지 내뱉었다.

"아버지는 너무 오래 사셨어. 진작 나에게 왕위를 물려주셨다면 그런 놈이 왕실의 일원으로 인정받는 일이 없었을 텐데 말이야."

옆에 서 있던 심복이 식은땀을 흘리며 눈을 끔뻑거렸다. 다혈질인 에르난데스 왕세자의 심기를 거스른다면 치도곤을 당하기 때문이었다. 뭔가를 결심한 듯 왕세자가 주먹을 불끈 움켜쥐었다.

"이대로 가만히 있을 수는 없어. 놈이 혼인하는 것을 좌시할 수 없다는 뜻이지."

만약 레온이 귀족 가문과 혼인을 한다면 그의 계획에 차질이 생긴다. 사실 그는 왕위를 물려받는 대로 레오니아와 레온 모자를 숙청할 작정이었다.

죽이지는 않겠지만 최소한 오지로 유배 정도는 보낼 생각이었다. 그런데 귀족 가문과 혼인을 하게 되면 상황이 약간 달라진다. 혼인으로 맺어진 귀족 가문 때문에 숙청하는데 애로가 생기는 것이다.

"놈이 혼인하게 만들어서는 안 돼."

결정을 내린 왕세자가 심복을 쳐다보았다.

"내 명의로 서신을 작성하라."

"무, 무슨 서신을 말입니까?"

"레온은 이미 내 눈 밖에 났다. 따라서 놈과 혼인하는 가문 역시 내 눈 밖에 날 각오를 해야 할 것이다. 이런 내용으로 작성해서 초청장을 받은 가문에 보내도록 하라.

물론 비밀리에 진행해야 할 것이다. 외부로 드러나면 좋을 것이 하나도 없다."

심복의 얼굴에 안 되었다는 표정이 떠올랐다. 현 왕실 최고
의 실세는 다름 아닌 왕세자이다.

고령인 국왕의 뒤를 이어 왕권을 이어받을 권력자이니 만큼
귀족들은 어떠한 일이 있어도 왕세자의 심기를 거스르려 하지
않는다. 그런 관점에서 보면 왕손의 혼인은 물 건너갈 수밖에
없었다. 그 어떤 귀족이 왕세자의 비위를 상하게 하며 딸을 주
겠는가?

'어휴. 어쩌다 왕세자님의 눈 밖에 났는지.'

드러나지 않게 한숨을 내쉰 심복이 밖으로 나갔다. 서신을
작성해서 귀족 가문에 뿌리는 것은 쉬운 일이 아니었다.

⚜

무도회 준비가 끝나자 레오니아는 작성해 둔 초청장을 발송
했다. 열 명의 시종들이 초청장이 든 상자를 둘러매고 길을 떠
났다.

수도 전역을 돌아다니면서 귀족들에게 초청장을 전달해야
하는 것이다. 그러나 그들은 알지 못했다. 시종들이 왕궁의 문
밖을 나서는 순간 일단의 무리들이 은밀히 그들을 뒤따르기
시작했다는 사실을 말이다.

"수고했다. 이건 얼마 되지 않지만."

그 말과 함께 조그마한 주머니가 내밀어졌다. 그것을 받아든 시종은 주머니의 무게감에 흡족한 미소를 지었다.

"감사합니다. 소인은 이만……."

초청장을 전달한 시종은 서둘러 그곳을 떠났다. 그곳은 코르도 중부의 유서 깊은 귀족 가문인 발라르 백작가의 저택이었다.

그런데 시종이 떠나고 얼마 되지 않아 또 다른 시종 차림새의 사내가 발라르 백작가의 저택을 찾았다. 그는 어리둥절해하는 발라르 백작에게 서신을 내밀었다. 발라르 백작이 의아한 표정으로 서신을 받아들었다.

"이게 뭔가?"

서신을 펼쳐본 발라르 백작의 얼굴이 심각하게 물들었다. 내용을 모두 읽은 발라르 백작이 길게 한숨을 내쉬었다.

"잘 알겠네. 왕세자 전하께 걱정하지 말라고 전하게."

"알겠습니다. 그렇게 전하도록 하겠습니다."

깍듯이 예를 취한 시종이 조심스럽게 물러났다. 잠시 후 발라르 백작의 입에서 가벼운 한탄이 터져 나왔다.

"왕실과 연을 맺어 보려 했건만 불가능하겠구나. 반쪽 혈통의 왕손을 얻자고 왕세자의 심기를 거스를 순 없는 노릇이니."

생각을 접은 발라르 백작이 막내딸 데이지를 불렀다. 그녀는 별궁의 무도회에 참석하기 위해 시녀들이 사들인 옷을 고르고 있었다.

이십대 특유의 발랄한 아름다움이 돋보이는 아가씨였다.

"부르셨어요. 아버님."

"어서 오너라."

데이지가 앉자 발라르 백작이 심각한 표정을 지었다. 이미 그는 딸과 이야기를 마친 상태였다. 별궁에서 열리는 무도회에 참석해 왕손을 유혹하기로 말이다.

가문의 염원을 이루기 위해 데이지는 정략결혼이란 운명을 달게 받아들이기로 마음먹었다.

발라르 백작가는 중부에 드넓은 영지를 지닌 부유한 귀족 가문이다. 기름진 옥토에서 나오는 방대한 밀 생산량으로 한껏 부를 누리고 있었다.

그러나 권력 면에서는 보잘 것이 없었다. 지방 귀족이라는 한계 때문에 제대로 코르도 귀족사회에 편입되지 못하고 있는 것이다.

그런 발라르 백작가의 입장에서 이번 무도회는 그야말로 절호의 기회였다. 왕실과 관계를 맺는다면 일약 권력의 중추로 편입되는 것이다.

그 때문에 발라르 백작가는 많은 준비를 해 왔다. 그런데 뜻하지 않게 그 계획에 차질이 생긴 것이다.

딸을 쳐다보며 백작이 정색을 하며 말했다.

"아무래도 계획을 수정해야 할 것 같다."

"계획을 수정하다니요."

발라르 백작은 낮은 어조로 데이지에게 조금 전 받은 서신의 내용을 설명했다. 그 말을 듣자 데이지의 안색이 딱딱하게 굳어졌다.

　"왕세자 전하의 눈 밖에 날 수는 없죠. 그렇다면 무도회에 참석하지 말아야겠군요?"

　백작이 그게 아니라는 듯 머리를 흔들었다.

　"그럴 수는 없다. 어쨌거나 왕실에서 주최하는 무도회이니만큼 참석은 해야 한다. 문제는 결코 왕손의 눈에 들어서는 안 된다는 뜻이다. 자칫 잘못해서 왕손이 관심을 갖는다면 골치가 아파진다."

　데이지가 걱정하지 말라는 듯 머리를 흔들었다.

　"일절 상대하지 않으면 되죠. 어차피 잘 되었군요. 예법도 모르는 촌무지렁이 출신이라 그다지 마음이 내키지 않았었는데."

　"몸가짐을 각별히 조심하도록 해라. 그리고 어떤 일이 있어도 왕손이 청해오는 춤을 받아주면 안 된다. 알겠느냐?"

　데이지가 한껏 아름다운 미소를 지었다.

　"걱정하지 마세요. 그런 일은 자신 있으니까요."

　마음에 들지 않는 남자의 춤 신청을 퇴짜 놓는 일은 무도회에 참석할 때마다 해온 일이다. 상대가 왕손이라고 해도 못 해낼 일은 없다.

　이런 대화는 서신을 받은 대부분의 귀족 가문에서 거의 동일하게 나누어졌다.

마침내 무도회의 날이 밝았다. 조용하던 봄의 별궁은 아침부터 시끌벅적했다. 무도회에 참석하는 귀족 자제와 영애들이 아침부터 몰려들었기 때문이었다.

　"햐! 이곳이 말로만 듣던 봄의 별궁인가?"

　"왕녀님이 기거하는 곳이라서 아름답기가 이루 말할 수가 없군."

　한껏 아름답게 성장한 귀족 자제와 영애들이 구름처럼 봄의 별궁으로 몰려들었다. 홀의 탁자에는 이미 음식이 가득 쌓여 향기로운 냄새를 풍기고 있었다.

　왕실에서 파견된 요리사들이 심혈을 기울여 만든 음식들이었다. 왕실 창고에서 제공된 고급 와인들이 요리 사이사이마다 놓여 있었다. 아름답게 치장한 시녀들이 쟁반에 와인병과 잔을 들고 탁자 사이를 돌아다녔다.

　시간이 지날수록 사람들의 수는 늘어만 갔다. 그런데 한 가지 이상한 점이 있었다. 보통 이런 무도회라면 귀족들이 아내와 자식을 데리고 참가하는 것이 정상이다.

　그런데 들어오는 이들은 오로지 귀족 자제와 영애들뿐이었다. 하지만 레오니아는 그것을 그다지 이상하게 생각하지 않았다.

　'레온의 신붓감을 고른다고 해서 딸만 보냈나 보군.'

귀족사회에서 무도회란 가문의 능력을 나타내는 척도와도 같다. 훌륭한 요리와 고급술을 맛볼 수 있을 경우 참석한 귀족들은 무도회를 개최한 가문의 능력을 인정한다.

반대로 요리와 술이 기대에 미치지 못할 경우 가문의 능력이 평가 절하될 수밖에 없는 것이다.

그런 관점에서 별궁에서 벌어진 무도회는 그야말로 최고였다. 왕실의 요리사가 만든 요리에다 왕실 창고에서 꺼내온 술이니만큼 그 수준이 평범함을 넘어서고 있었다.

구름처럼 모여든 귀족 자제와 영애들은 최고급 요리와 술을 즐기며 무도회의 분위기에 빠져들고 있었다. 대부분 백작이나 자작가의 중하급 귀족인 만큼 평소에는 맛보기 힘든 것들이었다.

"역시 왕실에서 개최하는 무도회라 뭔가가 틀리군요."

"요리와 술, 어떤 것도 나무랄 데가 없어요."

요리로 배를 채우고 와인으로 취기가 올라오자 모여든 사람들은 무도회의 본래 목적에 충실하기 시작했다. 본격적으로 춤을 추기 시작한 것이다.

"아름다우신 레이디. 저에게 레이디와 춤을 출 수 있는 기회를 주시겠습니까?"

"기다리고 있었답니다."

한쪽에는 이미 수십 명의 악사들이 대기하고 있었다. 사람들이 하나둘씩 짝을 지어 춤을 추기 시작하자 은은한 음악이 홀에 울려 퍼졌다.


레온은 어머니에게 바짝 붙어 앉아 개인교습을 받고 있었
다.

"내가 한 말 잘 기억하고 있겠지?"

"네, 어머니. 그런데 말이 너무 간지러워요."

"어쩔 수 없단다. 레이디에게 춤을 청할 때 그런 상투적인
어투를 덧붙여야 한단다."

레온은 한가롭게 와인 잔을 기울이며 모여든 사람들을 관찰
하고 있었다. 저들 중에서 자신의 배우자를 골라야 하는 만큼
긴장이 되지 않을 수 없다.

물론 알리시아를 잊은 것은 아니었다. 그녀를 애모하기는
하지만 자신과의 인연이 아니라는 사실을 인정한 것이다.

레온의 눈에 비친 귀족 영애들은 하나같이 아름다웠다. 백
옥 같은 피부에 짙게 뿌린 향수, 코르셋으로 바짝 조여 놓은
허리는 개미처럼 가늘었다.

풍성한 드레스에 곱게 꾸민 외모는 젊은 레온의 피를 끓어
오르게 하기에 모자람이 없었다. 레온이 정신없이 귀족 영애
들을 쳐다보는 것을 본 레오니아가 빙그레 미소를 지었다.

"그래. 마음에 드는 아가씨가 있느냐?"

그 말에 레온이 얼굴을 붉히며 고개를 숙였다.

"잘 모르겠어요. 하나같이 아름다우니 도무지 누굴 골라야

할지······."

"일단은 기다려 보도록 해라."

레오니아가 살짝 윙크를 했다.

"모르긴 몰라도 작심을 하고 온 영애들이 적지 않게 있을 것이다. 가문을 위해 왕실과 정략결혼을 하기로 말이다. 그러니 조바심내지 말고 이곳에서 쉬고 있도록 해라. 때가 되면 반드시 너에게 춤을 청하는 영애들이 있을 것이다."

그 말에 레온이 눈을 둥그렇게 떴다.

"춤 신청은 남자들이 먼저 하지 않나요?"

"보통은 그렇지. 하지만 예외는 어디에나 있는 법이다. 아주 멋진 남자라면 레이디들이 앞 다투어 춤 신청을 하는 경우가 종종 있단다. 물론 지금과는 경우가 조금 다르긴 하지."

레오니아가 살며시 손을 뻗어 레온의 어깨를 두드려 주었다.

"기다리고 있다가 레이디가 춤 신청을 하면 받아들이도록 해라. 그동안 갈고닦은 춤 실력을 선보이면 영애들에게 좋은 인상을 줄 수 있을 것이다."

이미 레온의 춤 실력이 보통이 아니라는 사실을 레오니아는 잘 알고 있었다. 케튼이 입에 침이 마르도록 극찬을 했기 때문이었다.

실제 눈으로도 레온의 춤 실력을 확인했으니 걱정할 것은 아무것도 없었다. 그렇게 계획을 수립한 모자는 자리에 앉아 영애가 접근하기만을 기다렸다.


 무도회의 분위기는 점점 더 무르익어갔다. 더 이상 자리를
지키는 사람은 없었다.

 모두가 짝을 지어 홀에 나가서 춤을 추고 있었다. 화려하게
차려입은 수많은 남녀들이 음악에 맞춰 춤을 추는 모습은 정
말로 장관이었다.

 하지만 레온에게 다가오는 영애는 없었다. 벌써 몇 번이나
파트너를 바꿔가며 춤을 추었지만 레온에게는 아무도 다가와
서 춤 신청을 하지 않았다. 뜻밖이라는 듯 레오니아가 눈을 크
게 떴다.

 "이상하군. 지금쯤이라면 여러 명이 와서 너에게 춤 신청을
했을 텐데."

 "부끄러워서 그런 것 아닐까요?"

 "그렇진 않을 것이다. 수도의 귀족 영애들은 그렇게 순진하
지 않다."

 머리를 흔든 레오니아가 레온을 쳐다보았다.

 "어쩔 수 없구나. 그래, 마음에 둔 영애가 있느냐?"

 그 말에 레온이 슬며시 얼굴을 붉히며 고개를 숙였다. 이미
그는 서너 명의 영애를 점찍어둔 상태였다.

 하나같이 아름다워서 고르기가 쉽지 않았지만 그래도 눈에
띄는 미모를 가진 몇 명이 레온의 눈에 들어왔던 것이다. 레오

니아가 빙그레 미소를 지었다.

"마음에 드는 영애에게 가서 춤 신청을 하도록 해라. 내가 가르쳐 준 말을 잊지 말고."

"알겠어요."

"너와 한 번 춤을 춰 본다면 금세 빠져들 것이다. 그러니 용기를 내도록 하고."

"걱정 마세요. 어머니."

레온이 느긋하게 몸을 일으켰다. 그의 덩치는 무도장에서도 단연 돋보였다. 귀족 자제들도 그리 작은 키가 아니었지만 레온의 키는 그들보다 족히 머리 하나는 컸다.

춤을 추던 사람들이 놀란 눈빛으로 레온을 쳐다보았다. 앉아 있을 땐 느끼지 못했지만 몸을 일으키니 정말로 컸다. 그러나 그들은 동요하지 않고 계속해서 춤을 추었다.

이미 그들은 가문으로부터 레온 왕손과는 일절 말을 섞지 말라는 엄명을 받고 온 상태였다.

레온이 눈여겨본 아가씨는 막 춤을 마치고 자리로 돌아와서 와인 잔을 기울이고 있었다. 구름처럼 틀어 올린 갈색머리에 하얀 피부가 인상적인 미녀였다.

그런데 놀랍게도 그녀의 외모는 알리시아와 거의 흡사했다. 알리시아에 대한 그리움 때문인지 레온은 그녀와 꼭 닮은 영애를 선택했던 것이다.

레온은 춤 신청을 하기 위해 그녀에게로 다가갔다. 레온이 점찍은 아가씨는 다름 아닌 발라르 백작가의 데이지였다.

그녀는 자신을 향해 다가오는 왕손을 보고 난감한 표정을 지었다. 하필이면 왕손이 자신에게 춤 신청을 하러 오는 것이다.

'할 수 없지. 정중하게 거절하는 수밖에…….'

데이지에게 다가간 레온이 어머니로부터 귀에 박히도록 훈련받은 말을 내뱉었다.

"아름다우신 레이디. 그대의 미모로 인해 무도장이 환히 빛나는군요. 실례가 되지 않는다면 방명을 알고 싶습니다. 저는 펜슬럿 왕가의 레온입니다."

그 말을 들은 데이지가 아름답게 미소 지으며 자기소개를 했다.

"왕손님을 뵈어요. 저는 발라르 백작가의 삼녀인 데이지랍니다."

"아 그러셨군요. 실례가 되지 않는다면 레이디와 춤을 출수 있는 영광을 주시겠습니까?"

간지러운 말에 낯이 뜨거웠지만 레온은 꾹 눌러 참았다. 레이디와 춤을 추기 위해서는 반드시 해야 할 말이었다. 그런데 예상과는 달리 귀족 영애는 레온의 춤 신청을 받아들이지 않았다.

"죄송합니다. 제가 무리하게 춤을 추다 보니 다리가 무척 아프군요. 쉬고 싶어요."

그 말에 당황한 레온이 고개를 끄덕였다.

"아, 알겠습니다. 다리가 아프시다면 어쩔 수 없죠."

붉게 달아오른 얼굴로 몸을 돌리는 레온을 보며 데이지가 몰래 혀를 내밀었다.

'호호, 작전성공이야.'

엉거주춤 자리로 돌아오는 레온을 춤을 추던 사람들이 측은한 눈빛으로 쳐다보았다. 사실 무도장에서 레이디들은 웬만하면 춤 신청을 거절하지 않는다.

춤 신청을 거절당하는 것은 남자에게 상당한 수치이기 때문이다. 때문에 어지간히 무례하거나 못난 남자가 아니라면 춤 신청을 받아주는 것이 예의였다. 그리고 레온은 결코 그 범주에 들지 않았다. 왕세자가 보낸 서신의 내용만 아니라면 말이다.

'쯔쯔. 이미 끝난 상황이거늘.'

'모르긴 몰라도 왕손의 춤을 받아줄 레이디는 존재하지 않을 거야. 왕세자의 분노를 감당할 자신이 있지 않은 이상 말이야.'

풀 죽은 모습으로 돌아온 레온에게 레오니아가 위로를 했다.

"너무 상심하지 말거라. 그 레이디가 많이 피곤했나 보구나."

"네 어머니."

"조금 있다가 다른 레이디에게 춤을 청하도록 해라."

레온이 알겠다는 듯 고개를 끄덕였다.


그러나 레오니아의 예상은 빗나갔다. 이후로도 레온의 춤 신청을 받아주는 레이디는 단 한 명도 없었다.

"죄송합니다. 왕손님. 제가 몸이 좋지 않아서."

"지금은 춤을 출 만한 기분이 아니군요. 다른 분께 춤을 청하심이……."

다가가는 영애들마다 정중하게 레온의 춤 신청을 거부했다. 레온은 매번 머쓱한 표정으로 자리로 돌아올 수밖에 없었다.

상대가 있어야 기껏 배운 춤 실력을 뽐낼 수 있는 법, 파트너가 없으니 레온으로선 오직 자리에 앉아 와인을 들이킬 수밖에 없었다. 급기야 레오니아도 뭔가 이상함을 느꼈다.

'이해할 수가 없군. 이런 경우는 거의 일어나지 않는데……'

여러 가지 가정을 생각해 보았지만 여전히 이해가 되지 않았다. 무도회를 개최한 호스트는 엄연히 별궁의 주인인 레오니아이다. 그런 만큼 왕손에게 크나큰 결함이 있더라도 춤 신청을 받아주는 것이 호스트에 대한 예의였다.

물론 레온에게 결함이 있는 것은 아니었다. 인물도 그리 못나지 않았고 사지도 멀쩡하다.

혈통상의 문제가 있긴 하지만 이 자리의 귀족들은 그것을 문제 삼을 정도의 고급 귀족도 아니다. 그런데 춤 신청이 번번이 거부당하는 것이다.

게다가 레온을 거부한 영애들은 다른 귀족 자제들의 춤 신청은 거부하지 않았다. 다리가 아프다고, 또는 몸이 좋지 않다고 거부한 영애들이 다른 귀족 자제들과는 날아갈 듯 춤을 추었다.

그러니 부아가 치밀지 않을 수 없는 노릇이다. 물론 레오니아는 오빠인 왕세자가 암암리에 손을 썼다는 사실을 전혀 눈치채지 못했다.

"정말 이해가 되지 않아."

레오니아가 고민하는 사이 마침내 무도회를 마칠 시간이 다가왔다. 요리와 술을 한껏 즐기고 실컷 춤을 춘 귀족 자제와 영애들이 하나둘씩 귀가를 시작했다.

그들 중 대다수는 서로 손을 잡고 은밀히 사라졌다. 서로 눈이 맞아 육체의 향연을 벌이려는 것이다.

시끄럽던 무도회장에 서서히 적막이 자리 잡기 시작했다. 그동안 레온은 자리에 홀로 앉아 와인을 들이키기만 했다. 레오니아가 측은한 눈빛으로 레온을 쳐다보았다.

"이만 끝내도록 하자. 오늘만 기회가 아니란다. 내일은 또 다른 가문의 영애들이 별궁으로 올 것이다."

레온이 내키지 않는 표정으로 고개를 끄덕였다.

"네 어머니."

⚜

무도회는 삼 일에 걸쳐 이어졌다. 헤아릴 수 없는 귀족들이 별궁을 찾았다. 첫날 참석한 귀족도 있었고 처음 참석한 이도 있었다. 그러나 레온의 신세는 변함이 없었다. 누구 하나 춤 신청을 받아주지 않아 자리만 지켜야 했다.

귀족 영애들은 마치 약속이라도 한 듯이 레온의 춤 신청을 거절했다. 머쓱한 표정으로 자리에 돌아와 와인을 들이키는 일이 반복되었다. 물론 레오니아로서는 기가 막힐 노릇이었다.

'어찌 이런 일이……'

결국 무도회는 목적을 이루지 못하고 끝을 맺었다. 레온은 단 한 명의 귀족 영애와도 춤을 춰보지 못했다. 기껏 갈고 닦은 춤 솜씨를 전혀 발휘하지도 못한 채 말이다.

무도회가 끝나고 별궁은 다시 조용해졌다.

무도회 때문에 상심했는지 레온은 부쩍 승마에 매달렸다. 렉스를 타고 주로를 정신없이 달리는 것이 레온의 하루 일과였다.

두두두두.

전력으로 질주하는 렉스의 등에서 레온은 생각에 빠져 들어갔다.

'귀족사회로 편입되는 것이 정말로 힘들군.'

불현듯 알리시아의 아리따운 얼굴이 떠올랐다. 지금 이 순간 레온은 그녀가 너무도 보고 싶었다.

'그녀는 잘 지내고 있을까? 혹시 몹쓸 일을 겪은 것은 아닐

까?'

마음 같아서는 어머니에게 부탁해서 알리시아를 펜슬럿으로 불러오고 싶었다. 그녀라면 자신의 사랑을 받아줄 수 있을 것도 같았다.

그러나 그것은 결과적으로 이루어질 수 없는 일이다. 그 사실을 레온은 잘 알고 있었다. 어머니를 만나 얼마나 기뻤던가? 그런 만큼 알리시아에게도 트루베니아로 돌아가 가족을 만날 기회를 주어야 했다.

사실 레온은 귀족 영애들의 냉대에 상당히 마음이 상한 상태였다.

초인의 경지에 오른 무인에게 참기 힘든 수모임에는 틀림없었다. 그것을 잊기 위해 레온은 박차를 가하며 말고삐를 힘껏 움켜쥐었다.

히히히힝.

주인의 마음을 잘 안다는 듯 렉스가 점점 속도를 내기 시작했다.


그 시각 레오니아는 아버지와 독대를 하고 있었다. 무도회에서 일어난 일을 들은 국왕이 눈살을 찌푸렸다.

"정말 이해하기가 힘들군. 단 한 명과도 춤을 춰보지 못하다니."

"저도 도무지 이해가 되지 않아요. 아버님."

외손자가 안쓰러웠는지 국왕이 혀를 끌끌 찼다.

"그 녀석 그런 면에서는 나를 전혀 닮지 않았군. 레온의 나이에 난 몰려드는 레이디들의 춤 신청을 감당하지 못해 쩔쩔맸었는데 말이야."

"……."

"이렇게 된 바에야 어쩔 수가 없구나. 정공법을 택해야겠다."

그 말에 레오니아가 눈을 크게 떴다.

"정공법이라니요?"

"레온이 눈여겨본 영애가 몇 명 있다고 그랬지?"

"네 아버님."

"그 가문에다 정식으로 매파를 보내도록 하자. 왕실에서 주관하는 청혼이니 감히 거절하진 않을 것이다. 그렇게라도 레온의 짝을 맺어줘야 내 마음이 편할 것 같구나."

"네, 알겠어요."

레오니아가 그리 밝지 않은 표정으로 고개를 끄덕였다. 왠지 모르게 이번 일도 그리 순탄하게 진행되지 않을 것이란 예감이 든 것이다.

✤

계획은 일사천리로 진행되었다. 레오니아는 레온이 관심을 가진 몇 명의 귀족 영애를 골라냈다. 그러자 왕실 소속 시종이 해당 귀족 가문에다 왕실 명의로 서신을 작성했다. 정식으로 혼담을 요청하는 서신이었다.

왕실 소속 시종이 서신을 품고 귀족 가문으로 향했다. 시종이 향한 곳은 발라르 백작가였다. 알리시아와 꼭 닮은 외모를 지닌 데이지가 가장 레온의 마음에 들었던 것이다.

서신을 읽어본 발라르 백작은 머뭇거림 없이 딸을 불러들였다.

"가장 우려했던 일이 벌어졌다."

데이지의 얼굴에도 긴장감이 서렸다.

"무, 무슨 일이기에 그러세요?"

"왕실에서 정식으로 혼담을 넣어왔구나. 레온 왕손과 너를 짝지어 주자고 말이다."

그 말에 데이지의 안색이 헬쑥해졌다. 사실 왕세자의 서신을 받지 않았다면 한 마디로 낭보라고 할 수 있었다. 지방 귀족이라는 테두리를 벗어던지지 못한 발라르 백작가가 권력의 중추로 편입될 수도 있으니 말이다.

그런데 문제는 레온 왕손이 이미 왕세자 에르난데스의 눈 밖에 났다는 사실이다. 만약 레온 왕손과 결혼한다면 발라르 백작가는 왕세자의 분노에 직면해야 한다.

데이지가 조심스럽게 입을 열었다.

"혼담을 거절하면 안 되나요?"

발라르 백작이 안 될 말이라는 듯 머리를 흔들었다.

"그럴 순 없다. 왕실에서 정식으로 보낸 혼담이다. 그걸 거절한다면 왕실에서는 자신들의 위엄이 손상되었다고 간주할 것이다."

"그렇다면 혼담을 받아들이자는 말인가요?"

"그건 아니다. 우리 가문으로서는 감히 왕세자 전하의 경고를 무시할 순 없지."

머리가 아파진 데이지가 짜증을 부렸다.

"그럼 도대체 어떻게 하자는 말인가요?"

발라르 백작이 은근한 눈빛으로 데이지를 쳐다보았다.

"여기에서 너의 활약이 필요하다."

"네? 제 활약이라니요?"

발라르 백작이 조용히 방법을 설명했다. 우선 혼담은 거절하지 않는다. 그런 후 왕손 레온과 데이지와의 자리를 만드는 것이 요점이었다.

"거기에서 네가 활약을 해야 한다. 어떻게든 레온 왕손의 약점을 파고들어서 그가 먼저 자리를 박차고 나가게 해야 한다. 글도 모르고 예법도 모르는 왕손인 만큼 그리 어렵지는 않을 것이다."

"그러나 그가 화를 내지 않을 경우도 있잖아요."

"그땐 네가 결단을 내려야지. 레온 왕손의 수준이 기대 이하라서 혼인을 할 수 없다고 밝히도록 해라. 우리 가문에서 거부하는 것이 아니라 네가 레온 왕손을 거부하는 것으로 말이다."

그 말에 데이지의 안색이 창백해졌다. 그렇게 될 경우 레온 왕손은 자존심에 엄청난 상처를 입게 될 것이었다.

남자로서 레이디에게 거부당하는 것은 귀족사회에서 엄청난 수모일 수밖에 없다. 자칫 잘못하면 발라르 백작가와 자신에게 원한을 품을 수도 있었다.

"만약 레온 왕손이 저에게 한을 품는다면 어떻게 하죠?"

"그 점에 대해서는 걱정할 것이 없다. 왕세자 전하의 눈 밖에 났다면 머지않아 숙청될 것이 틀림없으니까."

데이지는 그때서야 안심한 표정을 지었다.

"그나저나 레온 왕손이 정말 안 되었군요. 그런 수모를 겪어야 한다니……."

"어쩔 수 없지 않느냐? 우리 가문이 살기 위해서는 그럴 수밖에 없다."

"알겠어요. 그렇게 하도록 할게요."

데이지가 굳은 표정으로 고개를 끄덕였다.

✦

발라르 백작가에서는 조건부로 왕실의 혼담을 받아들였다. 일단 영애인 데이지가 왕손 레온을 만나보고 나서 결정을 내

리기로 말이다. 그 말을 전해들은 레오니아는 레온을 의젓하
게 단장시켰다. 이미 그녀는 아들에게 기초적인 예법을 가르
친 상태였다.

"내가 알려준 예법을 잘 지키도록 해라. 알겠느냐?"

레온이 그리 내키지 않는 어조로 대답했다.

"네. 어머니."

"영애에게 잘 보이도록 해라. 널 결혼시켜야만 내 마음이
편해질 것 같구나."

"염려 마세요."

백작 영애와 만날 장소는 코르도 시내의 고급 레스토랑으로
정해졌다. 레오니아는 아들이 데리고 갈 수행원까지 세심하게
신경 썼다.

별궁을 지키는 친위기사 네 명을 붙였고 두 명의 시종이 레
온을 보필하게 했다. 레스토랑까지 타고 가도록 왕녀 전용 마
차까지 내어 주었다.

히히히힝.

레온을 태운 마차가 떠나갔다. 레오니아가 수심 어린 눈빛
으로 그 뒷모습을 지켜보았다.

"부디 잘 되어야 할 텐데."

그러나 불길한 예감이 가슴을 내리누르는 것은 어쩔 수 없
었다. 여자로서의 직감 때문일까? 레오니아의 안색은 내내 편
치 않았다.

레스토랑까지는 금방이었다. 약속장소로 정한 레스토랑은 화려하기 그지없었다. 척 봐도 고급 귀족들이 이용하는 장소임을 알 수 있었다.

레온은 시종들의 보필을 받으며 마차에서 내렸다. 레스토랑의 지배인이 허겁지겁 레온을 맞이했다.

"레온 왕손님을 뵙습니다."

지배인은 지극히 깍듯한 태도로 레온을 안내했다.

"발라르 백작 영애께서는 조금 전 도착해서 기다리고 계십니다."

그 말에 레온이 얼굴을 찡그렸다. 약속시간보다 한 시간이나 먼저 도착했는데 뜻밖에도 영애가 먼저 나와서 기다린다는 것이다.

'레이디를 기다리게 하는 것은 신사의 도리가 아니라고 하셨는데?'

고개를 갸웃거리며 내실로 들어갔다. 약속장소는 레스토랑에서 가장 좋은 귀빈실이었다. 안에 들어가자 아름답게 치장한 데이지의 모습이 눈에 들어왔다. 시선이 마주치자 그녀가 몸을 일으켜 예를 취했다.

"왕손님을 뵙습니다. 그런데 조금 늦으셨군요."

"느, 늦어서 죄송합니다."

데이지는 아무런 말도 하지 않았다. 마치 레온이 늦은 것을 책망하는 듯한 눈빛이었다. 따지고 보면 너무 일찍 나온 데이

지 백작 영애의 잘못이었지만 그것을 모른 탓에 레온은 쩔쩔
맬 수밖에 없었다.

"제가 먼저 와서 사람을 기다린 경우는 이번이 처음 같네
요."

마치 옥구슬이 굴러가는 듯한 청아한 음성이었지만 어조는
그다지 호의적이지 못했다.

얼굴이 벌겋게 달아오른 레온이 자리에 앉았다. 그러자 지
배인이 메뉴판을 두 손으로 건넸다. 메뉴판을 힐끔 쳐다본 데
이지가 메뉴를 골랐다.

"항상 먹던 것으로 하겠어요. 레이디를 위한 특별 만찬 A코
스로 주세요."

메뉴판을 받아든 지배인이 레온을 쳐다보았다.

"왕손님은 어떤 메뉴를 고르시겠습니까?"

살짝 얼굴을 찌푸린 레온이 어머니의 충고를 떠올렸다. 이
럴 경우 어머니는 레이디와 같은 것으로 시키라고 당부했다.
주문에 익숙하지 못한 레온을 위한 배려였다.

"레이디와 같은 것으로 시키겠소."

그 말에 지배인이 뜻밖이라는 듯 눈을 크게 떴다.

"레이디를 위한 특별 만찬 A코스로 말입니까?"

"그렇소. 그걸로 주시오."

"아, 알겠습니다."

지배인이 떨떠름한 표정으로 메뉴판을 품에 안았다.

지배인이 그런 표정을 지은 데에는 나름 이유가 있었다. 데이지가 시킨 메뉴는 레이디의 몸매관리를 위한 특별 식단이었다.

그 때문에 앞에 놓인 음식을 보며 레온은 한없이 난감해했다. 채소 몇 가지와 푸딩, 와인이 나온 요리의 전부였다.

멍하니 앉아 있는 레온을 보며 데이지가 차가운 미소를 지으며 빈정거렸다.

"입맛이 상당히 독특하시군요. 여인네들이나 먹는 그런 메뉴를 어찌 왕손님께서……."

레온은 어떻게 대답해야 할지를 모르고 쩔쩔 매기만 했다. 사실 그 메뉴는 데이지가 일부러 시킨 것이었다.

— 예법에 무지한 터라 왕손은 분명 네가 시키는 메뉴를 따라 시킬 것이다. 그러니 특별하고 이상한 메뉴를 고르도록 해라. 먹는 방식이 까다롭고 복잡할수록 좋다.

아버지의 말을 떠올린 데이지가 능숙하게 포크와 나이프를 집었다. 최고급 레스토랑이라 각기 다섯 쌍의 포크와 나이프가 가지런히 놓여 있었다.

머리를 복잡하게 만드는 식기를 보며 레온이 한숨을 내쉬었다. 어머니에게 지금처럼 여성 전용 요리를 먹는 예법은 배우지 못했기 때문이다. 결국 레온은 곁눈질로 데이지가 먹는 모습을 지켜볼 수밖에 없었다.

교육을 잘 받은 것을 증명하듯 데이지는 예법에 전혀 어긋나지 않게 식사를 했다. 조그마한 나이프를 솜씨 있게 써가며 브로콜리를 잘라 먹는 모습이 너무나도 귀여웠다.

레온은 멍하니 앉아 데이지 백작 영애의 자태를 감상했다. 알리시아와 흡사하긴 했지만 데이지는 그 자체로도 무척이나 아름다운 미모를 가졌다.

하늘하늘한 갈색 머리카락을 솜씨 있게 틀어 올렸고 그 아래 호수같이 맑은 눈동자가 자리 잡고 있었다. 오똑한 코와 붉은 입술은 뭇 남성들의 마음을 설레게 하기에 모자람이 없었다. 귀밑머리 아래로 드러난 새하얀 목덜미의 선이 너무도 단아했다.

레온은 입을 헤 벌린 채 정신없이 데이지의 미모를 관찰했다. 그 시선이 너무도 노골적이었기에 데이지가 느끼지 못할 리가 없었다.

'흥, 그래도 눈은 있어가지고.'

식사를 마친 데이지가 냅킨을 들어 우아하게 입을 닦았다.

"입맛이 별로 없으신가 봐요?"

그 말에 레온이 퍼뜩 정신을 차렸다. 아직까지 요리에 손도 대지 않은 레온이었다. 배가 좀 고픈 상태였지만 그다지 먹고 싶은 요리는 아니었다.

"별로 생각이 없군요."

그 말을 들은 데이지가 손뼉을 쳤다. 그러자 시종들이 들어와 음식을 치웠다.

"디저트는 무엇으로 하시겠습니까?"

"오늘은 별로 생각이 없군요."

손짓으로 시종을 물린 데이지가 손을 모아 턱을 괸 채 레온을 쳐다보았다.

"시를 좋아하세요?"

"시 말입니까?"

레온이 당황한 표정을 지었다. 물론 지금껏 한 번도 시란 것을 들어본 적이 없는 레온이었다.

"저는 보르도르의 시를 매우 좋아해요. '비 오는 날의 상념'이란 시를 특히 좋아하죠. 혹시 들어보셨나요?"

레온은 아무런 말없이 침묵을 지켰다. 자신과 전혀 별개의 세상에 와있는 듯했기 때문이다.

"혹시 좋아하는 시나 시인이 있으세요?"

"……."

데이지는 계속해서 말을 걸었다. 주된 내용은 시나 문학, 그리고 각지의 이름난 음식이었다. 물론 레온은 계속해서 꿀 먹은 벙어리가 되어야 했다. 도무지 레온이 대답할 수 있는 질문이 아니었다.

그것을 아는지 모르는지 데이지는 계속해서 자신이 아는 것을 주워섬겼다. 꽃꽂이에서부터 자수 놓는 것까지……. 물론 레온은 아무런 말도 하지 못하고 듣기만 했다. 그와는 전혀 다른 세상의 이야기였기 때문이었다. 그를 지켜보는 데이지의 눈빛은 무척이나 싸늘했다.

'자존심도 없는 작자로군. 이 정도라면 자리를 박차고 일어날 법도 한데.'

그러나 왕손은 자신의 이야기를 듣기만 할 뿐 도무지 그럴 기미를 보이지 않았다. 결국 데이지는 독하게 마음먹었다.

"아무래도 안 되겠군요."

그 말에 레온이 흠칫 놀라 데이지를 쳐다보았다.

"뭐, 뭐가 말입니까?"

데이지가 길게 한숨을 내쉬며 말을 이어나갔다.

"왕손님과는 도무지 대화가 통하지 않아요. 아버님께서 신신당부하셨지만 아무래도 안 되겠네요."

그 말에 레온이 한 대 얻어맞은 듯한 표정을 지었다. 공개적으로 퇴짜를 맞은 것이다.

"저는 함께 시와 문학을 논하고 각지의 요리를 즐길 사람을 원해요. 죄송하지만 왕손님은 거기에 부합하지 못하는군요. 용서하세요."

데이지는 두말하지 않고 몸을 일으켰다.

"아버님께는 그렇게 말씀드릴 작정이에요. 그렇게 알고 계세요."

그 한 마디를 남겨두고 데이지가 밖으로 나갔다. 충격이 적지 않은 듯 레온은 멍하니 자리를 지키고 있었다.

⚜

왕손 레온이 혼담이 오가던 백작 영애에게 정식으로 퇴짜를 맞았다. 그 소문은 금세 귀족사회로 널리 퍼졌다. 왕실 입장에 서는 크나큰 타격이 아닐 수 없었다.

발라르 백작가에서 혼담을 거절한 것이 아니라 백작 영애가 왕손을 퇴짜 놓은 것이다. 자신의 기준에 못 미친다는 이유로 말이다. 그것은 레온의 명예에 엄청난 타격을 입혔다.

"오죽 못났으면 레이디에게 퇴짜를 맞았을까?"

"전혀 대화가 통하지 않았다고 하더군. 예법에도 무지하다 지?"

"심지어 레스토랑에서 요리조차 시킬 줄 모른다더군."

레오니아도 덩달아 충격을 받았다. 레온이 남자로서 레이디 에게 거절당할 줄은 몰랐기 때문이었다.

레온이 퇴짜를 맞고 얼마 안 되어 발라르 백작가에서 서신 이 왔다. 서신에는 딸인 데이지가 한사코 거부하기에 더 이상 혼담을 진행할 수 없다는 내용이 적혀 있었다.

내용은 정중했지만 레온 모자에겐 보통 일이 아니었다. 레 온이 지친 듯한 표정으로 고개를 절레절레 흔들었다.

"아무래도 전 결혼하기 힘들 것 같군요."

"어리석은 소리 하지 말거라. 뭔가 이유가 있을 것 같다."

레오니아는 그 즉시 입궁했다. 아버지와 문제를 상의하기 위해서였다.

그러나 국왕도 별 뾰쪽한 수를 가지고 있지 않았다. 오히려 국왕은 레온에게 문제가 있다고 판단했다.

"참으로 못난 녀석이구나. 레이디 하나 구워삶는 것도 제대로 하지 못하다니……."

"아버지. 아무래도 뭔가 숨겨진 비밀이……."

그러나 국왕은 버럭 역정을 냈다.

"그런 소리 하지 말거라. 혼담은 계속 진행하겠다. 무도회에 참석한 모든 가문에 혼담을 넣을 계획이다. 레온이 짝을 찾을 때까지 말이다."

국왕은 무도회에 참석한 영애의 가문을 골라 계속해서 사신을 보냈다. 그러나 결과는 언제나 마찬가지였다.

각 가문에서는 일단 영애가 왕손을 만나본 다음 결정을 내리겠다고 했고 레온은 매번 도살장에 끌려가는 소처럼 약속장소로 향해야 했다.

과정은 언제나 변함없었다. 영애들은 예외 없이 시와 문학을 들먹이며 레온을 괴롭혔다.

영애들과 만나는 내내 레온은 꿀 먹은 벙어리가 되어야 했다. 그리고 이어지는 차디찬 퇴짜.

"왕손님과는 도무지 대화가 통하지 않아요."

"식사예법조차 제대로 모르는 분과는 혼인을 논하고 싶지 않군요."

"저는 시와 문학에 조예가 있는 분에게 관심이 있답니다."

결국 레온은 혼담이 들어간 모든 가문의 영애에게 퇴짜를 맞았다.

그렇게 되자 국왕도 결국 포기할 수밖에 없었다. 더 이상 진행하다가는 왕실의 명예에 먹칠을 할 수도 있었다.

"에잉. 못난 놈. 여자의 마음 하나 사로잡지 못하다니. 당분간 레온의 혼인 계획은 없던 일로 하겠다."

"아, 알겠어요. 아버님."

레오니아는 우울한 표정으로 국왕의 앞을 물러났다. 레온을 혼인시키려는 왕실의 계획은 그렇게 해서 산산이 깨어졌다.

✤

충격이 컸는지 레온은 그 좋아하던 승마도 하지 않고 방 안에 틀어박혀 있었다.

'도대체 나에게 무슨 문제가 있기에 영애들이 나를 거부하는 것일까?'

불현듯 서글픔이 치밀어 올랐다.

'아무래도 나는 귀족사회에 어울리지 못하는 인간일까?'

솔직히 말해 레온은 기대를 했었다. 아름다운 귀족 영애를 아내로 맞아들여 가정을 꾸리는 것은 생각만 해도 가슴 뿌듯한 일이다.

야인으로 살아온 자신이 정식으로 펜슬럿 귀족사회에 편입되는 것이다. 지금껏 전장에서 수도 없이 생사의 위기를 넘나든 레온이기에 지금 누리고 있는 평화가 너무도 소중했다.

'지금이라도 예법을 공부할까? 그리고 검술도 처음부터 익혀 볼까?'

속이 답답해진 레온이 머리를 얼싸안았다. 그때 노크 소리가 들렸다.

똑똑.

퍼뜩 정신을 차린 레온이 고개를 돌렸다. 문을 열고 누군가가 들어왔다. 얼굴 가득 걱정을 담고 있는 어머니 레오니아였다.

"오셨어요? 어머니."

레오니아가 아무 말도 하지 않고 다가와 레온의 머리를 얼싸안았다.

"내 아들. 얼마나 상심이 크겠느냐?"

그 말을 들은 순간 레온은 눈물이 핑 도는 것을 느꼈다. 역시 어머니는 언제 어디서나 자신의 편이었다.

"어머니. 으흐흑."

"걱정하지 마라. 결코 네가 못나서 영애들이 널 거절한 것은 아닐 것이다. 네 탓이 아니야."

레온은 아무런 말도 하지 못했다. 그저 어머니의 품에 안겨 눈물만 주르르 흘릴 수밖에 없었다.

그런 아들의 얼굴을 레오니아가 자애로운 눈빛으로 쳐다보았다.

"어미랑 함께 여행이나 갔다 올까?"

"여, 여행요?"

"그래. 오스티아에 왕실에서 임대한 섬이 있다. 그곳에 가서 머리를 좀 식히는 것은 어떠니?"

레온이 빙긋이 웃으며 어머니의 손을 잡았다.

"괜찮아요, 어머니. 저 그렇게 약하지 않답니다."

레오니아가 기특하다는 듯 레온의 머리를 쓸어주었다.

"그래. 이 어미는 내 아들을 믿는다."

두 모자는 곧 소파에 앉아 두런두런 대화를 나누기 시작했다.

"사랑이란 것이 참으로 힘들군요. 지금껏 한 번도 해 보지 못해서 그런 것일까요?"

"원래 사랑이란 게 무척이나 힘들단다. 서로 좋아하는 것만이 전부는 아니더구나."

레온은 어느덧 알리시아의 얼굴을 떠올리고 있었다.

"맞아요. 서로 좋아한다고 이루어지는 것은 아니더군요."

레오니아가 놀란 표정을 지었다.

"어머나. 내 아들에게 그런 경험이 있었니?"

레온이 얼굴을 붉히며 뒷머리를 긁적였다.

"네. 무척이나 좋아했지만 그녀와는 걸어가야 할 길이 다르더군요. 그래서 헤어질 수밖에 없었어요."

레오니아는 더 이상 물어보지 않았다. 아들에게도 지켜주어야 할 비밀이 있는 법이다. 그때 레온이 뭔가 생각이 난 듯 눈을 크게 떴다.

"아무래도 전 란 님과 같은 지극한 사랑은 못할 것 같아요."

"란 님이라니?"

레온은 잠자코 란에게서 들은 사랑이야기를 털어놓았다. 왕실 감옥에 갇혀 있을 당시 만났던 란은 레온에게 가슴 속 깊이 묻어두었던 사연을 털어놓았다. 그런데 이야기를 듣고 있던 레오니아의 안색이 점점 창백해졌다.

"란 님은 그분을 멀리서 쳐다보는 것만으로도 만족한다고 하셨어요. 결코 그 이상을 바라지 않는다고……."

레온의 말이 채 끝나기 전에 레오니아가 고개를 숙여 흐느끼기 시작했다.

"흐흐흑."

그 모습에 레온은 어안이 벙벙해졌다.

"어, 어머니 왜 그러세요?"

레오니아는 아무런 말도 하지 않았다. 손으로 얼굴을 감싼 채 눈물만 줄줄 흘릴 뿐이었다. 영문을 모른 레온이 눈만 데굴데굴 굴렸다. 한참 동안 울고 난 레오니아가 고개를 들었다. 그녀의 얼굴은 온통 눈물로 얼룩져 있었다.

"란이라고 했느냐?"

"네. 어머니."

"그 사람의 이름은 쿠슬란이란다."

그 말을 들은 순간 레온의 눈이 커졌다. 설마 어머니가 란 아저씨를 알고 있을 줄은 몰랐기 때문이었다. 레오니아가 눈물 젖은 눈을 들어 레온을 쳐다보았다.

"그는 또한 이 어미를 펜슬럿으로 데리고 온 사람이기도 하지."

그때서야 뭔가 알아차린 듯 레온의 표정이 경직되었다. 귓전으로 어머니의 울먹이는 음성이 파고들었다.

"쿠슬란이 사랑하는 사람은 다름 아닌 나이니라. 정말 바보 같은 사람이지. 기사단을 사직하고 무려 십 년이 넘게 트루베니아를 떠돌아다니며 나를 찾아다녔으니 말이야."

"그, 그런······."

레온은 쉽게 말을 잇지 못했다. 쿠슬란의 지고지순한 사랑의 대상이 설마 어머니였다니······.

"그 사람의 인생은 나로 인해 망친 것이나 다름없다. 그럴 가치가 전혀 없는 나 때문에 말이야."

레오니아는 조용히 쿠슬란에 대한 일을 설명해 주었다. 아들을 만나러 가겠다는 말에 자신의 전 재산을 처분하여 탈출 계획을 세웠지만 결국 마지막 순간 발각되어 갇힐 수밖에 없었던 운명을 말이다.

그 말을 들은 레온은 숙연해졌다. 한 여인을 위해 자신의 모든 것을 희생하는 것은 분명 보통 사람은 하지 못하는 일임에 틀림없었다.

"정말 대단하신 분이군요."

레오니아가 소리 없이 눈물을 삼켰다.

"나에게는 정말 과분한 사람이지."

"쿠슬란 님은 아직까지 왕실 감옥에 갇혀 있을까요?"

"아마 풀려났을 것이다. 어차피 그의 죄명은 나를 탈출시키려는 것뿐이니까. 엄연히 따지면 그것은 내 명령에 충실했던 것뿐, 결코 죄라고 볼 수 없단다."

레오니아의 눈빛이 아련해졌다.

"만약 트루베니아로 탈출하는 것이 성공했다면 그는 소원을 이뤘을지도 모른다. 그렇게 되면 나는 더 이상 왕녀가 아니고 쿠슬란 역시 호위기사의 신분에서 벗어나니까 말이다. 하지만 탈출은 결국 실패로 돌아가 버렸단다."

"지금이라도 그분의 사랑을 받아들이면 안 되나요? 어머니는 아직 젊고 아름다우시잖아요."

레오니아가 어림도 없다는 듯 머리를 흔들었다.

"그것은 펜슬럿에서는 불가능한 일이란다. 왕녀와 호위기사와의 사랑은 어떠한 경우에도 용납되지 않는 것이 펜슬럿의 기풍이니까."

레온의 얼굴에 안타까움이 서렸다.

"정말 아픈 사연이군요."

돌연 레오니아의 얼굴이 붉게 물들었다.

"솔직히 말해 그가 타인으로 생각되지 않는구나. 생각해 보렴. 그토록 지고지순하게 날 사랑해 주는데 그 어떤 여자가 감복하지 않겠느냐? 마음 같아서는……."

레오니아가 조용히 고개를 들어 천정을 올려다보았다.

"다음 생에서라도 그를 다시 만나고 싶구나. 모든 것을 바쳐 사랑을 해보고 싶은 사람임에는 틀림없으니 말이다."

말을 마친 레오니아가 레온을 쳐다보았다.

"레온. 너에게 한 가지 부탁이 있다."

"네, 말씀하세요. 어머니."

"쿠슬란을 한 번 만나고 오너라. 난 궁에 묶여 있어 그럴 수 없다. 하지만 넌 가능할 것이다."

레온이 생각할 것도 없다는 듯 흔쾌히 고개를 끄덕였다.

"그럴게요. 어머니."

"쿠슬란의 거취는 이 어미가 알아봐 주겠다. 그러니 네가 그를 찾아가서 이 말을 전해다오."

레온은 아무런 말없이 어머니의 말을 듣고 있었다.

"쿠슬란 님의 마음은 내가 잘 알고 있다고 전해다오. 그러

니 이만 날 잊고 새로운 사람을 만나 인생을 다시 시작하라고
전해 주겠니?"

그 말을 들은 레온은 숙연해졌다. 그토록 지고지순한 사랑
을 하는 쿠슬란과, 그를 마음에 두면서도 외면해야 하는 어머
니 레오니아. 두 사람의 사랑이 이루어질 수 없다는 사실이 너
무도 서글펐다.

"아마도 그는 무일푼일 것이다. 나를 탈출시키기 위해 전
재산을 탕진했기 때문이지. 어미가 패물을 좀 챙겨줄 테니 그
에게 전해 주도록 해라."

"알겠어요, 어머니. 걱정하지 마세요."


레오니아는 즉시 시종장을 불러 쿠슬란의 근황을 알아오게
했다. 예상대로 쿠슬란은 왕실 감옥에서 풀려난 상태였다. 시
종장이 공손한 태도로 조사해 온 내용을 설명했다.

"왕실 감옥에서 풀려난 뒤 그는 코르도 외곽에 위치한 나이
젤 산 깊숙한 곳에 은거하고 있습니다. 직접 통나무집을 지어
살고 있다고 하더군요. 물론 근위기사단에서는 해고되었고 그
에게 내려진 기사 서임도 철회된 상태입니다. 따라서 다른 귀
족 가문의 기사로 갈 수도 없는 상태이지요."

"알겠어요, 수고했어요."

시종장의 노고를 치하해 준 뒤 레오니아는 레온을 불렀다.
그리고 레온에게 쿠슬란의 근황에 대해 설명해 주었다.

"그는 나이젤 산에서 은둔하고 있다고 하더구나. 그러니 네가 한 번 다녀오도록 해라."

말을 마친 레오니아가 조그마한 주머니를 건네주었다. 짤랑이는 소리가 들리는 것을 보니 패물이 들어있는 모양이었다. 레온이 쾌활한 표정으로 주머니를 받아들었다.

"걱정 마세요. 어머니. 그럼 저 다녀오겠어요."

어머니 앞을 물러난 레온은 머뭇거림 없이 마구간으로 향했다. 승마 연습을 핑계 삼아 나이젤 산으로 갔다 올 생각이었다. 마구간지기인 탈은 아무런 의심 없이 렉스를 내어주었다.

"주로를 벗어나지 마십시오. 외곽으로 나가실 경우 반드시 호위가 붙어야 합니다."

"걱정하지 마시오."

렉스에 올라탄 레온은 머뭇거림 없이 주로를 내달렸다. 오랜만에 주인을 태운 것이 기뻤는지 렉스가 우렁차게 울음을 터뜨렸다.

히히히힝.

렉스는 명마였다. 결코 가볍지 않은 레온을 태우고 그 어떤 말보다도 빨리 달렸다. 간혹 가다 말에 타고 있던 왕족들이 따라붙었지만 그 누구도 레온을 추월하지 못했다.

두두두두.

레온을 태운 렉스가 흙먼지를 자욱하게 흩날리며 주로를 질주했다. 20분가량 달린 레온이 말고삐를 잡아당겨 렉스를 멈추게 했다.

숨결이 조금 거칠어지긴 했지만 그다지 힘든 기색을 내비치지 않는 렉스였다. 말 위에서 레온이 조그마한 지도를 꺼내들었다.

"이쯤에서 남쪽으로 내려가면 나이젤 산이 나온다고 했지?"

레온은 감각을 끌어올려 주위를 살펴보았다. 누구의 기척도 느껴지지 않자 레온이 말고삐를 잡아당겼다.

"이랴."

주로를 벗어나서 조금 달리자 튼튼하게 쳐놓은 울타리가 모습을 드러냈다.

주로와 사냥터를 외부와 차단하는 울타리였다. 1미터 남짓 되는 울타리에는 경고문이 붙어 있었다. 왕실의 사냥터를 침범할 경우 엄벌에 처한다는 내용이었다. 물론 레온은 경고문을 가볍게 무시해 버렸다.

'들어오지 말라고 했지 나가지 말라는 말은 없으니까.'

머뭇거림 없이 달려간 렉스가 가볍게 울타리를 뛰어넘었다. 그 상태로 레온은 말머리를 남쪽으로 돌려 질주하기 시작했다.

# VII
# 레오니아를 사랑했던 기사
# 쿠슬란

나이젤 산은 코르도의 중남부에 걸쳐 있는 큰 산이다. 유사
시 수도의 방어막 역할을 하기도 하는 이 산은 평상시에는 코
르도 시민의 주요 산책로로 이용되곤 했다.

그러나 쿠슬란이 기거한다는 곳은 산책로와는 많이 떨어져
있었다. 레온은 어머니로부터 건네받은 지도를 참조하여 산
깊숙한 곳으로 들어갔다.

산의 북쪽은 생각보다 험준했다. 어지간한 말이라면 그곳까
지 들어가기가 힘들 것 같았다. 그러나 렉스는 명마 중에서도
특히 뛰어난 명마였다.

또한 화산지역에서 자란 야생마답게 무척이나 수월하게 산

을 탔다. 그 덕분에 레온은 오래지 않아 쿠슬란의 은신처를 찾을 수 있었다.

그곳은 골짜기로 둘러싸인 조그마한 분지였다. 분지 중간에는 조악한 솜씨로 지어진 통나무집이 자리하고 있었다. 쿠슬란은 통나무집 앞에서 장작을 패고 있었다. 레온은 첫눈에 그를 알아볼 수 있었다.

쩌억.

뛰어난 실력을 지닌 검사라서 그런지 도끼질 한 번에 장작이 맥없이 쪼개졌다. 레온이 얼른 말을 몰아 통나무집으로 다가갔다.

히히히힝.

누군가가 말에 탄 채 접근하자 쿠슬란이 의아한 표정으로 고개를 돌렸다.

그가 은거하는 곳은 말을 타고 오기가 힘든 곳이기 때문이었다. 게다가 찾아올 만한 사람도 없었다. 고개를 갸웃거리던 쿠슬란의 눈이 커졌다.

"누구신지? 아니, 자네는?"

쿠슬란은 금세 상대가 누구인지 알아차렸다. 가슴 속에 품은 사랑을 처음으로 털어놓은 사람이라 기억에 남아 있는 모양이었다.

"온 아닌가? 자네가 여기는 웬일로?"

도끼를 내려놓고는 쿠슬란이 멈칫했다. 뒤늦게 고급스러운 레온의 옷차림을 보고 난 후의 일이었다. 렉스의 등에서 내린 레온이 빙그레 미소를 지으며 다가갔다.

"란 아저씨. 오랜만입니다."

쿠슬란의 입가에도 미소가 떠올랐다.

"정말 반갑네. 그런데 행색을 보니 어머니를 만난 모양이로군."

"네, 만났습니다."

그 말을 들은 쿠슬란이 레온의 손을 덥석 잡았다.

"잘 되었군. 정말 잘 되었어. 그런데 내가 여기 있다는 사실은 어떻게 알았나? 내가 왕실 감옥에서 풀려난 것을 내 가문 사람들도 모를 텐데."

"다 아는 수가 있죠."

레온은 쿠슬란의 얼굴을 빤히 쳐다보았다. 어머니에게 그토록 지고지순한 사랑을 바치는 사람이니 주의 깊게 관찰하지 않을 수 없다.

쿠슬란의 외모는 처음 볼 때와 다름이 없었다. 짙은 눈썹과 부리부리한 눈, 꼭 다문 입매가 무척 고집스러워 보였다. 그리 잘 생긴 외모라고 볼 순 없지만 적어도 남자다운 용모였다.

레온이 뚫어지게 자신을 쳐다보자 쿠슬란이 실소를 지으며 물었다.

"내 얼굴에 뭐라도 묻었나?"

그 말에 레온이 퍼뜩 정신을 차렸다. 그런 그를 보며 쿠슬란이 빙그레 미소를 지어주었다.

"들어가서 간단히 요기라도 하겠나? 워낙 척박해서 먹기가
좀 껄끄러울 테지만 말일세."

"그럴까요?"


둘은 안으로 들어갔다. 쿠슬란이 내어 온 것은 딱딱한 귀리
빵이었다.

"대접할 것이 이것밖에 없네. 입안이 깔깔할 테지만 참도록
하게."

레온이 머뭇거림 없이 귀리 빵을 들어 한 입 베어 물었다.

"못 먹을 정도는 아닌걸요."

"그렇게 말해 주니 고맙군."

둘은 물을 마셔가며 빵을 하나씩 먹어치웠다.

"그래, 여긴 웬일로 왔는가?"

"란 님이 보고 싶어서 왔죠. 왕실 감옥에서 풀려나신 뒤 곧
바로 이리 오신 건가요?"

쿠슬란이 묵묵히 고개를 끄덕였다.

"그렇다네. 가문으로 돌아갈 면목이 없어서 말일세. 아마
가문에서는 나를 없는 사람 취급할 것이야."

"여기는 지내시기가 힘드실 것 같은데."

쿠슬란이 해밝게 미소 지으며 고개를 끄덕였다.

"충분히 지낼 만하네. 그동안 게을리 했던 검술도 수련하고

말일세."

"아무래도 이곳을 택하신 데에는 이유가 있으신 것 같습니다."

"예리하군. 난 아침마다 등산을 한다네. 산 정상에 올라가면 코르도 시내가 한눈에 보이지. 물론 왕궁도 시야에 들어온다네."

레온의 입가에 미소가 떠올랐다.

"그리워하는 분이 사는 곳을 보며 마음을 달래시는군요."

쿠슬란이 한 대 얻어맞은 듯한 표정을 지었다.

"자네 정말 예리하군. 맞네. 그저 그녀가 사는 곳을 먼발치에서라도 지켜보는 것이 내 유일한 희망일세."

"혹시 사랑하시는 분의 이름을 알려주실 수 없습니까?"

그 말에 쿠슬란의 얼굴이 딱딱하게 경직되었다.

"그럴 순 없네. 설사 목에 칼이 들어오더라도 이름을 발설할 수 없으니 물어보지 말게."

레온의 입가에 서린 미소가 짙어졌다.

"혹시 제 어머니가 누군지 아십니까?"

물론 쿠슬란이 레온의 어머니가 누군지 알 까닭이 없다. 그러나 레온의 입에서 흘러나온 이름을 듣는 순간 쿠슬란의 얼굴이 하얗게 탈색되었다.

"제 어머니의 존함은 레오니아입니다. 펜슬럿의 왕녀이시죠."

순간 쿠슬란의 눈이 경악으로 물들었다. 설마 레온이 자신이 사모해 마지않는 레오니아의 아들일 줄은 꿈에도 짐작하지 못했다.

'서, 설마? 헉. 그렇다면 사실이었나? 트루베니아에서 찾아왔다는 레온 왕손이 다름 아닌 온?'

생각이 거기에 미치는 순간 쿠슬란이 그대로 꿇어 엎드렸다.

"와, 왕손님을 뵙습니다."

격동으로 인해 쿠슬란의 몸이 부들부들 떨리고 있었다. 눈앞이 캄캄해서 아무것도 보이지 않았다. 세상에 이런 우연이 있을 수 있다니……

누군가가 자신의 사랑을 알아주기 바라는 마음에서 아무나 붙잡고 신세타령을 늘어놓았는데 하필이면 그가 레오니아 왕녀의 아들이었다.

도대체 뭘 어찌해야 할지 엄두가 나지 않았다. 그 당황하는 모습을 보며 레온이 빙그레 미소를 지었다.

"일어나세요. 쿠슬란 아저씨."

"하, 하대를 해 주십시오. 전직 근위기사인 저에게 왕손께서 공대를 하시는 것은 이치에 맞지 않습니다."

"아저씨는 어머니를 사랑하시는 분이에요. 그리고 어머니도 아저씨를 마음에 두고 있고요. 그런데 어찌 제가 하대를 하겠어요."

그 말이 떨어진 순간 쿠슬란의 몸이 부르르 떨렸다. 레오니아가 자신을 마음에 두고 있다는 말에 놀란 것이다. 그러나 그는 결코 고집을 꺾지 않았다.

"왕손님. 제가 저번에 했던 말은 부디 잊어주십시오. 제가 워낙 오래 갇혀 있던 나머지 정신이 나갔었나 봅니다."

"그럴 수는 없어요. 이미 전 어머니께 모든 것을 말씀드렸답니다."

쿠슬란의 안색이 하얗게 탈색되었다.

'내가 미쳤지. 어쩌자고?'

"일단 아저씨에게 감사드려요."

귓전을 파고드는 말에 쿠슬란이 고개를 들었다.

"제 어머니를 사랑해 주셔서 고맙다는 뜻이에요. 어머니는 너무도 외로우신 분이랍니다."

"……."

"어머니께서는 쿠슬란 아저씨께 이렇게 전해달라고 하셨어요. 아저씨가 어머니를 생각하는 마음 다 아신다고, 그러나 이루어질 수 없는 인연이니 그만 자신을 잊고 아저씨의 인생을 찾으라고 말이에요."

쿠슬란의 몸은 부들부들 떨리고 있었다.

"하지만 제 직감으로 쿠슬란 아저씨는 결코 뜻을 꺾지 않으실 것 같아요. 그렇지 않나요."

쿠슬란은 아무런 말도 하지 않았다. 그러나 레온은 그의 눈빛에서 꺾을 수 없는 결의의 빛을 보았다.

쿠슬란은 지금까지 그래왔듯 자신에게 남은 시간을 오직 레오니아만을 그리며 살아갈 것이 분명했다. 그 사실을 깨달은 레온이 혀를 내둘렀다.

'정말 대단하군요. 전 감히 아저씨와 같은 사랑을 할 엄두가 나지 않네요.'

레온이 팔을 뻗어 꿇어 엎드린 쿠슬란을 잡아 일으켰다. 쿠슬란이 어리둥절한 표정을 지었다.

"와, 왕손님."

"일단 우리 사이의 호칭을 정립해야겠군요. 전 예전처럼 쿠슬란 아저씨와 편하게 지내고 싶어요."

"그럴 수는 없습니다."

"역시나 어머니께서 인정하신 고집이시군요. 그렇다면 이렇게 하죠."

그 말에 쿠슬란이 눈을 동그랗게 뜨고 레온을 쳐다보았다. 레온은 옆에 놓여 있던 목검을 집어 들어 매만졌다.

"결투라고 하긴 그렇군요. 가볍게 대련을 하죠. 그래서 승자의 뜻대로 하는 것이 어때요?"

쿠슬란의 얼굴에 어처구니없다는 빛이 떠올랐다. 자신이 누구인가? 한때 근위기사 분대장의 자리에까지 올랐던 검사 아니던가?

비록 마스터의 반열에 오르지는 못했지만 그가 이룩한 검의 경지는 누구도 무시하지 못했다. 레온 정도의 애송이라면 한 다스가 몰려와도 제압할 자신이 있었다.

"그럴 수는 없습니다."

"왜 안 되죠? 남자답게 한바탕 신나게 싸운 다음 나오는 결과대로 하자는 건데…… 쿠슬란 아저씨가 이기면 편하신 대로 저를 대하세요. 그리고 반대로 제가 이길 경우 쿠슬란 아저씨는 예전처럼 절 편하게 대해 주세요. 정겹게 레온이라 부르면서 말이에요."

"하, 하지만……."

레온은 아랑곳없이 고집을 부렸다.

"그게 나을 거예요. 일단 승부가 결정 나면 거기에 따르기로 해요. 거기에 동의하세요?"

레온을 뚫어져라 쳐다보던 쿠슬란이 한숨을 내쉬며 고개를 끄덕였다. 상대의 말대로 왕손에게 하대를 할 수는 없는 노릇. 때문에 쿠슬란은 대결을 하기로 마음먹었다.

'최대한 상처 나지 않게 제압해야겠군.'

마음을 정한 쿠슬란이 조용히 몸을 일으켰다.

"뒤뜰로 가시죠. 거기에 대결을 할 만한 장소가 있습니다."

쿠슬란의 말대로 뒤뜰에는 연무장이 마련되어 있었고 한쪽에 목검이 걸린 병기대가 놓여 있었다. 병기대로 걸어간 쿠슬란이 목검 하나를 골라 들었다.

"목검으로 하실 건가요? 전 진검 승부를 바랐는데……."

그 말에 쿠슬란이 쓴웃음을 지었다. 정말 철없는 왕손이었다.

"전 이것만으로도 충분합니다. 대신 왕손께서는 진검을 쓰셔도 무방합니다."

"아마 그 결정을 곧 철회하게 될 거예요."

레온이 빙그레 웃으며 웃통을 벗었다. 그는 지금 블러디 나이트로 현신하려 하고 있었다. 목적은 쿠슬란에게 깨달음을 주어 그가 직면한 마스터의 벽을 깨뜨릴 수 있게 도와주려는 의도였다.

레온은 쿠슬란에게 상당한 호감을 가지고 있었다. 쿠슬란은 한 마디로 충직한 기사의 표본이었다. 인생을 포기하다시피 하며 어머니 레오니아를 찾아다닌 일은 분명 아무나 하지 못하는 일임에 틀림이 없다.

무엇보다도 그는 어머니인 레오니아를 지극정성으로 사랑해 주는 남자이다. 해바라기처럼 바라만 보는 지고지순함에 레온은 이미 감동한 상태, 깨달음을 주려는 것은 바로 그 때문이었다.

레온이 눈을 가늘게 뜨고 쿠슬란의 기운을 살폈다.

'수련은 충실히 한 것 같은데 실전 경험이 많이 떨어지는군. 그래서 벽을 깨뜨리지 못하는 거야. 실전과 다름없는 대련으로 몰아붙이면 머지않아 깨달음을 얻을 수 있을 거야.'

생각을 접어 넣은 레온이 감각을 끌어올려 주위를 살폈다.

주위에는 누구의 기척도 느껴지지 않았다. 그것을 간파한 레온이 쿠슬란을 쳐다보았다.

"쿠슬란 아저씨는 입이 무척 무겁다고 들었어요. 제게 한 가지 약속해 주실 수 있나요?"

"말씀하십시오."

"이제부터 드러날 제 정체를 누구에게도 밝히지 않겠다는 맹세를 해 주세요. 어머니께 한 묵언의 맹세처럼 말이에요."

어리둥절해 하던 쿠슬란이 묵묵히 고개를 끄덕였다.

"알겠습니다. 목숨이 끊어지더라도 결코 발설하지 않겠습니다."

"고마워요."

빙그레 미소를 지은 레온이 마신갑에 내공을 밀어 넣었다. 순간 마신갑이 레온의 몸을 휘어 감기 시작했다.

촤르르르르.

실로 오랜만에 마신갑을 착용하는 것이다. 펜슬럿으로 들어온 이후 레온이 처음으로 블러디 나이트로 화신하는 순간이었다.

"헉!"

쿠슬란의 눈은 경악으로 물들어 있었다. 몸에 감고 있던 흉갑이 급작스럽게 증식하여 몸을 휘감는 모습은 그가 상상조차 하지 못하던 일이다.

그러나 놀라움은 거기에서 그치지 않았다. 잠시 후 거기에는 검붉은 갑주를 걸친 장대한 체구의 기사가 창을 움켜쥔 채 표표히 서 있었다.

너무나도 인상적인 모습, 비록 오랫동안 왕실 감옥에 갇혀 있었지만 쿠슬란이 아르카디아를 위진시킨 기사의 정체를 모를 리가 없었다. 그의 눈이 찢어질 듯 부릅떠졌다.

"브, 블러디 나이트? 오, 신이시여!"

쿠슬란의 입술을 비집고 비명소리가 흘러나왔다. 그 정도로 크나큰 충격을 받은 것이다.

레오니아 왕녀의 아들인 레온의 숨겨진 신분이 아르카디아의 쟁쟁한 초인들을 꺾은 블러디 나이트란 사실은 세상 그 누구도 눈치채지 못한 비밀이었다. 당면한 상황을 믿지 못하겠다는 듯 쿠슬란이 연신 도리질을 쳤다.

"미, 믿을 수가 없군."

완전히 블러디 나이트로 화신한 레온이 잔잔한 눈빛으로 쿠슬란을 쳐다보았다.

"아직도 목검을 쓰실 생각이십니까?"

그 말에 쿠슬란이 퍼뜩 정신을 차렸다. 그의 손에는 아직까지 목검이 쥐어져 있었다.

"아, 아닙니다. 그, 그럴 수야 없죠."

쿠슬란은 급히 방으로 들어갔다.

상식적으로 아르카디아를 위진시킨 초인 블러디 나이트를 상대하며 목검을 쓸 수는 없는 노릇. 솔직히 말해 자신 수준의 기사 백 명이 있더라도 블러디 나이트의 상대가 되지 못한다. 소드 마스터 백 명과 싸워 이길 수 있는 존재가 바로 그랜드 마스터이다.

그러나 쿠슬란은 투지를 버리지 않았다. 검의 길을 걷는 검사의 입장에서 블러디 나이트와 검을 겨룰 수 있다는 것은 엄청난 특혜였다. 그로서는 결코 이 기회를 놓칠 수 없었다.

쿠슬란은 고이 간직해 둔 애검을 들고 나왔다. 기사단을 탈퇴하며 갑옷은 반납했지만 검만큼은 가지고 가는 것이 허용되었다.

스르릉.

맑은 소리와 함께 검이 검집에서 빠져나왔다. 하루도 빠짐없이 갈고닦았기에 눈이 시릴 정도로 맑은 예기가 뿜어져 나왔다. 검을 쥐고 선 쿠슬란의 얼굴에 허탈한 미소가 어렸다.

"허허. 이거 정통으로 한 대 맞았군요. 왕손님께서 말로만 듣던 블러디 나이트였다니……. 그것도 모르고 저는 봐주면서 이겨야겠다는 어처구니없는 생각을 했습니다."

투구 사이로 가려진 레온의 입가에도 미소가 그려졌다.

"죄송하지만 저는 봐주지 않을 것입니다."

레온을 쳐다보는 쿠슬란의 눈은 이글이글 타오르고 있었다. 아르카디아의 기사로서 인간의 한계를 벗어던진 초인과 검을 겨룰 수 있다는 것은 평생에 한 번 있을까 말까 한 행운이 아닐 수 없다. 때문에 그는 이번 대결에 혼신의 힘을 다할 생각이었다.

"최선을 다 하겠습니다. 레온 왕손님."

"걱정 마십시오. 결코 아저씨의 검이 부끄럽게 하지 않겠습니다."

그 말에 미소를 지은 쿠슬란이 몸을 날렸다. 내뻗은 검에는 그가 지금껏 갈고 닦아온 검술의 정화가 깃들어 있었다. 그에 맞서 레온의 창날에서도 시뻘건 오러가 뿜어지기 시작했다.

둘의 대결은 채 5분도 되지 못해 끝이 났다. 그렇다고 해서 레온이 일방적으로 몰아붙여 승리를 거둔 것도 아니었다. 쿠슬란은 그야말로 혼신의 힘을 다해 공격을 감행했다.

그가 지금껏 배워온 검술의 정수들이 유감없이 발휘되었다. 레온은 창을 가볍게 움직이며 막아내기만 했다. 그러면서 드러난 빈틈에 살짝살짝 창날을 가져다 댔다.

수십 번의 공방이 오고가며 쿠슬란은 수많은 공격을 허용해야 했다. 만약 이것이 실전이었다면 족히 수십 번은 죽었을 터였다. 마치 풀무처럼 숨을 헐떡이던 쿠슬란이 맥없이 그 자리에 허물어졌다.

"헉헉. 졌습니다."

레온이 빙그레 미소를 지으며 다가갔다.

"아저씨의 검은 너무 정직합니다. 때로는 기존의 틀을 벗어던지는 파격이 필요할 때가 있죠."

"허억 헉. 저, 정말 놀랍군요. 창으로써 그런 고, 공방이 가능하다니…….."

쿠슬란이 눈을 부릅뜨고 지켜보는 사이 레온의 모습이 다시 변모했다.

블러디 나이트에서 다시 왕손 레온으로 돌아오는 것이다. 마신갑이 원래의 모습으로 돌아가자 레온은 벗어두었던 상의를 다시 걸쳤다.

"비밀은 지켜주시는 거죠?"

그 말에 쿠슬란이 굳은 표정으로 고개를 끄덕였다.

"제 목을 걸고 비밀을 엄수하겠습니다. 그나저나 이 사실이 알려지면 펜슬럿 전체가 발칵 뒤집히겠군요. 아르카디아를 위진시킨 블러디 나이트가 펜슬럿의 왕족이었다니…….."

"아마 그 사실이 밝혀질 일은 없을 것입니다. 전 앞으로 어머니의 아들로서 조용히 살아갈 것이니까요."

그 말을 들은 쿠슬란의 얼굴에 안타까움이 서렸다.

"정말 안타까운 일이로군요."

"대신 쿠슬란 아저씨 앞에서는 이따금 블러디 나이트로 변하겠습니다. 종종 찾아와서 대련을 해 드리겠다는 뜻이지요."

그 말에 쿠슬란의 입이 헤벌어졌다. 레온의 제안은 그 정도로 기쁜 일이었다. 세상의 기사들 중에서 그랜드 마스터가 주기적으로 찾아와서 대련을 해 주는 이가 과연 존재할 것인가.

그런 면에서 쿠슬란은 엄청난 행운을 잡은 것이다. 그가 정신없이 고개를 끄덕였다.

"저, 정말 감사합니다. 이 은혜 평생 잊지 않겠습니다."

쿠슬란의 가슴 속에서는 오랫동안 묻어 두었던 마스터의 꿈이 새록새록 자라나고 있었다.

그랜드 마스터의 지도를 받는다면 꿈에도 바라던 마스터의 경지에 오르는 것은 결코 불가능한 일이 아니다. 그러나 쿠슬란의 기쁨은 그리 오래가지 않았다.

"그건 그렇고 승부가 결정됐으니 이만 약속을 지키셔야 할 것 같군요."

레온의 입가에 싱글벙글 미소가 어렸다. 쿠슬란의 안색이 순간적으로 경직되었다.

"그, 그것은……."

"남자로서의 약속입니다. 한 입으로 두말하지 않으리라 믿습니다. 제가 이겼으니 이제부터 절 편하게 레온이라 불러주십시오. 물론 하대를 하셔야 하겠지요?"

쿠슬란의 표정은 참담했다. 물론 한때 레온을 편하게 대하기는 했다.

그러나 그때는 레온의 신분을 몰랐을 때였다. 근위기사 출신인 그가 어찌 국왕의 손자에게 하대를 할 수 있겠는가? 또한 레온이 인간의 한계를 벗어던진 초인이란 사실까지 알지 않았는가? 그러나 레온의 서슬 퍼런 재촉에 쿠슬란은 승낙할 수밖에 없었다.

"아, 알겠습니다. 원하신다면……."

"하대를 하라고 했지요?"

쿠슬란은 결국 눈을 질끈 감고 말았다.

"아, 알겠다."

"앞으로 잘 부탁드려요. 쿠슬란 아저씨."

말을 마친 레온이 품속에서 주머니를 꺼내어 내밀었다.

"이, 이게 무엇입니……?"

레온의 눈총에 찔끔한 쿠슬란이 말투를 바꾸었다.

"이, 이게 무엇인가?"

"어머니께서 전해드리라고 한 겁니다. 패물 몇 가지를 넣으셨다고 하더군요."

그 말을 들은 순간 쿠슬란의 안색이 싹 바뀌었다.

"바, 받을 수 없다. 도로 가져가거라."

"그냥 어머니가 드리는 선물이라고 생각하세요. 이걸 팔아서 식량과 장작을 장만하세요. 장작을 패거나 밭을 갈 시간에 수련을 하셔야지요? 진전이 없다면 정기적인 대련을 빼먹을 수도 있습니다."

레온의 서슬 퍼런 협박에 쿠슬란은 결국 굴복할 수밖에 없었다.

주머니를 건네받은 쿠슬란이 조심스럽게 냄새를 맡았다. 그가 애모해 마지않는 여인의 체취가 풍기고 있었다. 그의 눈빛이 아련해졌다.

"어, 어머니께 정말 감사하다고 전해 주렴."

"네, 틀림없이 그렇게 전할게요."

말을 마친 레온이 몸을 일으켰다.

"저 이만 가보겠어요. 몰래 빠져나왔기 때문에 오래 머무를 수 없어요. 틈틈이 찾아올 테니 맛있는 간식 좀 부탁드려요. 딱딱한 귀리 빵 말고요."

쿠슬란의 입가에 모처럼 미소가 맺혔다.

"알겠다. 네가 올 때쯤이면 오랜만에 내 요리솜씨를 발휘해 보겠다."

"부탁드려요."

레온이 막 몸을 돌리려는 순간 쿠슬란이 급히 그를 잡았다.

"잠깐만."

"네?"

고개를 돌리자 쿠슬란이 심각한 표정을 짓고 있었다.

"한 가지 물어보아도 되겠니?"

"네. 말씀하세요."

머뭇거리던 쿠슬란이 용기를 내어 입을 열었다.

"트루베니아에서 왕녀님을 찾아낸 순간 난 먼발치에서 그분의 아드님을 보았다. 놀랍게도 그는⋯⋯."

레온은 하나도 놀라지 않고 대답했다.

"오우거의 모습을 하고 있었죠?"

"⋯⋯."

"그 오우거가 바로 저예요. 스승님을 만나 인간으로 다시 태어나기 전까지 전 오우거의 외모를 가지고 있었죠. 그러나 지금의 전 완벽한 인간이랍니다. 마법과 기타 초자연적인 힘에 의해서 말이지요."

쿠슬란의 표정이 시시각각 변했다. 그는 오늘 평생에 걸쳐 놀랄 일을 하루 만에 겪고 있었다. 잠시 후 그가 안정을 되찾았다.

"그렇구나, 되었다."

쿠슬란이 결연한 표정을 지으며 레온을 쳐다보았다.

"오늘 내가 보고 들은 이야기는 결코 세상에 퍼져나가지 않을 것이다. 내 입이 무겁다는 사실은 어머니도 아실 테니 걱정하지 말거라."

레온의 얼굴에도 잔잔한 미소가 떠올랐다. 직접 겪어본 결과 쿠슬란은 충분히 어머니를 사랑할 자격이 있는 남자였다.

"그럼 부탁드려요. 이만 가 볼게요."

말을 마친 레온이 렉스의 등에 올라탔다.

"모래쯤 다시 올게요. 그럼 안녕히."

레온을 태운 말이 오솔길을 걸어 내려갔다. 쿠슬란은 마치 석상처럼 서서 그 뒷모습을 쳐다보고 있었다.


레온의 일상은 다시 평온하게 돌아왔다. 실망이 컸는지 국왕은 더 이상 레온의 혼인이야기를 꺼내지 않았다. 그 덕에 레온은 하루 종일 승마와 수련에 몰두할 수 있었다.

사실 왕족의 하루일과는 무척이나 바빠야 정상이다. 어지간한 왕족이라면 하루가 멀다 하고 귀족들의 파티에 불려 다닌다.

왕실과의 관계를 유지하기 위해 귀족들은 거의 매일 무도회를 개최하여 왕족들을 접대한다. 그러나 봄의 별궁으로는 일절 초청장들이 오지 않았다.

레온과 레오니아는 이미 왕세자인 에르난데스의 눈 밖에 난 상태. 때문에 귀족들이 그들을 상대하려 하지 않는 것이다.

매일매일 다람쥐 쳇바퀴 돌듯 반복되는 레온의 일상에서 한 가지 달라진 것은 쿠슬란을 방문하는 일이었다. 레온은 이틀에 한 번씩 몰래 빠져나가 쿠슬란을 만났다.

한 번에 한 시간가량 쿠슬란에게 가서 대련을 해 주는 것이다. 그것은 레온에게도 어느 정도 도움이 되었다. 심상만으로 하는 수련에는 한계가 있는 법이다.

어느 정도의 실력을 지닌 쿠슬란과 한바탕 접전을 치르고 나면 심신이 상쾌해졌다.

물론 쿠슬란은 레온의 옷깃조차 건드리지 못하는 수준이었다. 그와 레온 사이에는 도저히 극복할 수 없는 크나큰 벽이 존재했다.

오늘도 실컷 대련을 하고 난 쿠슬란이 얼굴을 일그러뜨리며 말했다.

"자네. 정말 강하군. 그 나이에 어떻게 그 정도의 실력을 길 렀는지 궁금해. 나도 수련량이라면 누구 못지않다고 늘상 자 부했는데……."

레온이 피식 미소를 지었다.

"수련의 양이 문제가 아니지요. 질을 높여야죠."

"어떤 식으로 수련을 하는지 알려줄 수 있겠나?"

레온이 조용히 머리를 들어 하늘을 올려다보았다.

"간단합니다. 수십 번 죽어 보면 됩니다."

"……."

"깨달음은 오로지 목숨을 건 생사결에서 얻을 수 있습니다. 저는 헤아릴 수 없을 정도로 삶과 죽음의 경계를 걸은 끝에 지 금의 경지에 오를 수 있었지요."

그 말을 들은 쿠슬란이 숙연해졌다.

"역시 모든 일에는 원인이 있는 법이로군."

쿠슬란은 어렴풋이 알 수 있었다. 레온이 지금의 경지에 오 르기 위해 얼마나 숱하게 죽음의 위기를 넘나들었는지 말이 다.

딸깍.

검을 검집에 넣은 쿠슬란이 소매로 이마의 땀을 닦았다.

"한 가지 물어보겠네."

"말씀하십시오."

"과연 내가 마스터의 경지에 오를 수 있겠는가?"

"충분히 가능합니다. 솔직히 말해 아저씨의 검로는 너무나 정직합니다. 너무 정석을 따른다는 뜻이죠. 저와의 대련을 통해 그 틀을 깨신다면 곧바로 마스터의 경지에 오르실 수 있을 것입니다."

쿠슬란의 얼굴이 환히 밝아졌다.

"고맙네. 정말 고마워. 그런데……."

쿠슬란이 레온의 눈을 들여다보았다.

"어찌하여 나에게 이런 호의를 베푸는 것인가? 그 누구에게도 밝히지 않은 정체까지 밝혀가며 말이야. 난 알고 있네. 그랜드 마스터의 개인지도를 받을 수 있다는 것이 그 얼마나 큰 혜택인지를……."

쿠슬란의 말대로 그랜드 마스터의 개인지도를 받을 수 있는 경우는 극히 희박하다. 왕족이나 고위 귀족의 자제라고 해도 마찬가지였다.

예외는 오직 하나, 차세대 초인으로서 국가에서 심혈을 기울여 키우는 재원이 아니고서는 꿈도 꾸지 못하는 일이다. 쿠슬란은 결코 그 범주에 들지 않는다. 그러나 레온의 대답은 간단했다.

"왜냐하면 아저씨는 저 말고 유일하게 어머니를 지켜주실 분이기 때문입니다."

"……."

"제가 없을 때 어머니에게 위기가 닥칠 경우 가만히 보고 계실 것입니까?"

쿠슬란의 입가에 희미한 미소가 떠올랐다.

"아마도 그분을 건드리는 것은 내 시체를 밟고서야 가능하겠지?"

"그것 보십시오. 그 정도면 제가 개인지도를 해 드릴만 한 이유가 되지 않겠습니까? 힘이 있어야 사랑하는 사람을 지킬 수 있는 법, 그러니 더욱 열심히 수련하십시오."

그 말에 쿠슬란이 한 대 얻어맞은 표정을 지었다.

"그, 그렇군. 알겠네."

하늘을 올려다본 레온이 몸을 일으켰다.

"오늘은 이만 가봐야겠습니다. 모래 다시 들리지요."

"알겠네."

쿠슬란이 묵묵히 고개를 끄덕였다. 이제 그는 레온이 다시 찾아올 이틀 동안 뼈를 깎는 수련에 매달려야 한다.

진전이 없을 경우 레온의 창대에 흠씬 두들겨 맞을 각오를 해야 할 테니까.

✤

제아무리 부유한 도시에도 반드시 존재하는 것이 있다. 도시의 빈민들이 모여 생활하는 빈민가가 그것이다.

코르도에도 예외 없이 빈민가가 존재하고 있었다. 무작정

상경한 농민이나 범죄자, 창녀들이 무리를 이루며 사는 곳. 이곳의 분위기는 대낮에도 음침했다. 그런데 마차 한 대가 빈민가를 지나치고 있었다.

푸르르르.

아무런 장식도 되어 있지 않은 짐마차였다. 후드를 뒤집어쓴 사내 두 명이 마부석에 앉아 있었다. 잠시 후 마차는 빈민가 외곽 외딴 집 앞에 멈춰 섰다.

덜컥.

마차의 문이 열리고 한 명의 사내가 마차에서 내렸다. 그 역시 후드를 뒤집어쓰고 있었기 때문에 도저히 용모를 분간할 수 없었다.

주위를 살짝 둘러본 사내가 집으로 다가갔다. 막 손을 내밀어 문을 두드리려는 순간 집의 문이 열렸다.

"어서 오십시오. 기다리고 있었습니다."

잠시 주춤한 후드 사내가 조용히 집 안으로 들어갔다. 마차의 사내들은 그것을 보고도 가만히 자리를 지키고 있었다.

집 안은 생각보다 아늑했다. 벽난로에서는 장작이 활활 타고 있었다. 사내를 맞은 사람 또한 미리 약속이라도 한 듯 후드를 뒤집어쓰고 있었다.

"잠시 기다리십시오. 금방 나오실 것입니다."

묵묵히 고개를 끄덕인 후드 사내가 소파에 가서 앉았다. 바짝 긴장했는지 그의 손등에는 땀이 송글송글 맺혀 있었다. 이

으고 그가 후드를 젖혔다.

놀랍게도 그는 후드 안에 복면을 하고 있었다. 눈과 코, 입만이 뚫려 도무지 용모를 분간할 수 없는 차림새.

그의 진정한 정체는 고위급 왕족이었다. 펜슬럿의 셋째 왕자 군나르가 바로 복면인의 정체였다. 그가 무슨 일로 후드에 복면까지 뒤집어쓰고 은밀히 빈민가를 찾았을까? 그 이유는 금세 드러났다.

군나르는 극도의 긴장으로 손을 덜덜 떨고 있었다. 그는 지금 엄청난 일을 획책하고 있었는데, 그것은 다름 아닌 반역이었다. 그가 이곳에서 만날 사람은 적국의 주요 인물이다.

놀랍게도 현재 전쟁을 치르고 있는 마루스 왕국의 고위 인사가 펜슬럿의 수도에 잠입해 있었다. 군나르는 잠자코 자신이 이곳으로 온 과정을 떠올려 보았다.

왕족들의 하루는 바쁘기 짝이 없다. 하루가 멀다 하고 귀족들의 파티에 불려 다녀야 한다. 군나르 역시 매일 매일을 파티로 지새웠다.

그것은 어쩌면 군나르가 처한 상황 때문일 수도 있었다. 두 형과는 달리 군나르는 일찌감치 권력구도에서 밀려났다. 자질이나 통솔력 등 모든 면에서 형들에게 미치지 못하기 때문이었다.

그럼에도 불구하고 군나르는 왕권에 대한 야망을 버리지 않았다. 두 형 중 하나를 골라 휘하에 들어간다면 남은 생을 걱정 없이 보낼 수 있다.

하지만 한 가닥 남은 미련 때문에 군나르는 그렇게 하지 않았다. 그러나 그가 왕위에 오를 가능성은 그야말로 희박했다. 기껏 끌어 모은 귀족들조차 눈치를 보며 떠나가고 있는 상황이었다.

그 때문인지 군나르는 밀려드는 귀족들의 파티 참석 요청을 거절하지 않았다.

파티에 참석하여 춤추고 즐기는 동안에는 자신이 처해 있는 상황을 잊을 수 있기 때문이었다.

그런데 유독 군나르를 자주 초청하는 귀족이 있었다. 그는 코르도 북부에 영지를 가지고 있는 톰슨 자작이었다.

그리 부유하다고 할 수 없지만 톰슨 자작은 매주 빠짐없이 파티를 열고 군나르를 초대했다.

음식과 술의 질이 나무랄 데 없었고 유난히 살갑게 맞아주었기 때문에 군나르는 거의 매주 톰슨 자작의 저택을 방문했다.

그러나 톰슨 자작은 음모를 품고 의도적으로 군나르에게 접근한 자였다.

어느 정도 사이가 친밀해졌을 때 그는 군나르에게 놀라운 비밀을 털어놓았다. 보여줄 것이 있다면서 내실로 안내한 톰슨 자작이 입을 열었다.

"놀라지 마십시오. 사실 저는 마루스 왕국의 정보부 요원입니다."

　　그 말에 군나르는 경악할 수밖에 없었다. 마루스 왕국이라면 펜슬럿과 벌써 백 년 가까이 전쟁을 치르고 있는 적국이다.

　　그런 마루스의 정보부 요원이 펜슬럿의 귀족으로 변장하여 자신에게 접근했으니 당연히 놀랄 수밖에.

　　"여봐라. 거기 아무도 없느냐?"

　　그는 대뜸 고함을 쳐서 사람을 불러들이려 했다. 그러나 이어지는 톰슨 자작의 말에 군나르가 잠시 멈칫했다.

　　"저는 군나르 왕자님을 펜슬럿의 왕좌에 올리기 위해 찾아왔습니다."

　　그 말을 들은 군나르가 입을 다물었다. 그럴 줄 알았다는 듯 톰슨 자작이 미소를 지었다.

　　"제 말을 듣기 싫으시다면 사람을 불러 저를 체포하십시오. 그러나 제가 하는 말은 왕자님에게 득이 되었으면 되었지 결코 해가 되지 않을 것입니다. 그러니 한 번 들어보십시오."

　　군나르의 눈이 가늘어졌다.

　　"무슨 말을 하겠다는 거요?"

　　"이대로 가면 군나르 왕자님은 결코 펜슬럿의 왕이 되지 못합니다. 이변이 없는 한 에르난데스 왕세자가 왕위에 오를 것이고 그럴 경우 대부분의 왕족들이 숙청될 테지요."

톰슨 자작의 말이 옳았기에 군나르는 자신도 모르게 고개를 끄덕였다. 그것을 본 톰슨 자작의 입가에 서린 미소가 짙어졌다.

"모르긴 몰라도 군나르 왕자님은 오지로 유배될 가능성이 큽니다. 평생 유배지에서 생활하셔야 할 텐데, 그에 대한 대비를 하고 계십니까?"

군나르의 얼굴이 어두워졌다. 상대의 말대로 에르난데스 왕세자가 왕위에 오르면 차근차근 숙청작업을 시작할 것이다. 그것은 자신도 예외가 아니었다.

왕위계승권을 보유한 대부분의 왕족들은 산간 오지나 외딴섬으로 유배되고 말 것이다. 화려한 궁정 생활에 물들어 있는 그가 척박한 유배지에서의 삶에 적응할 수 있을 리가 만무했다.

그것을 방지하려면 일찌감치 왕위 계승권을 포기하고 왕세자 휘하에 들면 된다. 그러나 결코 그렇게는 하고 싶지 않았다. 마음 한편에 자리 잡은 왕좌에 대한 욕망 때문이었다.

귓전으로 톰슨 자작의 음성이 파고들었다.

"하지만 제 상관을 한 번 만나시면 상황이 바뀔 것입니다. 어쩌면 군나르 왕자님이 펜슬럿의 왕위에 오를 수도 있으니까요."

정말 엄청난 내용이었기에 군나르가 입을 딱 벌렸다. 톰슨 자작은 지금 자신으로 하여금 반역을 획책하게 하고 있었다.

그러나 군나르는 스멀스멀 치밀어 오르는 유혹을 뿌리치지 못했다. 그의 가슴 속에서 불타오르는 권력욕은 모든 것을 잊게 만들었다.

톰슨 자작은 바짝 긴장한 군나르에게 누군가를 만나보라고 했다.

"제 상관이 코르도에 잠입해 있습니다. 그분을 한 번 만나보십시오. 그분께서는 군나르 왕자님이 펜슬럿의 왕이 될 수 있는 계획을 세워두고 계십니다."

말을 마친 톰슨 자작이 서찰 하나를 내밀었다.

"저희가 세워놓은 세부 계획입니다. 지금 읽어보시오."

서찰을 받아든 군나르가 읽기 시작했다. 시간이 지날수록 그의 얼굴이 창백해졌다.

"후, 정말 엄청난 계획이구려."

"그 계획대로 한다면 군나르 왕자님이 펜슬럿의 왕위에 오르는 것이 전혀 불가능하지는 않습니다."

말을 마친 톰슨 자작이 축객령을 내렸다.

"일단 돌아가십시오. 그리고 충분히 생각해 보신 뒤 저에게 사람을 보내 주십시오. 그렇게 하신다면 제 상관을 만나게 해 드리겠습니다."

"알겠소."

군나르 왕자가 굳은 표정으로 고개를 끄덕였다.

궁으로 돌아온 군나르는 이틀 동안 생각에 잠겼다. 그에겐
두 가지의 선택이 남아 있었다. 적국과 손을 잡고 반역을 일으
켜서라도 왕좌를 거머쥐느냐, 아니면 이 사실을 치안대에 알
려 톰슨 자작을 체포하느냐.

　　군나르가 선택한 것은 전자였다. 톰슨 자작을 체포한다고
해도 자신에게 돌아오는 것은 아무것도 없다. 또한 왕좌에 대
한 욕심은 반역을 꾀할 정도로 컸다.

　　결국 군나르는 은밀히 톰슨 자작에게 사람을 보냈다. 그의
상관을 만나보기로 말이다.

　　톰슨 자작은 군나르로 하여금 상관을 만날 수 있는 방법을
일러주었다. 물론 그 절차는 매우 복잡하고 은밀했다. 그에 따
라 군나르는 변장과 변복을 한 상태로 여러 차례 마차를 갈아
타고 나서야 이곳에 도착할 수 있었다.

　　톰슨 자작의 상관을 기다리는 군나르의 심경은 매우 착잡했
다. 적국과 손을 잡고 왕좌를 손에 넣으려 하고 있으니 당연히
비감에 젖을 수밖에 없다.

　　얼마나 기다렸을까. 마침내 누군가가 문을 열고 들어왔다.

　　"오래 기다리셨습니다."

　　들어온 이는 별다른 특색이 없는 노인이었다. 시내에 나가
면 비슷한 용모를 가진 사람을 한 다스는 찾을 수 있을 정도로

평범해 보였다. 그러나 노인의 신분만큼은 결코 그렇지 않았다.

"저는 마루스의 정보부 총수인 콘쥬러스입니다."

군나르의 안색이 살짝 경직되었다. 설마 정보부의 총수가 코르도에 잠입해 있으리라곤 생각하지 못했다. 이미 그는 콘쥬러스라는 이름을 몇 번 들어본 적이 있다.

"담이 크시구려. 펜슬럿의 심장부라고 할 수 있는 코르도에까지 들어오시다니……."

"뭐 어쩔 수 없지 않소? 이 한목숨 마루스의 영광을 위해 바친 지 오래되었으니 말이오."

말을 마친 콘쥬러스가 눈을 가늘게 뜨고 군나르를 쳐다보았다.

"애당초 마루스와 펜슬럿은 잘 지낼 수 있는 여지가 있었소. 선대 국왕 로니우스 1세의 그릇된 결정만 아니었으면 말이오."

콘쥬러스는 오래전 일어난 일을 들먹였다. 백 년 동안 이어진 펜슬럿과 마루스의 장기전쟁, 그 시초가 되었던 일을 말이다.

"우리 마루스는 영토가 척박해서 식량의 자급이 되지 않소. 반면 펜슬럿은 식량이 남아도는 실정이오. 그런 상황에서 흉년을 핑계로 식량 수출을 중단하는 것은 우리 마루스 국민더러 굶어 죽으라는 것이나 진배없소."

"하지만 그것은 어쩔 수 없지 않소? 본국의 국민을 먹여 살려야 하는 마당에 어찌 수출을 한단 말이오?"

"제아무리 흉년이 들어도 펜슬럿 국민들은 굶어죽는 일은 없소. 반면 마루스는 흉년이 들면 통과의례처럼 무수한 국민들이 아사하는 것을 지켜봐야 하오. 과거 펜슬럿을 쳐서 센트럴 평원의 일부를 점령한 것은 본국이 그 정도로 궁지에 몰렸기 때문이오."

군나르의 눈에서도 서서히 분기가 치솟기 시작했다. 전쟁발발에 대한 책임전가를 하는 것은 펜슬럿 왕족으로서 쉽사리 넘기기 힘든 문제였다.

"그렇다고 해서 선전포고도 없이 침공한 것이 과연 잘하는 짓이오? 얼마든지 외교협상으로 처리할 수 있었던 문제인데……."

"지금은 누구의 잘잘못을 가리자는 것이 아니오. 이제 와 책임공방을 벌여서 뭘 하겠소?"

콘쥬러스가 정색을 하며 손을 흔들었다.

"우리가 바라는 것은 단 한 가지. 식량의 자급뿐이오. 그것이 충족된다면 더 이상 펜슬럿과 전쟁을 지속할 이유가 없소."

"당신들은 벌써 센트럴 평원의 4분지 1을 점령한 상태요. 거기서 생산되는 식량이 엄청날 터인데?"

"그것만으로는 부족하오. 본국은 아직까지 상당량의 식량을 외국에서 수입해 와야 하오. 식량 자급이 불가능하다는 뜻이지."

말을 마친 콘쥬러스가 정색을 하고 군나르를 쳐다보았다.

"서류의 내용대로 당신을 펜슬럿의 국왕으로 만들어 주겠소. 대신 센트럴 평원의 절반을 마루스로 넘기시오."

그 말을 들은 군나르의 표정이 딱딱하게 굳어 들어갔다. 마루스는 지금 펜슬럿 왕좌를 미끼로 국토를 할양하라는 요구를 하고 있었다.

평소 같았으면 두말없이 자리를 박차고 일어났을 터였다. 그러나 상대가 내민 당근이 너무도 달콤했기에 군나르는 쉽사리 결정을 내리지 못했다.

"어차피 센트럴 평원의 절반을 내어주어도 펜슬럿은 충분히 식량 자급이 가능하오. 단지 외국에 수출을 못하게 될 뿐이지. 그 점에 대해서는 마루스가 일정부분 보상을 해드릴 용의가 있소."

"어떻게 말이오?"

"교역로 몇 개를 할양해 드릴 테니 거기서 세금을 거둬들이시오. 그렇게 한다면 식량 수출을 하지 않아도 충분한 소득을 거둘 수 있을 것이오."

군나르는 생각에 잠겨 들어갔다. 마루스에서 제시한 조건은 충분히 합리적이었다. 콘쥬러스가 미소를 지으며 말을 이어나갔다.

"마루스와 펜슬럿이 구태여 전쟁을 계속 할 이유는 없소. 그 일이 있기 전까지 두 왕국의 사이는 매우 친밀하지 않았소? 결단을 내려주신다면 백 년 동안 이어진 전쟁에 종지부를 찍을 수 있을 것이오."

뭔가 결정을 내린 듯 군나르의 안색이 경직되었다.

"계획은 확실한 것이오?"

콘쥬러스의 입가에 회심의 미소가 스쳐 지나갔다.

"계획은 틀림없소. 우린 이미 만반의 준비를 다 갖춘 상태요. 이변이 없는 한 계획은 성공으로 돌아가고 우린 서로가 원하는 것을 얻을 수 있을 것이오. 그대는 펜슬럿의 왕좌를, 우리는 국민을 먹여 살릴 식량을 말이오."

군나르를 쳐다보는 콘쥬러스의 눈빛은 매우 의미심장했다.

"이것이 바로 우리가 당신을 펜슬럿의 왕으로 만들려는 이유이오. 그것만 허락해 준다면 당신은 당당히 펜슬럿의 왕이 될 수 있소."

군나르가 조심스럽게 입을 열었다.

"왕이 된다면 그렇게 해 주겠소. 센트럴 평원의 절반을 마루스에게 내어주겠다는 뜻이지. 물론 교역로를 내어준다는 약조는 틀림없겠지요?"

"정식 문서로 작성해 드릴 수도 있소. 날 믿으시오."

군나르는 가슴이 걷잡을 수 없을 만큼 뛰는 것을 느꼈다. 그는 지금 국토를 타국에 내어 주고 그 대가로 왕권을 차지하려는 반역을 꾀하고 있다.

계획대로 진행된다면 아버지인 국왕을 비롯해 왕세자인 에르난데스, 그리고 둘째 왕자 에스테즈는 모두 죽을 것이다. 그러나 군나르는 이미 마음을 굳힌 상태였다. 권력투쟁에는 필히 골육상쟁이 동반되는 법이다.

'이런 좋은 기회를 놓칠 수는 없어.'

숙청된 왕족들은 대부분 밝혀지지 않는 이유로 급사하는 경우가 많다. 밥을 먹다가, 혹은 산책을 하다가 갑자기 절명한다. 물론 군나르는 그 이유를 잘 알고 있었다.

불안감의 근원을 제거하기 위해 신임 국왕이 암살자를 보내 처리하는 경우가 태반이었다. 군나르는 결코 그렇게 사라지고 싶지 않았다. 심지어 유배당하는 것조차 상상하고 싶지 않았다.

"계획은 틀림이 없소?"

"이미 엄선된 기사들이 대기하고 있소. 하나같이 마루스를 위해 목숨을 바칠 각오가 되어 있는 자들이지. 그리고 '그'에게도 확답을 받았소."

"놀랍구려. '그'를 끌어들일 수 있었다니……."

"그 때문에 우리가 이번 계획을 꾸밀 수 있었소. 그렇지 않았다면 언감생심 생각조차 하지 못했을 테지."

마루스에서 꾸민 계획은 정말로 치밀했다. 어디 하나 허점이 보이지 않았다. 자신만 의도대로 따라 준다면 틀림없이 성공할 계획이었다.

'그래, 왕이 된다면 그 정도 조건쯤이야 어려울 것이 없지.'

생각을 굳힌 군나르가 손을 내밀었다.

"좋소. 계약은 성립되었소."

총수가 빙그레 미소를 지으며 내민 손을 맞잡았다.

"이번 협약을 계기로 양국은 다시 친구가 될 수 있을 것이오. 계획이 실현된다는 명제 하에 말이오."

"마루스에서 틀림없이 약속을 지킨다면 그렇게 될 것이오."

굳게 맞잡은 두 손이 느릿하게 움직였다.

# VIII
# 콘쥬러스의 음모

펜슬럿의 귀족사회는 매우 평화로웠다. 마루스와 오랜 전쟁을 벌이고 있기는 하지만 그것은 머나먼 국경에서의 일이다.

무려 백 년씩이나 전쟁을 치르다 보니 소강상태에 익숙해져 버린 것이다.

게다가 최근 들어서는 병력의 충돌도 일어나지 않았다. 그저 양 병사들이 상대편 진영을 향해 욕지거리나 내뱉는 수준이었다.

처음 마루스가 선전포고도 없이 기습하여 센트럴 평원의 4분지 1을 점령했을 때에는 펜슬럿 전역이 들썩였다.

각지에서 병력이 징집되었고 귀족들은 예외 없이 휘하의 기사를 차출해서 전장으로 보냈다. 반드시 잃은 영토를 되찾겠다는 기세였다. 그러나 식량문제가 시급했던 마루스는 온 국력을 기울려 점령지를 방어했다.

그때 정해진 국경이 아직까지 유지되는 것을 보아 마루스가 얼마나 총력방어에 몰두했는지 알 수 있다.

그런 상황이 오래 흐르자 전장은 서서히 고착화되기 시작했다. 센트럴 평원의 4분지 1을 빼앗기긴 했지만 펜슬럿의 식량 수급에는 문제가 없었다.

마루스가 워낙 철저히 점령지를 지켰기 때문에 되찾는 것은 거의 불가능했다. 펜슬럿 왕실은 그런 상황에서 계속 병력을 소모시킬 수 없다고 판단했다.

무엇보다도 가장 큰 희생을 치른 귀족들이 전장의 확대를 극구 반대하는 상황이었다.

펜슬럿과 마루스 사이의 전쟁은 그렇게 해서 백 년이 넘게 이어져왔다.

그렇다고 해서 휴전협정을 맺을 수는 없었다. 펜슬럿은 엄연히 자국의 영토를 빼앗긴 것이고 마루스는 점령지를 지켜야만 식량을 생산해 국민을 먹여 살릴 수 있었기 때문이다.

그 결과 양국의 국경은 드물게 산발적인 전투만 벌어질 뿐 전면적인 병력의 충돌이 일어나지 않는 상태가 유지되었다. 펜슬럿 귀족사회의 평화는 그 때문에 가능한 것이었다.

그처럼 평온하던 펜슬럿 귀족사회가 오랜만에 들썩이기 시작했다. 엄청난 일이 펜슬럿에 들이닥쳤던 것이다. 그것은 다름 아닌 한 장의 도전장으로부터 비롯된다.

블러디 나이트. 트루베니아에서 건너와 쟁쟁한 아르카디아의 초인들을 침몰시킨 그랜드 마스터가 공개적으로 도전장을 보내 펜슬럿의 초인 발렌시아드 공작에게 대결을 요청한 것이다.

블러디 나이트의 등장은 이전과 한 치도 다르지 않았다. 검붉은 갑주를 걸친 장대한 체구의 기사가 왕궁의 정문으로 걸어와 근위병에게 도전장을 전달했다. 도전장에는 이렇게 쓰여 있었다.

〈트루베니아에서 온 블러디 나이트가 귀국의 발렌시아드 공작에게 도전을 요청하는 바요. 일주일 뒤 정오에 이곳을 방문하겠소.〉

당연히 펜슬럿 왕실은 발칵 뒤집혔다. 즉각 대책회의가 소집되었다. 국왕을 비롯해서 대소신료들이 모두 참석한 회의였다.

나이가 지긋한 노귀족들은 거기에서 블러디 나이트의 도전을 거부하자고 주장했다.

"발렌시아드 공작전하가 대관절 누구입니까? 우리 펜슬럿의 상징입니다. 만약 공작전하께서 블러디 나이트에게 패할 경우 펜슬럿의 명예에 먹칠을 할 것입니다."

"그리고 우리는 지금 마루스와 전쟁을 벌이고 있습니다. 만약 결과가 좋지 않을 경우 국경에서 싸우는 장병들의 사기가 형편없이 실추될 것입니다."

그러나 대부분의 신료들은 도전을 받아들이기를 주장했다.

"그럴 수는 없습니다. 블러디 나이트는 이미 크로센 제국의 리빙스턴 후작까지 꺾은 강자입니다. 패한다고 해도 하등 부끄러울 것이 없습니다."

"블러디 나이트의 성정을 생각해 보십시오. 그는 철저하게 받은 대로 돌려줍니다. 예를 갖춰 대하면 정중한 태도를 보이고, 예에 어긋날 경우 철저히 무례한 대응을 합니다. 렌달 국가연방이 수작을 부리다가 무슨 꼴을 당했는지 생각해 보십시오."

신료들은 갖가지 이유를 들어 대결을 주창했다. 그들은 심지어 블러디 나이트가 마루스에서 도전을 거절당한 사례마저 들먹였다.

"마루스는 지금 엄청난 욕을 먹고 있습니다. 블러디 나이트에게 먼저 본국의 발렌시아드 공작전하를 꺾고 오라는 조건으로 도전을 거절했기 때문입니다."

"블러디 나이트의 도전을 거절할 경우 마루스처럼 손가락질을 당할 우려가 있습니다."

"만약 도전을 받아줄 경우 우리 펜슬럿이 마루스보다 우위에 있다는 사실을 만천하에 공표할 수 있습니다."

머리가 지끈지끈 아파온 로니우스 2세가 이번에는 발렌시아드 공작에게 의견을 물어보았다.

워낙 중대한 일이었기 때문에 집에서 칩거하며 수련에 몰두하던 발렌시아드 공작도 대책회의에 참가한 상태였다.

"발렌시아드 공작. 그대의 의견은 어떠하오?"

발렌시아드 공작은 강인한 인상의 사십대 중반 정도 되어 보이는 중년인이었다. 그러나 아는 사람은 알고 있었다.

그의 나이가 벌써 칠순에 가깝다는 사실을 말이다. 그는 생각할 것도 없다는 듯 결정을 내렸다.

"도전을 받아들여야 합니다. 비록 그가 강자라고는 하나 저도 그리 호락호락하지 않습니다. 승패에 상관없이 싸워야 합니다."

발렌시아드 공작의 눈동자는 투지로 활활 타오르고 있었다. 그로서는 다른 초인과 검을 섞어볼 이번 기회를 놓칠 수가 없었다. 무엇보다도 그에겐 후계자가 없었다. 십대 초인들 중 최고의 고령인 만큼, 그에게는 그것이 가장 마음에 걸릴 수밖에 없었다.

펜슬럿은 아직까지 발렌시아드 공작의 뒤를 이을 초인을 키워내지 못했다. 그 때문에 오스티아로 간 윌카스트가 무척 아쉬울 수밖에 없다.

자국 출신의 인재가 타국으로 가서 그랜드 마스터가 되었으니 말이다. 초인이 될 만한 인재가 한 시대에 한 명 태어날까 말까 한다는 것을 감안하면 정말 뼈저린 손실이 아닐 수 없었다.

발렌시아드 공작은 벌써 20년 동안 펜슬럿의 수호신으로 군림해왔다. 그동안 그는 변변찮게 대련조차 해보지 못했다. 물론 타국의 초인과 겨룰 수 있는 가능성은 전무하다.

그리고 보안문제 때문에 근위기사단 소속 기사들과의 대련조차 자주 할 수 없는 실정이다.

그런 만큼 발렌시아드 공작은 같은 반열의 초인과 겨뤄볼 이번 기회를 놓치고 싶지 않았다. 그랬기에 대결을 열렬히 지지하는 것이다.

'하필이면……'

로니우스 2세의 눈가에 고민의 빛이 스쳐 지나갔다. 안정지향적인 그의 성정상 블러디 나이트의 도전이 달갑지 않을 수밖에 없었다.

그러나 일국의 군주로서 결정을 내려야 한다는 것은 변함없는 사실. 결국 그는 홀을 들고 명령을 내렸다.

"블러디 나이트의 도전을 받아들이겠소. 일주일 뒤 블러디 나이트를 예법에 어긋나지 않게 맞이하시오."

다분히 블러디 나이트의 성정을 감안한 명령이었다. 대부분의 귀족들이 국왕의 결정에 쌍수를 들어 환영했다.

"훌륭하신 선택이옵니다."

그러나 로니우스 2세의 손아귀에는 식은땀이 맺히고 있었다. 발렌시아드 공작이 패할 경우 아무래도 왕실의 위신에 영향이 미치기 때문이었다.

✤

블러디 나이트의 도전, 그것으로 인해 펜슬럿 귀족사회는 떠들썩해졌다. 살롱에 모이는 귀족들의 대화 소재는 단연 블러디 나이트에 관해서였다.

"도대체 어떻게 트루베니아에서 그처럼 강한 무인이 나타났을까요?"

"아무튼 난 사람이긴 난 사람이군요. 초강대국 크로센에서 심혈을 기울여 키운 리빙스턴 후작을 꺾을 정도라니……."

블러디 나이트에 대해 알려진 것은 아무것도 없다. 기초병기로 인식되어 온 창으로 쟁쟁한 초인을 꺾었다는 것은 귀족들 최대의 관심사였다.

"도대체 어디에서 그런 창술을 배웠을까요?"

"초인을 꺾을 수준의 창술이라면 정말로 대단하군요."

게다가 블러디 나이트가 어떤 마나연공법을 익혔는지도 철저히 베일에 싸여 있었다.

쟁쟁한 초인들 중 상위에 올릴 정도라면 그 수준이 크로센 제국 비전의 마나연공법에 비해도 손색이 없다고 봐야 했다.

대화를 나누는 귀족들의 얼굴에는 열망이 일렁이고 있었다.

'만약 우리 가문이 블러디 나이트와 관계를 맺을 수 있다면……'

블러디 나이트와 관계를 맺는다는 것은 한 마디로 가문의 영광이었다. 어마어마한 후견인을 두는 것이나 마찬가지였다. 그러나 대부분의 귀족들은 알고 있었다.

블러디 나이트 정도의 무사라면 각 왕국의 국왕들은 일체의 머뭇거림도 없이 공주를 내어 줄 것이란 사실을 말이다.

이렇듯 블러디 나이트로 인해 펜슬럿 전체가 열병을 앓고 있었다. 누구를 막론하고 대결이 벌어질 일주일 후를 목이 빠지게 기다렸다. 그러나 단 한 사람만큼은 그렇지 않았다.

'도대체 이해할 수가 없군.'

레온은 고민에 빠져 있었다. 물론 그도 요새 펜슬럿을 떠들썩하게 만드는 소문을 들은 상태였다. 소문을 들은 순간 레온의 얼굴에 어처구니없다는 표정이 떠올랐다.

블러디 나이트는 엄연히 자신이다. 그런데 전혀 엉뚱한 곳에서 블러디 나이트가 나타나 발렌시아드 공작에게 도전을 해 온 것이다.

물론 생각할 필요도 없는 가짜였다. 속이 답답해진 레온이 길게 한숨을 내쉬었다.

'날 사칭하는 가짜가 왜 이렇게 많은 거지?'

물론 가짜 덕을 보긴 했다. 자신을 사칭한 퀘이언 덕분에 리빙스턴 후작의 음모를 손쉽게 분쇄해 버릴 수 있었으니 말이다. 그러나 지금은 사정이 달랐다.

검증받은 초인인 발렌시아드 공작에게 도전하는 것은 감히 가짜가 할 수 있는 행위가 아니다. 외모는 비슷하게 꾸밀 수 있지만 실력만큼은 그렇게 할 수 없는 법. 심지어 레온은 이런 생각까지 했다.

'혹시 크로센 제국에서 음모를 꾸미는 것인가? 잠적한 나를 끌어내기 위해서 말이야.'

그렇다고 해서 신분을 밝히는 것도 내키지 않았다. 결국 레온은 믿고 대책을 논의할 수 있는 사람을 찾아갔다. 펜슬럿에서 유일하게 자신의 정체를 알고 있는 쿠슬란이었다.

"안녕하세요. 아저씨."

"어서 오너라. 레온."

쿠슬란 역시 수도를 떠들썩하게 만들고 있는 소문을 들어 알고 있었다.

"어떻게 된 거냐? 설마 발렌시아드 공작에게 도전을 한 것은 아니겠지?"

"물론 그럴 리가 없지요."

그 말을 들은 쿠슬란의 표정이 심각해졌다.

"그렇다면 너를 사칭한 가짜라는 뜻인데, 도대체 왜 그놈이 발렌시아드 공작에게 도전을 했을까?"

"저도 도무지 그게 이해가 가지 않아요."

둘은 함께 머리를 맞대고 대책을 논의했다. 그러나 별 뾰쪽한 대책이 떠오르지 않았다. 당장 가짜 블러디 나이트의 속내를 알 수 없었기 때문이었다.

"어쩔 수 없구나. 일단은 블러디 나이트와 발렌시아드 공작의 대결 장소에 나가도록 해라. 가짜라면 의당 허점을 드러낼 수밖에 없을 것이다."

"아마 그럴 거예요. 제 창술은 그리 쉽게 흉내낼 수 있는 것이 아니니까요."

"그러니 대결 장소에 나가서 참관을 하라는 것이다. 대결을 지켜보다 보면 뭔가 놈의 의도를 알아낼 수 있을 것이다."

레온의 표정은 그리 밝지 않았다.

"그런데 대결 장소에 갈 수 있을지도 모르겠군요. 솔직히 말해 저는 왕실에서 미운 털이 박힌 상태예요."

그 말을 들은 쿠슬란의 눈이 휘둥그레졌다. 그런 그에게 레온은 얼마 전 겪었던 일을 털어놓았다.

혼인을 위해 별궁에서 파티를 벌였지만 단 한 명의 영애와도 춤을 추지 못한 일과, 이어진 만남에서 연이어 퇴짜를 맞은 사실까지 말이다. 그 말을 들은 쿠슬란이 이해하기 힘들다는 듯 머리를 흔들었다.

"내 상식으로는 이해가 되지 않는구나. 그런 경우는 거의 없는데 말이야."

"아무튼 모르겠어요. 귀족사회는 아무래도 저와 맞지 않나 봐요."

그 말에 쿠슬란이 의미심장한 미소를 지었다.

"그렇다면 네 정체를 속 시원하게 밝히는 것은 어떠냐? 네가 블러디 나이트라는 사실이 알려진다면 상황이 판이하게 바뀔 것이다."

물론 쿠슬란의 말은 지당했다. 지금껏 초인을 배출해 낸 경우를 살펴보면 중하급 귀족 가문의 서출인 경우가 많다. 신분상의 한계를 극복하기 위해 목숨을 걸고 수련하기 때문이다.

그리고 가문의 재정적 뒷받침이 있어야 하는 만큼 평민층에서는 거의 초인이 나오지 않는다.

왕족이나 고급 귀족의 자제들이 초인이 되는 경우는 드문 편이었다. 초인이 되어야 하는 성취동기가 약할뿐더러 검술 말고도 신경 쓸 일이 많기 때문이다.

그 증거로 펜슬럿의 왕족들로만 구성된 왕실기사단의 수준은 여타 기사단보다 월등히 낮았다. 가만히 있어도 파티의 초청장이 쇄도하는 판국에 그 누가 욕망을 절제해가며 치열하게 수련을 하겠는가?

어떤 나라에서 초인이 등장한다고 가정하자. 그럴 경우 그의 운명은 송두리째 뒤바뀐다. 가장 먼저 국왕은 새로 등장한 초인을 왕실의 여인과 결혼시킨다.

혼인을 통해 왕실과 관계를 맺을 필요성이 있기 때문이다.

펜슬럿의 초인 발렌시아드도 현 국왕 로니우스 2세의 여동생과 결혼하여 공작 위를 제수 받았다.

그런 상황에서 레온의 정체가 드러난다면 그야말로 펜슬럿이 발칵 뒤집힐 것이다. 혼인을 통한 관계가 아닌 현 국왕의 피를 직접 물려받은 외손자이니 만큼 펜슬럿 왕실에서 애기중지할 것이 틀림없었다.

게다가 레온에겐 최고급 귀족 가문들로부터 청혼이 잇따를 것이다. 굳이 왕실과 혼인할 필요가 없으니 당연히 고급 귀족들이 눈독을 들일 수밖에 없다.

현 국왕의 외손자이자 그랜드 마스터라는 간판은 그야말로 최고의 조건을 지닌 신랑감이었다. 그러나 설명을 들은 레온은 쓸쓸히 웃으며 고개를 흔들었다.

"그러고 싶진 않아요. 제가 바라는 것은 어머니와 오순도순 조용히 사는 것뿐이에요. 정체가 드러난다면 상당히 골치 아파지겠죠?"

레온의 말을 들은 쿠슬란이 조용히 머리를 흔들었다.

"하긴 네 정체가 드러난다면 하루하루가 매우 번거로울 것이다. 네가 그렇게 생각한다면 뜻을 존중해 주마."

레온의 입가에 미소가 떠올랐다.

"역시 쿠슬란 아저씨는 제 마음을 잘 알아주시는군요."

쿠슬란이 마주 웃으며 벽에 걸린 검을 가리켰다.

"후후. 그런 의미에서 대련 한 판 할까?"

"그러죠."

레온이 머뭇거림 없이 몸을 일으켰다.

✤

펜슬럿 왕궁으로부터 그리 떨어지지 않은 곳에는 고급 주택가가 위치해 있었다. 군소 귀족들이 모여 사는 곳이었다.

고급 귀족들은 시가지에서 조금 떨어진 곳에 위치한 큰 저택이나 성에서 사는 반면 군소 귀족들은 치안이 탄탄한 곳에 모여 살았다. 그 저택들 중에는 펜슬럿 북부에 영지를 가진 톰슨 자작의 저택도 있었다.

그 저택의 응접실에는 여러 사람이 앉아 대화를 하고 있었다. 그런데 그들 중 한 명의 차림새가 왠지 모르게 낯익었다.

빈틈없이 얼굴을 가린 투구에 풀 플레이트 메일, 번들번들 잘 닦인 갑주의 색은 피처럼 검붉은 빛이었다. 등에 기다란 장창을 메고 있는 모습은 세인들에게 너무도 잘 알려진 블러디 나이트의 모습과 한 치의 어김도 없이 똑같았다.

그의 앞에 서 있는 백발이 희끗희끗한 노인은 군나르 왕자와 대면을 했던 콘쥬러스였다.

놀랍게도 마루스의 정보부 총수가 이곳에 은신해 있는 것이다. 그가 심유한 눈빛으로 블러디 나이트의 차림새를 한 자를 쳐다보았다.

"후, 정말 갑갑하구려."

나지막한 음성과 함께 가짜 블러디 나이트가 투구를 벗었다. 드러난 것은 위맹하게 생긴 장년인의 얼굴이었다.

짙은 눈썹 아래에 고리눈이 자리 잡고 있었고 무성하게 기른 구레나룻에서 강인함이 엿보였다. 그가 손을 들어 얼굴에 가득한 땀을 닦아냈다.

"일단 시키는 대로 도전장을 전달하고 왔소. 하지만 나로서는 이번 계획이 정말 이해가 되지 않는구려."

말을 마친 사내가 얼굴을 찡그렸다. 그의 몸에서 은연중 풍기는 기세는 범인의 것을 능가하고 있었다. 그 역시 인간의 한계를 벗어던진 초인 중 한 명이었기 때문이다.

블러디 나이트 다음으로 베일에 가려진 초인인 용병왕 카심이 다름 아닌 그였다.

그런데 그가 어찌하여 블러디 나이트로 위장하고 펜슬럿에 잠입해 있을까? 비밀은 오가는 대화에서 서서히 드러나고 있었다.

"나야 돈을 받았으면 그대로 행동하면 그만이오. 하지만 내가 보기에 이번 계획은 허점투성이요."

용병왕 카심은 현재 마루스에 고용된 상태였다. 놀랍게도 정보부 총수 콘쥬러스는 누구도 알아내지 못한 카심의 은신처를 찾아내어 사람을 보냈다.

─ 본국의 정보부 총수님을 한 번 만나보십시오. 그분은 카심님에게 엄청난 청부를 하실 것입니다.

청부 대가로 마루스가 제시한 금액은 상상을 초월했다. 카심은 구미가 당기는 것을 느꼈다. 사실 그가 속한 용병길드는 재정상태가 그리 좋지 못했다.

용병길드로부터 엄청난 후원을 받은 탓에 카심은 거기에 대해 일말의 부담감을 가지고 있었다. 그런 상황에서 마루스가 엄청난 금액을 대가로 청부를 해 온 것이다.

'그래. 이번 청부를 해 준다면 날 키워준 용병길드에 어느 정도 보답을 할 수 있겠어.'

결국 카심은 콘쥬러스를 만나보기로 결정했다. 그 자리에서 콘쥬러스는 청부 내용을 설명했다.

물론 초인인 카심이 충분히 해낼 수 있는 청부였다. 그 결과 청부를 승낙한 카심이 블러디 나이트의 차림새를 하고 이곳에 와 있는 것이다.

콘쥬러스가 심유한 눈빛으로 카심을 쳐다보았다.

"그래 용병왕께서 보시기에 어떤 부분에 허점이 있는 것 같소?"

카심이 머뭇거림 없이 대답했다.

"일단 걱정되는 것은 이거요. 만에 하나 진짜 블러디 나이트가 이 사실을 듣고 대결장에 나타나면 어떻게 할 것이오?"

"그 점에 대해서는 걱정하실 것 없습니다. 어차피 목적은 혼란을 조성하는 것이니까요. 펜슬럿 국왕이 안전에 위험을 느껴 궁정 안으로 피신하게 되면 카심 님의 역할은 모두 끝난 것입니다. 어차피 블러디 나이트가 등장한다면 더 큰 혼란이 조성될 테니까요."

"그렇다고 해서 문제가 해결되는 것은 아니오. 블러디 나이트의 주 무기가 창이란 사실은 모두가 알고 있소. 하지만 난 창을 사용할 줄 모르오. 내가 다룰 수 있는 것은 오로지 검뿐이오. 만약 창을 들고 대결에 임한다면 몇 합 지나지 않아 패할 것이오."

콘쥬러스가 걱정하지 말라는 듯 머리를 흔들었다.

"신경 쓰실 필요 없소. 용병왕께서는 친숙한 검을 들고 싸우시면 됩니다. 대신 대결 전에 이렇게 밝히십시오."

"⋯⋯."

"본인의 주력은 엄연히 창술이다. 그러나 검술에도 조예가 적지 않다. 그것을 증명하기 위해 이번 대전에서는 검을 사용하겠다, 이렇게 말이오."

그러나 카심은 그리 납득하지 못한 눈치였다.

'흠 그래도 의심을 받을 텐데⋯⋯.'

그러나 더 이상 문제제기를 할 순 없었다. 그의 임무는 블러디 나이트로 변장하여 발렌시아드 공작을 끌어내는 것이다.

그를 붙들고 30분만 시간을 끌면 임무가 종료된다. 마루스에서는 그 대가로 천문학적인 금액을 약속했다. 그 사실을 떠올린 카심이 입을 열었다.

"퇴로는 확실하게 준비되어 있는 것이오?"

역시 카심으로서는 무사히 빠져나가는 것이 관건이었다. 사실 이번 일은 카심의 명예에 큰 타격을 입히는 일이다. 공인된 초인 중 한 명인 용병왕 카심이 마루스로부터 돈을 받고 블러디 나이트로 변장하여 일을 벌였다는 비밀은 어떠한 일이 있어도 외부로 퍼지면 안 되는 종류의 일이다.

심지어 용병왕이 펜슬럿에 들어왔다는 사실조차 알려지면 안 된다. 사실 발렌시아드 공작을 붙들고 30분 정도 시간을 끄는 것은 그의 능력으로 충분히 해낼 수 있다. 문제는 임무를 완료하고 빠져나갈 때 발생한다.

정확히 따지면 카심은 완벽한 초인이라 지칭하기 힘들다. 그가 초인의 능력을 발휘할 수 있는 시간은 불과 1시간 정도이다. 아버지로부터 마나연공법을 전수받았지만 그것은 애초부터 불완전한 것이었다.

그로 인해 카심은 반쪽짜리 초인이 되고 말았다. 카심이 발휘할 수 있는 힘은 엄연히 제약조건이 있다. 기혈을 역류시킬 경우 그는 두 배 가까이 강해진다. 그때의 힘은 초인이라 불리기에 손색이 없다.

그러나 그 시간이 지나면 카심은 급격히 무력해진다. 잠력 격발의 후유증으로 인해 거의 6개월가량 제대로 힘을 쓰지 못하는 상태를 맞이해야 한다. 카심은 그런 제한된 힘을 이용해서 지금의 위치에 오를 수 있었다.

그러나 시간조절을 하지 못한다면 엄청난 결과가 초래될 터이고 그 사실은 당사자인 카심이 누구보다 잘 알고 있었다. 지금껏 카심은 그것을 철저히 비밀에 붙여왔다. 만약 비밀이 퍼져나갈 경우 그는 더 이상 초인의 자리를 유지하지 못할 것이다.

우려 어린 카심의 시선을 의식한 듯 콘쥬러스가 고개를 끄덕였다.

"걱정 마십시오. 퇴로는 확실하게 준비해 두었습니다. 공간 이동 마법진을 비롯하여 추적 차단조까지 완벽하게 준비되어 있습니다. 탈출하는 것은 걱정하지 마십시오."

그 말을 들은 카심이 묵묵히 고개를 끄덕였다.

"믿겠소."

그러나 손에 든 블러디 나이트의 투구를 쳐다보는 카심의 눈에는 복잡한 빛이 일렁이고 있었다. 사실 펜슬렛은 그의 조국이었다.

그가 태어나서 어린 시절을 보낸 나라인 것이다. 그런데 적국인 마루스의 청부를 받아들였으니 마음이 흔들릴 수밖에 없다.

그러나 펜슬렛은 카심과 가족들을 추방한 국가이기도 하다. 비록 크로센 제국의 입김이 작용했다고는 하나 카심은 그때의 원한을 잊지 않고 있었다.

 이번 청부를 받아들인 이면에는 펜슬럿에 대한 악감정이 작용하고 있는지도 몰랐다. 그것을 떠올린 카심이 길게 한숨을 내쉬었다.

 "좋소. 계약대로 발렌시아드 공작을 불러내어 시간을 끌어주겠소. 그러니 약조한 대로 청부금을 지급해 주기 바라오."

 콘쥬러스의 입가에 빙긋이 미소가 떠올랐다.

 "걱정하지 마십시오. 계약금으로 지급한 10%를 제외한 나머지 금액은 임무를 완료하시는 대로 지불해 드리겠습니다."

 "좋소."

 그러나 카심을 쳐다보는 콘쥬러스의 입가에는 미묘한 미소가 매달려 있었다. 고개를 돌린 상태였기 때문에 카심은 미처 그 미소를 보지 못했다.


 콘쥬러스가 쳐다보는 것도 모른 채 카심은 조용히 생각에 잠겨 들어갔다. 그는 지금 자신이 걸어온 발자취를 되짚어 보고 있었다.

 그를 낳아준 아버지의 이름도 카심이었다. 그런 까닭에 그는 어렸을 때부터 카심 주니어로 불렸다. 아버지가 마계대전 당시 입은 상처를 극복하지 못하고 세상을 타계한 이후 그는 운명처럼 이름 뒤에 붙은 주니어란 꼬리표를 떨쳐버릴 수 있었다.

그의 아버지는 정말로 파란만장한 삶을 살아왔다. 카심은 그 이야기를 아버지가 죽고 난 뒤 어머니로부터 들었다.

— 네 아버지는 영지의 경비병 출신이었다. 반면 나는 영주의 딸이었지. 우리 둘은 신분의 차이에 아랑곳없이 어릴 때부터 서로를 사랑해왔다. 그러나 우리의 사랑을 막고 있는 신분의 벽은 너무나도 컸었단다.

영주의 협박과 회유를 견디다 못한 카심의 아버지는 영지를 떠났다.

그러나 그는 결코 어머니를 포기한 것이 아니었다. 그는 세상을 떠들썩하게 만드는 카심 용병단의 단장이라는 어마어마한 신분으로 변해서 다시 아르네를 찾았다.

그리고 한바탕 우여곡절 끝에 어머니를 아내로 맞아들였다. 현재의 카심은 그렇게 해서 세상에 태어날 수 있었다.

카심의 아버지는 갖은 고생 끝에 오러 블레이드를 다루는 소드 마스터가 되었다. 용병으로 부평초처럼 떠돌다 운명적으로 흑마법사 데이몬과 만났고 그에게서 마나연공법을 전수받아 마스터의 경지에 접어들었다.

그러나 그에게는 뿌리가 부실하다는 약점이 필연적으로 존재할 수밖에 없었다. 늦은 나이에 무술을 시작했기 때문에 온갖 시행착오를 겪어야 했다.

때문에 그는 카심을 어릴 때부터 체계적으로 조련시켰다. 카심을 뛰어난 무사로 키우기 위해 온갖 뒷바라지를 마다하지 않았다.

자질과 노력 역시 범상치 않았기 때문에 카심은 어릴 때부터 두각을 나타냈다. 아버지로부터 전수받은 마나연공법의 파탄이 드러나기 전까지는…….

아버지가 흑마법사 데이몬으로부터 전수받은 마나연공법은 정말로 대단한 위력을 지녔다. 그때까지 존재했던 그 어떤 마나연공법보다도 마나를 쌓는 속도가 빨랐다.

서른이 넘는 나이에 마나를 처음 접한 카심의 아버지를 마스터의 경지로 이끌었을 정도라면 결코 범상한 마나연공법이 아니다. 그러나 그 마나연공법에는 치명적인 약점이 있었다.

아버지가 익힌 마나연공법은 어디 하나 나무랄 데 없을 정도로 완벽했다. 그러나 카심이 전수받은 마나연공법은 완벽하지 않았다.

아버지 카심이 몸으로 익힌 것이어서 아들에게 완벽하게 전수하지 못한 것이다. 그 격차를 줄이기 위해 두 부자는 부단히 노력을 했다.

그러나 미묘하고 미세한 차이는 끝내 극복하지 못했다. 결국 아버지는 문제를 해결하지 못하고 세상을 떴다. 마계대전 당시 큰 상처를 입은 데다 마나연공법을 완성하기 위해 식음을 전폐한 것이 이유였다.

아버지가 죽고 나자 카심의 가족에게 위기가 닥쳤다. 크로센 제국에서 카심 가문의 마나연공법에 눈독을 들여 펜슬럿에 압력을 행사하기 시작한 것이다.

당시 크로센 제국은 아버지의 동료였던 패터슨의 자식들을 받아들여 흑마법사 데이몬의 마나연공법을 입수한 상태였다. 패터슨 가문의 마나연공법 역시 전수 방법의 문제로 인해 완전하지 못했다.

그런 만큼 크로센 제국이 카심 가문의 마나연공법에 눈독을 들일 수밖에 없는 상황이었다.

카심의 조국인 펜슬럿은 그런 크로센 제국의 압력에 굴복했다. 그리고 카심 가문을 펜슬럿에서 추방시켰다.

원래대로라면 크로센 제국에서 카심 가문의 신병을 인수하기로 되어 있었다. 그러나 크로센으로 가기 싫었던 카심은 평소 알고 지내던 용병들의 도움을 받아 용병길드로 피신했다.

크로센 제국으로 간다면 십중팔구 가문의 마나연공법을 빼앗길 것이 틀림없었다.

이후 카심은 용병길드의 전폭적인 후원을 받으며 수련에 몰두한다. 아버지로부터 전수받은 마나연공법을 보완하는 것이 최대의 관건이었다.

식음을 전폐해가며 수련에 몰두하길 십여 년, 카심은 마침내 마나연공법의 약점을 어느 정도 보완할 수 있었다. 초인의 경지에 접어들 수 있었던 것이다.

물론 그것은 단 1시간에 한정된 것이었다. 전신을 흐르는 마나를 역으로 돌린다면 한정된 시간 동안 초인의 무위를 뽐낼 수 있다.

　'이제 되었어.'

　그에 고무된 카심은 세상을 상대로 엄청난 사기극을 벌인다. 자신의 약점을 숨기고 초인선발전에 나간 것이다. 1시간에 한정되긴 하지만 카심은 초인의 능력을 발휘할 수 있다.

　그것을 이용한다면 초인선발전에서 우승하는 것은 일도 아니었다. 그렇게 해서 카심은 초인대전에까지 출전했고 마침내 초인이란 타이틀을 거머쥘 수 있었다.

　카심은 매우 치밀하고 냉정한 성품을 지녔다. 때문에 자신의 약점을 감쪽같이 숨긴 채 서너 차례의 방어전을 승리로 장식했다.

　하지만 그의 행로는 마치 외나무다리를 타는 것처럼 위태위태했다. 단 한 차례라도 계산이 어긋난다면 그대로 파탄에 이르는 것이다.

　그러나 카심은 용케 위기를 극복해 왔고 마침내 지금의 위치에 오를 수 있었다.

　과거를 떠올려 보는 카심의 내심은 착잡하기 그지없었다.

　'아마 지금쯤이면 크로센 제국에서도 나의 약점을 어느 정도 파악했을 것이다. 어쨌거나 크로센 제국은 내가 익힌 마나 연공법의 원류 자체를 알고 있으니 말이야.'

얼마 전 진짜 블러디 나이트로 인해 대륙 전체가 떠들썩해진 일이 있었다.

그것은 바로 크로센 제국에서 순간적으로 초인의 힘을 낼 수 있는 기사를 보유하고 있다는 사실이었다. 물론 크로센 제국은 그들의 존재를 철저히 극비로 부쳤다.

그러나 블러디 나이트의 폭로로 인해 그들에 대한 비밀이 전 대륙으로 퍼져나갔다.

그 소문을 들은 카심은 상당한 충격을 받았다. 크로센 제국의 연구가 그 정도까지 진행되었을 줄은 몰랐기 때문이었다. 카심으로서는 거기에 경각심을 가질 수밖에 없었다.

'아무래도 크로센 제국에서는 나를 사로잡기 위해 혈안이 되어 있을 것 같군. 우리 가문의 마나연공법을 입수한다면 자신들의 것을 보완할 수 있기 때문이지.'

바로 그 때문에 카심은 외부적인 활동을 자제하고 은거해왔다. 그러다가 이번에 마루스의 청부를 받아들인 것이다. 그 사실을 떠올린 카심이 한숨을 내쉬었다.

'후, 이번 청부를 마치면 다시 잠적해야겠군. 크로센 제국의 이목에 포착되면 좋을 게 없어.'

불현듯 자신의 처지에 대해 비관적인 생각이 치밀어 올랐다. 만약 아버지가 자신에게 완벽한 마나연공법을 전수해 주었다면…….

그랬다면 이처럼 크로센 제국을 경계하지 않아도 된다. 한 마디로 세상에 무서울 게 없는 것이다. 카심의 얼굴에 체념의 빛이 어렸다.

'어쩔 수 없지. 나로서는 이 정도까지 복원한 것만으로도 기대 이상의 성과를 올린 셈이니까.'

머리를 흔든 카심이 슬며시 눈을 감았다. 이제는 내일 있을 발렌시아드 공작과의 대결에 온 신경을 쏟아야 한다.

✤

마침내 운명의 날이 밝았다. 펜슬럿 왕궁은 완전히 축제 분위기였다. 오늘이 바로 펜슬럿의 초인 발렌시아드 공작과 트루베니아에서 건너온 블러디 나이트가 대결하는 날인 것이다.

왕궁 앞은 사람들이 마치 구름처럼 몰려들었다. 세기의 대결을 보기 위해 지방에서 상경한 영주나 상인들도 있었고 타국에서 건너온 자들도 있었다. 그로 인해 왕궁 앞은 입추의 여지도 없이 사람들이 빽빽이 들어찼다.

이미 펜슬럿 왕실에서는 만반의 준비를 갖추고 있었다. 대결을 벌일 장소로 근위기사들의 연무장이 선택되었다. 연무장 주변에는 왕족과 귀족들을 위한 관람석이 설치되었다.

그곳은 아침부터 몰려든 왕족과 고급 귀족들로 인해 북새통을 이루었다.

하나같이 체면을 생각하지 않고 전망이 좋은 장소를 차지하려고 했다. 그 사이에는 레온도 끼여 있었다.

연무장을 쳐다보는 레온의 눈빛은 착 가라앉아 있었다.

'기대되는군. 도대체 어떤 녀석이 날 사칭하는지 말이야.'

그는 어머니를 졸라 대결장에 나올 수 있었다. 어머니 레오니아는 번잡한 장소를 그리 좋아하지 않는다.

때문에 이번 세기의 대결에도 나가지 않으려고 했다. 그런 어머니를 레온이 졸라 이곳에 나오게 한 것이다.

"전 꼭 보고 싶어요. 어머니. 초인들의 대결이 너무나도 보고 싶어요."

자식을 이기는 부모란 없는 법. 결국 레오니아는 승낙하고 말았다.

"알겠다. 그토록 보고 싶다면 어미가 힘을 써 보마."

레오니아는 즉시 입궁해서 국왕에서 청원을 넣었다. 그 결과 레온이 대결장에 나올 수 있게 된 것이다.

그는 두근대는 가슴을 달래며 조금 있으면 등장할 가짜 블러디 나이트를 기다렸다. 대체 그가 무슨 이유로 자신을 사칭했는지는 시간이 지나면 알게 될 터였다.


블러디 나이트는 정확히 정오에 모습을 드러냈다.

저벅저벅.

육중한 발걸음소리에 고개를 돌린 사람들의 눈이 커졌다. 블러디 나이트가 트레이드마크인 검붉은 갑주와 투구를 쓰고 등에 장창을 맨 채로 나타났기 때문이었다.

"브, 블러디 나이트야."

"여, 역시 듣던 대로 위압감이 엄청나군."

모여서 웅성거리던 인파가 마치 썰물처럼 좍 갈라졌다. 블러디 나이트에게 길을 내어주는 것이다.

그 사이로 블러디 나이트로 변장한 카심이 느릿하게 걸음을 옮겼다.

카심의 모습은 블러디 나이트와 거의 흡사했다. 일단 덩치가 레온에 비해 그리 작지 않았으며 철저히 고증을 거쳐 제작된 갑주를 입고 있었기에 그 누구도 카심을 가짜로 보지 않았다.

그러나 재질면에서는 다소 차이가 있었다. 레온의 마신갑처럼 전체를 드래곤 본으로 만들 수는 없는 노릇, 때문에 갑주의 무게는 상당히 무거웠다.

저벅저벅.

걸음을 옮길 때마다 바닥에 발자국이 새겨지는 것을 보아 무게가 상당함을 알 수 있었다. 그러나 신력을 가진 카심에게 부담을 줄 정도는 아니었다. 느긋하게 걸어간 카심이 마침내 왕궁의 입구에 이르렀다.

왕궁 입구에는 이미 발렌시아드 공작이 마중 나와 있었다. 그의 뒤에는 근위기사단이 정복을 차려입은 채 시립해 있었다. 카심을 보자 발렌시아드 공작의 입가에 미소가 그려졌다.

"어서 오시오. 블러디 나이트."

발렌시아드 공작을 보자 카심의 발걸음이 멈추었다. 긴장했는지 손아귀에서 식은땀이 흘러나왔다.

✤

콘쥬러스는 인파들 속에 묻혀서 그 광경을 지켜보고 있었다. 현재까지 그가 세워놓은 계획이 척척 들어맞고 있었다.

심지어 그는 진짜 블러디 나이트가 등장할 경우까지 가정을 세워둔 상태였다.

'과연 진짜 블러디 나이트가 등장할 것인가?'

물론 진짜 블러디 나이트가 나타나도 걱정할 것은 없었다. 문제는 시기였다.

진짜 블러디 나이트는 펜슬럿의 국왕을 밖으로 끌어낸 상태에서 나타나야 한다. 지금 모습을 드러낸다면 계획은 실패로 돌아가 버릴 것이다.

그러나 콘쥬러스는 블러디 나이트가 지금 당장 나타나지 않을 것이라 확신했다.

'조사한 바에 의하면 블러디 나이트는 상당히 치밀한 두뇌를 지닌 인물이야. 그렇다면 당장 나타나기보다는 숨어서 사태의 추이를 살필 가능성이 커.'

그것이 콘쥬러스가 계획을 낙관하는 이유였다. 그리고 블러디 나이트가 나타나지 않는다고 해도 계획의 진행에 아무런 문제가 없었다. 이미 콘쥬러스는 일어날 수 있는 모든 경우의 수를 예상해놓은 상태였다.

그의 시선이 살짝 돌아갔다. 거기에는 밀짚모자를 푹 눌러 쓴 농부 차림새의 사내가 마부석에 앉아 있었다. 겉으로 보기에는 막 밭을 매다가 온 농부 같았다.

하지만 사내의 몸 주위로 알게 모르게 음습한 기운이 뿜어지고 있었다. 그 사내의 정체는 콘쥬러스가 암암리에 섭외해 온 흑마법사였다.

흑마법사, 마왕과 계약을 맺어 음차원의 마나를 차용해 쓰는 존재.

콘쥬러스는 그런 어둠의 존재에게까지 손을 뻗어둔 상태였다. 둘의 시선이 마주치자 흑마법사는 걱정하지 말라는 듯 고개를 끄덕였다.

'이쪽도 준비는 완벽하고······.'

미미하게 미소를 지은 콘쥬러스가 다시 시선을 카심에게로 던졌다.

조국인 마루스의 영광을 위해 평생을 다 바친 콘쥬러스였다. 바야흐로 그 결실을 거두려는 순간인 것이다.

꽃

발렌시아드 공작과 카심은 한동안 눈싸움을 하듯 서로를 노려보았다. 먼저 입을 연 이는 발렌시아드 공작이었다. 상대의 몸에서 뿜어져 나오는 기세가 마음에 드는 듯 그의 입가에는 미소가 맺혀 있었다.

"그대를 환영하오. 블러디 나이트."

블러디 나이트의 투구 사이로 묵직한 음성이 흘러나왔다. 트루베니아 억양이 심하게 섞여 있는 음성이었다.

"나 역시 마찬가지요. 발렌시아드 공작."

발렌시아드 공작이 손을 들어 궁성 안쪽을 가리켰다.

"들어갑시다. 블러디 나이트. 국왕전하를 비롯한 귀빈들께서 그대를 기다리고 계시오."

그 말이 떨어지자 운집한 관중들 사이에서 한탄이 터져 나왔다.

"저런."

왕성 안으로 들어간다면 자신들이 대결을 지켜볼 수 없기 때문이었다.

관중들의 얼굴에는 하나같이 아쉬움이 어렸다. 그때 블러디 나이트의 음성이 울려 퍼졌다.

"미안하지만 본인은 왕성 안에 들어가지 않겠소."

발렌시아드 공작의 눈이 커졌다. 어찌하여 블러디 나이트가 왕성 안으로 들어가는 것을 거부한단 말인가?

"왕성 안에 대결을 치를 곳이 마련되어 있소. 국왕전하를 비롯한 귀빈들이 그곳에서 기다리고 있단 말이오."

그러나 블러디 나이트의 의지는 확고했다.

"어쩔 수 없소. 왕성 안에 들어간다면 본인은 그 순간 고립될 수밖에 없소. 펜슬럿에서 어떻게 나올지 모르는 판국에 위험을 무릅쓸 이유란 없소. 왕성 안에 중무장한 병력이 대기하고 있을지 누가 안단 말이오?"

발렌시아드 공작의 얼굴에 노기가 서렸다.

"본국을 믿지 못하겠다는 말이오?"

"귀국뿐만 아니라 누구도 믿지 못하오. 이미 본인은 충분히 많은 위험을 겪어왔소."

발렌시아드 공작의 얼굴이 벌겋게 상기되었다. 블러디 나이트의 발언은 그 정도로 모욕적이었다.

"지금까지 벌인 대결은 모두 왕성 안에서 벌이지 않았소? 그런 마당에 어찌하여……."

"아무튼 본인은 어떠한 일이 있어도 펜슬럿 왕성으로 들어가지 않을 것이오."

발렌시아드 공작의 눈가가 꿈틀했다. 블러디 나이트에 대한 인상이 확 달라지는 순간이었다.

"몰랐군. 블러디 나이트가 그토록 겁이 많은 작자였다니……."

그 말에 화가 났는지 블러디 나이트의 음색도 바뀌었다.

"만약 내 뜻이 관철되지 않는다면 난 당신과 대결을 벌이지 않겠소."

그 말에 발렌시아드 공작은 적이 당황했다. 블러디 나이트가 저처럼 몸을 사릴 줄은 몰랐다.

상대가 고집을 꺾지 않자 발렌시아드 공작이 어쩔 수 없다는 듯 얼굴을 찡그렸다.

"알겠소. 그렇다면 국왕전하에게 사람을 보내 그대의 뜻을 전하겠소."

그가 손을 들자 대기하고 있던 부관이 달려왔다.

"이 사실을 전하께 알리도록 하라."

"알겠습니다."

복명한 부관이 서둘러 몸을 날렸다.

왕성 앞에서는 기묘한 대치가 이어졌다. 분기를 감추지 못하는 발렌시아드 공작과 철탑처럼 버티고 선 블러디 나이트, 그들의 모습을 수많은 관중들이 침을 꿀꺽 삼키며 지켜보았다. 그 시간은 상당히 길었다.

⚜

부관이 소식을 가지고 오자 국왕이 눈살을 찌푸렸다.

"왕성 안으로 들어오지 않겠다고?"

"그러하옵니다. 전하. 블러디 나이트는 감히 본국을 믿을 수 없다고 하였습니다."

그 말에 대신들의 얼굴에 분기가 충천했다.

"전하. 대결을 받아들이지 마시옵소서."

"궐 밖으로 나간다면 전하의 안전이 위협을 받을 수 있습니다."

대부분 블러디 나이트의 대결을 반대하던 자들이었다. 찬성하던 대신들은 블러디 나이트의 요구가 이해되지 않아 고개를 갸웃거리고 있었다.

블러디 나이트가 누구인가? 단신으로 아르카디아 전체에 도전장을 던진 인물 아니던가? 그런 자가 고립되는 것이 두려워 왕성 안으로 들어오지 않겠다고 하니 이해가 되지 않을 수밖에 없었다.

한참 고민하던 국왕이 마침내 결정을 내렸다.

"좋다. 블러디 나이트가 원하는 대로 궐 밖에서 대결을 벌이는 걸 허락하겠노라."

그렇게 되자 왕성 내부는 부산해졌다. 자리를 잡고 대결을 관전할 채비를 갖춘 귀족들이 모두 왕성 밖으로 나가야 하는 것이다.

기껏 좋은 자리를 잡은 귀족들은 울상이 되었고 좋지 않은 자리를 잡은 자들의 얼굴에는 희색이 만연했다.

궐 밖에서 대결을 벌이는 것은 왕궁 내부에 비해 비교적 위험하다. 때문에 귀족들은 왕궁 밖에 대기시켜 둔 호위기사들에게 연락을 취했다.

국왕을 비롯한 왕족들에 대한 경호도 강화되었다. 궁궐 밖에 파견을 나가 있던 근위기사들 대부분이 들어와서 국왕과 왕족들을 경호했다. 거기에 소요되는 시간은 어마어마했다.

때문에 대결 준비는 한참이 지나서야 완료될 수 있었다. 그동안 발렌시아드 공작과 블러디 나이트는 미동도 하지 않고 대치하고 있었다.

"듣던 것과는 다르군. 담이 무척 큰 자인 줄 알았는데……."

자존심에 상처를 입었는지 발렌시아드 공작은 계속해서 거친 말로 블러디 나이트를 도발했다.

최대한 예우를 갖추라는 국왕의 당부는 이미 머릿속에서 사라진 상태였다. 그러나 블러디 나이트로 위장하고 있는 카심은 아무런 말도 하지 않았다.

그의 입장에서 구태여 대응할 이유가 전혀 없었다. 그렇게 대치하는 사이 마침내 준비가 모두 끝났다.

국왕을 비롯한 왕족들은 왕궁 입구에 자리를 잡았다. 근위기사들이 빈틈없이 그들을 둘러싸고 경호했다. 그보다 격이 떨어지는 귀족들은 외곽에 자리를 잡았다. 자리 배치가 완료되자 발렌시아드 공작이 눈을 빛냈다.

"이제 슬슬 시작해도 되겠군."

그는 더 이상 생각할 것도 없다는 듯 검을 뽑아들었다.

스릉.

맑은 검신이 햇빛을 받아 눈부시게 빛났다.

"창을 뽑으시오. 아르카디아를 위진시킨 그대의 창술을 보고 싶소."

그러나 블러디 나이트는 느릿하게 고개를 가로저었다.

"난 이번 대결에 창을 쓰지 않을 생각이오."

그 말에 발렌시아드 공작의 눈이 커졌다.

"그게 무슨 소리요?"

"본인은 창뿐만 아니라 검술에도 상당한 조예가 있소. 지금까지 창을 써 왔지만 검술 역시 따로 익혀왔소. 따라서 본인은 이번 대결에 검을 사용할 생각이오."

발렌시아드 공작의 눈썹이 급격히 휘말려 올라갔다. 그는 지금 화가 머리끝까지 나 있었다. 말은 쉽지만 인간이 두 가지에 모두 능통하긴 힘든 법이다.

검술에 조예가 있다고는 하지만 주력인 창술에 비해서는 손색이 있을 수밖에 없다. 그런 상황에서 자신을 검으로 상대한다고 하니 화가 나지 않을 수 없는 노릇이다. 감정을 주체하지 못한 발렌시아드 공작이 버럭 고함을 질렀다.

"지금 나를 무시하는 것이오?"

"……."

"좋소. 창을 쓰던 검을 쓰던 마음대로 하시오. 과연 당신이 큰소리를 칠 자격이 있는지 시험해 보겠소."

그 말을 들은 블러디 나이트가 느릿하게 허리춤의 검을 뽑아들었다. 등에는 여전히 핏빛 장창을 둘러맨 상태였다.

스릉.

검집에 걸맞게 검붉은 빛을 발하는 검신이 드러났다. 그 모습을 본 발렌시아드 공작이 눈을 빛냈다. 마침내 초인과 대결을 벌이는 순간이 닥친 것이다.

대치는 그리 길지 않았다. 먼저 선공에 나선 것은 발렌시아드 공작이었다.

하아앗.

우렁찬 기합소리와 함께 장검이 허공을 갈랐다. 검신에서 눈부신 빛이 쭉 뿜어졌다. 닿는 모든 것을 파괴하는 죽음의 기운이 카심의 전신을 엄습해갔다.

발렌시아드 공작이 몸을 움직인 순간 카심은 기혈을 역류시켰다. 투구 사이로 드러난 카심의 눈이 붉게 물들었다.

쿠쿠쿠쿠.

동시에 그의 몸에서 가공할 기세가 뿜어져 나왔다. 전신의 잠력을 폭발시켜 제한된 시간 동안 두 배의 힘을 발휘하게 하는 기법을 써먹은 것이다. 카심을 지금의 위치로 올린 바로 그 마나연공법을 기초로 한 기술이다.

번쩍.

카심의 장검에서도 섬광이 불쑥 솟아올랐다. 오러 블레이드가 깃든 검이 허공에서 맹렬한 기세로 맞부딪혔다.

콰콰콰쾅—!

자욱한 폭음과 함께 산산이 박살난 오러가 사방으로 흩뿌려졌다. 그 잔영이 사라지기도 전에 둘의 검이 연거푸 맞부딪혔다.

둘은 서로가 이룬 경지를 확인이라도 하듯 아낌없이 마나를 퍼부었다. 응축된 오러 블레이드가 연이어 격돌하며 사방으로 세찬 충격파를 내뿜었다.

사람들은 눈을 크게 뜨고 초인들 간의 격전을 지켜보고 있었다. 분명 쉽게 볼 수 없는 장관임에는 틀림없었다.

레온 역시 눈을 가늘게 뜨고 접전을 지켜보고 있었다. 일단 겉으로 보기에는 자신으로 위장한 가짜도 역시 초인임에는 틀림없었다. 그렇지 않고서야 발렌시아드 공작과 저처럼 대등하게 맞서 싸울 수는 없으니까.

'방어에 치중하고 있군. 결코 선공을 하지 않아. 그리고 검술도 지극히 평범하고 단순한 것만 전개하고 있어. 아무래도 뭔가 꿍꿍이가 있는 놈이로군.'

레온은 감각을 한층 끌어올렸다. 아르카디아의 초인 숫자는 엄연히 한정되어 있다. 저 정도 실력의 초인이 뭐가 아쉬워서 자신을 사칭한단 말인가?

만약 저자가 재야에서 힘을 키운 알려지지 않은 초인이라

해도 마찬가지였다. 초인의 반열에 오른 것을 증명하기만 한다면 그 즉시 찬란한 미래가 펼쳐지는 것이다.

때문에 레온은 세심하게 신경 써서 가짜의 모든 것을 관찰해 나갔다.

얼마 지나지 않아 레온의 안색이 심각해졌다.

'저, 저 기운은?'

거리가 멀어서 명확히 파악하긴 힘들었다. 그러나 멀리서 풍기는 기운은 레온에겐 더없이 친숙한 것이었다.

종자 도노반에게서 느꼈던 것과 흡사한 기운. 다시 말해 가짜는 스승인 데이몬으로부터 유래된 마나연공법을 익히고 있었다.

그것도 완성되지 못한 마나연공법 말이다. 레온의 머리가 정신없이 돌아가고 있었다.

'그렇다면 저자가 도대체 누구란 말인가?'

아르카디아에서 스승님으로부터 유래된 마나연공법을 익힌 자는 한정되어 있었다. 가장 먼저 크로센 제국의 다크 나이츠를 들 수 있다.

크로센 제국은 패터슨의 아들들을 영입함으로써 데이몬의 마나연공법을 손에 넣을 수 있었다. 그리고 그것을 바탕으로 다크 나이츠라는 가공한 존재들을 탄생시켰다.

순간적으로 초인의 힘을 발휘할 수 있는 기사들, 그들은 한마디로 크로센 제국의 숨겨진 이빨이나 다름없었다.

레온의 얼굴이 긴장으로 경직되었다.

'그렇다면 저자가 다크 나이츠 중 하나란 말인가?'

그게 사실이라면 상황은 심각했다. 크로센 제국은 자신을 끌어내기 위해 가짜 블러디 나이트를 등장시킨 것이다.

'그렇다면 놈들이 내가 펜슬럿에 있다는 사실을 알고 있다는 말인가? 그럴 리는 없을 텐데……'

그러나 생각해 보니 그럴 가능성이 없지는 않았다. 만에 하나 크로센 제국으로 간 알리시아가 사로잡혔을 경우 자신이 펜슬럿으로 간 사실이 드러날 수도 있는 문제였다.

'그렇다면 크로센 제국에서는 과연 어디까지 알고 있는 것일까? 알리시아 님을 통해 모든 것을 파악했다면 내 정체를 이미 알고 있을 텐데.'

머리가 복잡해진 레온이 고개를 흔들었다.

'어쨌거나 중요한 것은 한 가지다. 어떤 일이 있어도 내가 블러디 나이트란 사실이 밝혀지면 안 된다. 크로센 제국의 저의를 알아내기 전까진 말이야.'

단단히 결심을 한 레온이 다시금 대결장으로 고개를 돌렸다.

✠

초인간의 대결은 한층 박진감 있게 전개되고 있었다. 발렌시아드 공작은 한껏 신이 나서 공격을 퍼부었다. 자신과 비등한 상대와 싸워본 경험이 그동안 전무했던 발렌시아드 공작이었다.

그런 그가 마음껏 싸울 수 있는 상대를 만났으니 얼마나 신이 나겠는가? 내뻗는 장검에서는 오러 블레이드가 한껏 응축되어 있었다.

'과연 초인이라 불릴 만하군.'

창술을 견식하지 못하는 점은 아쉬웠다. 하지만 블러디 나이트의 검술은 결코 만만치 않았다.

지극히 평범한 초식만을 구사했지만 자신의 검에 서린 오러 블레이드를 무리 없이 맞받아내고 있었다. 물론 생각했던 것보다 강하지는 않았다. 물론 그도 레온이 느낀 점을 동일하게 느끼고 있었다.

'매우 공격적이라 들었는데 그렇지도 않은걸?'

그와 맞서 싸우는 블러디 나이트는 매우 수세적인 자세를 취했다. 그러나 발렌시아드 공작은 상관하지 않았다. 이처럼 마음껏 검을 나눌 수 있는 것만으로도 충분히 만족했다.

⚜

대결을 지켜보던 콘쥬러스가 눈빛을 빛냈다. 계획했던 대로 펜슬럿 국왕을 왕궁 밖으로 끌어내는 데 성공했기 때문이었다. 이제는 소란을 피워 위기감을 조성해야 할 차례였다. 그가 더 이상 생각할 것 없다는 듯 흑마법사를 쳐다보았다.

"때가 되었소. 준비하시오."

살짝 고개를 끄덕인 흑마법사가 통신구를 꺼내들었다. 곳곳에 흩어진 동료 흑마법사들에게 연락을 취하려는 것이다. 이곳에는 마루스의 청부를 받은 흑마법사 20여 명이 인파 속에 숨어 있었다.

"행동을 시작한다."

동료들에게 통신을 마친 흑마법사가 마차 안으로 들어갔다. 주문 외우는 모습을 다른 사람들에게 들키지 않기 위해서였다.

잠시 후 마차 안에서 음산한 주문이 울려 퍼졌다. 언데드를 소환하는 내용의 주문이었다. 곧이어 어둠의 마력이 마차 안에서 뿜어져 나오기 시작했다.

흑마법사를 태운 마차는 뒤에 건초를 실은 수레를 하나씩 달고 있었다. 많은 사람들이 푹신한 건초 위에 올라가서 대결을 관람하고 있었다.

마차 안에서 뿜어져 나온 마력은 건초를 향해 집중되었다. 음습한 음차원의 마나로 인해 몇몇 사람들이 부르르 몸을 떨었지만 대결에 집중하느라 신경 쓰지 않았다. 그러는 사이 끔찍한 일이 벌어지기 시작했다.

꾸르르륵.

허파에서 바람 빠지는 듯한 소리와 함께 건초 더미가 흔들리기 시작했다. 건초 위에 앉아 있던 사람들이 그때서야 뭔가 이상함을 느끼고 건초에서 뛰어내렸다.

"뭐, 뭐야?"

건초더미의 흔들림은 시간이 갈수록 심해졌다. 이윽고 뭔가가 건초를 뚫고 튀어나왔다.

퍽.

튀어나온 것은 뼈가 앙상한 손이었다. 날카로운 손톱이 끝에 달려 있었다.

"헉. 시, 시체야."

그것을 본 사람들이 기겁을 하며 뒤로 물러섰다. 그러나 워낙 많은 사람들이 운집해 있었기 때문에 피할 곳은 없었다. 이윽고 손의 주인이 모습을 드러냈다.

텅 빈 동공에 귀 밑까지 찢어진 입, 벌어진 입으로 침을 질질 흘리는 존재는 다름 아닌 구울이었다. 흑마법사들이 미리 준비해 온 시체에 어둠의 마력을 불어넣어 구울을 소환한 것이다.

구울, 시체를 뜯어먹고 사는 식인 몬스터, 지극히 단단한 몸과 날카로운 발톱으로 인해 세인들에게 공포를 불러일으키는 언데드 몬스터였다. 그런 존재가 사람들이 운집한 곳에 모습을 드러낸 것이다.

"언데드야. 언데드가 나타났어."

사람들의 안색이 파랗게 질렸다. 그러나 그들이 피할 곳은 어디에도 없었다.

구울은 끊임없이 건초더미에서 기어 나왔다. 갓 소환되어 멍하던 구울의 동공에 서서히 흉광이 돌기 시작했다. 살아있는 모든 것을 증오하는 언데드 몬스터 특유의 속성을 드러내는 것이다.

캬아아악.

구울 한 마리가 가장 가까이 있던 중년 사내에게 달려들었다.

"사, 사람 살려."

날카로운 손톱이 도망가려고 버둥거리던 사내의 목덜미를 파고들었다.

"으아아악."

단말마의 비명과 함께 붉은 피가 쭉 뿜어졌다. 피를 뒤집어쓴 구울은 완전히 광분했다. 근처에 있는 사람들을 대상으로 닥치는 대로 공격을 시작한 것이다.

워낙 운집해 있었기 때문에 사람들은 도망치지도 못했다. 그저 살기 위해 필사적으로 발버둥 칠뿐이었다. 그로 인해 엄청난 소란이 벌어졌다. 그리고 이런 일은 왕궁 앞 광장 곳곳에서 동시다발적으로 일어났다.

아비규환을 방불케 하는 그 소란은 금세 기사들의 눈에 띄었다. 대결장 외곽에 배치되어 있던 기사들이 의아한 듯 눈을 크게 떴다.

"무슨 일이지?"

기사들은 즉시 종자들을 그쪽으로 보냈다. 대결장의 질서를 지키는 일은 엄연히 그들의 몫이었다. 종자들은 오래지 않아 돌아왔다.

"크, 큰일입니다. 사람들 사이에서 언데드 몬스터가 나타나 무차별 살상을 일삼고 있습니다."

그 말에 기사들이 화들짝 놀랐다.

"언데드 몬스터라고?"

"네. 멀리서 봐서 확실하지 않지만 입이 귀까지 찢어진 끔찍한 몰골입니다."

체계적으로 교육을 받은 기사들은 금세 언데드 몬스터의 정체를 알아차렸다.

"구울인가? 일반 병사들로는 상대하기 힘든 몬스터로군. 우리들이 나서야겠어."

기사는 즉각 경계경보를 발령했다. 그런 다음 검을 뽑아들고 소란이 벌어지는 곳으로 달려갔다.

아르카디아에서 언데드 몬스터는 출몰하지 않은 지 상당히 오래되었다. 암흑전쟁 이후 대부분의 흑마법사들이 전사하거나 처형당했고 이후 등장한 자들도 몸을 사리기에 급급했다.

때문에 달려가는 기사들의 대부분은 지금껏 언데드 몬스터를 한 번도 본 적이 없었다.

물론 체계적으로 교육받은 기사들이라 그림이나 기타 등등의 방법으로 언데드를 상대하는 방법은 숙지한 상태였다.

기사들은 금세 소란이 벌어진 곳에 도착했다. 그러나 현장으로 바로 진입할 수는 없었다. 겁에 질린 사람들이 우왕좌왕하며 진로를 막았기 때문이었다.

"비켜라. 우리가 언데드를 처리하겠다."

기사들이 고래고래 고함을 질렀지만 인파를 뚫는 것은 그리쉽지 않았다.

현장은 정말로 참혹했다. 수십 마리의 구울들이 완전히 피를 뒤집어쓴 채 닥치는 대로 사람들을 살상하고 있었다. 사람들은 저항할 엄두를 내지 못하고 몸을 피하기에 바빴다. 기사들은 그 모습을 보면서도 어쩔 수 없었다.

"아악."

그들이 보는 앞에서 한 여인이 구울의 손톱에 붙잡혔다. 구울이 커다란 아가리를 벌려 여인의 가녀린 목을 물어뜯었다.

콰지직.

소름끼치는 음향과 함께 여인의 몸이 축 늘어졌다. 구울은 생명이 사라진 시신을 미련 없이 내팽개친 뒤 새로운 희생물을 물색했다.

그때 한 기사가 구울의 앞을 가로막았다. 겨우 인파를 헤치고 들어간 기사였다. 그의 몸에서 풍겨지는 짙은 마나의 존재감에 구울이 흠칫 놀라 뒤로 물러섰다. 그러나 구울은 이성보다는 본능에 의해 움직이는 존재였다.

카아아아.

흉성을 드러낸 구울이 겁 없이 기사를 향해 달려들었다. 그러나 상대가 나빴다. 지금껏 힘없이 학살당하던 일반인이 아니었다.

파파파팟.

시퍼런 오러가 검신을 휘감았다. 가로막은 기사는 오러를 능수능란하게 다루는 엑스퍼트급 기사였다. 검에 서린 오러가 구울의 단단한 몸을 사정없이 파고들었다.

키에에엑.

끔찍한 비명소리와 함께 구울의 몸이 양단되었다. 사람들은 그때서야 안도의 한숨을 내쉴 수 있었다.

"사, 살았어."

그러나 모든 구울들이 그렇게 쉽게 처리되는 것은 아니었다. 우왕좌왕하는 사람들 때문에 기사들은 쉽사리 구울에게 접근하지 못했다. 그 틈을 타고 구울들은 무차별적인 살상을 계속해 나갔다.

✠

관중석에서 일어난 소란은 즉시 국왕에게 보고되었다. 기사

들이 출동하기 전 종자를 보냈던 것이다. 사실을 전해 받은 궁
내대신의 얼굴이 일그러졌다.

"뭣이? 사람들 사이에서 언데드 몬스터가 나타나 무차별 살
상을 일삼고 있다고?"

"그렇습니다. 기사단이 출동했지만 워낙 사람들이 밀집해
있어 구울이 있는 곳으로 접근하기 힘들다고 합니다."

"큰일이로군."

궁내대신의 시선이 왕족들에게로 향했다. 국왕을 비롯한 왕
족들은 눈앞에서 펼쳐지는 초인의 대결을 관전하는데 여념이
없었다.

"뭔가 음모가 벌어지고 있다. 이 사실을 전하에게 보고해야
해."

그는 머뭇거림 없이 국왕에게 달려갔다.


예상대로 보고를 받은 국왕은 아연해했다.

"뭣이? 언데드 몬스터들이 나타나서 백성들을 무차별 학살
하고 있다고?"

"그렇사옵니다. 기사단이 출동했지만 워낙 사람들이 운집
해 있어 쉽게 진압하지 못하고 있다고 하옵니다."

"어찌. 이런 일이……."

한탄하는 국왕을 보며 궁내대신이 안색을 굳혔다.

"아무래도 누군가가 음모를 꾸미고 있는 것 같사옵니다. 대

결의 관전을 중지하시고 속히 입궁하시는 것이 나으실 것 같습니다."

옆에 있던 대신들도 한 마디씩 거들기 시작했다.

"불온한 무리들이 수작을 부리고 있사옵니다. 속히 안전한 왕궁으로 입궐하시옵소서."

"전하의 안전이 가장 중요하옵니다. 더 이상 대결의 관전은 불가합니다."

국왕이 아쉬운 눈빛으로 대결장을 쳐다보았다. 발렌시아드 공작과 블러디 나이트는 아직까지 오러 블레이드를 흩날리며 대결에 열중하고 있었다. 더 이상 볼 수 없다는 것이 안타까웠지만 어쩔 수 없었다.

"알겠노라. 입궁하도록 하겠다. 그러니 대결을 중지시키도록 하라."

그러나 그 명령은 실행되지 못했다. 발렌시아드 공작과 블러디 나이트는 전력을 다해 싸우고 있다. 그런데 누가 다가가서 대결을 중지시키겠는가?

"공작전하, 대결을 중지하라는 국왕전하의 명령이 있사옵니다."

기사들이 큰 소리로 고함을 질렀지만 발렌시아드 공작은 휘두르던 검을 멈추지 않았다.

싸움에 열중하다 보니 못 들은 건지, 아니면 의도적으로 무시하는 것인지는 그 누구도 알지 못했다. 궁내대신의 얼굴에 체념의 빛이 어렸다.

"어쩔 수 없다. 일단 국왕전하를 먼저 입궁시킨다. 그리고 근위기사단 절반을 남겨 발렌시아드 공작전하를 경호하도록 한다."

명령이 떨어지자 기사들이 움직이기 시작했다. 근위기사단 절반은 대결장을 향해 달려갔다. 제아무리 초인이라도 등 뒤에서 찌르는 검에는 약점을 보일 수밖에 없다.

그것을 방지하기 위해 발렌시아드 공작을 호위하려는 것이다. 나머지 기사들은 국왕을 비롯한 왕족들을 빈틈없이 에워싼 채 왕궁으로 움직였다.

쿠르르릉.

국왕과 왕족들이 들어가자 육중한 왕궁의 문이 닫혔다. 국왕 일행에는 주요 왕족들이 다 모여 있었다. 왕세자 에르난데스와 둘째 왕자 에스테즈도 끼여 있었다. 뒤를 따라가던 레온이 눈을 빛냈다.

'이것도 크로센 제국의 음모인가?'

마음 같아서는 남아서 가짜 블러디 나이트의 동태를 관찰하고 싶었다.

그러나 그렇게 할 만한 상황이 아니었다. 기사들이 왕족 전체를 둘러싸고 호위하는 상황이었다.

그러나 왕궁 안에도 이미 소동이 일어난 상태였다. 궁성 안으로 들어선 일행에게 일단의 기사들이 다가왔다.

"아뢰옵니다. 전하."

"무슨 일인가?"

"왕궁 안에 서너 마리의 가고일이 출현했습니다. 하늘을 날아다니며 눈에 띄는 사람들에게 창을 던지는 바람에 서너 명의 시녀가 크게 다쳤습니다."

보고를 받은 궁내대신의 이맛살이 찌푸려졌다. 도대체 누가 음모를 꾸미고 있단 말인가? 그러나 지금은 음모의 주모자를 밝히는 것보다 국왕의 안전이 우선이었다.

"전하. 본궁은 정문에서 무척 멀리 떨어져 있습니다. 그러니 안전할 때까지 근처의 다른 궁으로 피신해 계심이 좋을 것 같습니다."

가고일은 대표적인 비행 몬스터이다. 하늘을 날아다니며 창을 던지는 가고일을 잡으려면 궁수를 동원해야 한다. 그러나 궁수가 출동하려면 상당한 시간이 걸린다. 가고일이 던진 창이 자칫 국왕의 목숨을 위협할 수도 있는 노릇이었다.

왕궁 안에는 여러 개의 별궁이 있다. 그중에는 요새처럼 유사시 농성할 수 있게 건축된 궁도 있었다. 그 말이 떨어지기가 무섭게 왕세자 에르난데스가 앞으로 나섰다.

"제 궁으로 가시지요. 그곳이라면 안전할 것입니다."

왕세자의 궁은 충분히 요새로 사용할 수 있다. 그러나 거기에 선뜻 응하지 않는 사람도 있었다. 둘째 왕자 에스테즈였다.

"그러지 말고 제 궁으로 가시지요. 제 궁이 거리상 월등히 가깝습니다."

정적인 형의 궁으로 들어가는 것이 에스테즈로서는 당연히 껄끄러울 수밖에 없다. 때문에 자신의 궁으로 가자는 주장을 하는 것이다. 그 말을 들은 에르난데스의 눈에 분기가 충천했다.

"제 궁이 더욱 튼튼합니다. 호위기사들도 많고요."

"그러나 제 궁이 더욱 가깝습니다. 방비상태 역시 나무랄 데 없습니다."

저마다 주장을 굽히지 않는 왕자들을 보며 국왕이 한숨을 길게 내쉬었다.

정쟁이 왕족의 숙명이라고 하지만 저 둘의 반목은 도를 넘어서고 있었다. 그때 뜻밖의 인물이 나섰다. 셋째 왕자 군나르가 조심스럽게 입을 연 것이다.

"그러시다면 제 궁으로 가시는 것은 어떻습니까?"

그 말에 모두의 시선이 군나르에게로 향했다. 난처한 듯 그가 어깨를 으쓱였다.

"거리 면에서 따지자면 제 궁이 가장 가깝습니다. 게다가 수비가 용이한 구조이구요."

그 말이 끝나기가 무섭게 국왕이 고개를 끄덕였다.

"그렇게 하자꾸나."

군나르의 말대로 정문에서는 셋째 왕자의 궁이 가장 가까웠다. 굳이 따지면 봄의 별궁이 더 가깝긴 하지만 그곳은 활짝

개방되어서 외부의 공격에 방어할 만한 구조가 아니었다.

에르난데스와 에스테즈 역시 더 이상 고집을 부리지 않았다. 서로의 근거지로 갈 수는 없지만 군나르의 궁이라면 양보할 용의가 있었다. 더욱이 이미 권력다툼에서 밀려난 것으로 평가된 군나르 아니던가?

"알겠습니다. 거기가 좋겠군요."

"그곳이라면 저도 불만이 없습니다."

두 왕자가 동의하자 국왕과 왕족들은 즉시 이동을 시작했다.

그들은 기사들의 철통같은 호위 속에서 군나르의 궁으로 향했다. 물론 그곳에 무엇이 기다리고 있는지 예상하는 사람은 아무도 없었다.

〈6권에서 계속〉

김정률 작가 펜 카페
cafe.daum.net/sword

# 신디케이트

## Syndicate

박성호 판타지 장편소설

FANTASYSTORY & ADVENTURE

『아이리스』, 『이지스』의 작가!
박성호 판타지 장편소설

배신자에겐 반드시 대가를
치르게 하는 게 나의 정의다!

지금부터 시작될 이 이야기는
나의 처절한 복수극이다!

dream
books
드림북스

절대신마

황규영 신무협 장편소설
ORIENTAL FANTASYSTORY & ADVENTURE

『금룡진천하』, 『참마전기』, 『천왕』의 작가!
황규영 신무협 장편소설

천마교주 정이산의 걸음마다 세상이 들썩인다!

무공은 이미 천하제일, 대적할 자가 없다!
가칠한 교주님의 통쾌한 강호 초출 천하 유람기!

dream
books
드림북스

십지신마록(十地神魔錄) 3부
# 파멸왕

우각 신新 장편소설
ORIENTAL FANTASY & ADVENTURE

십지신마록 3부작, 그 대단원을 장식할 마지막 이야기!
『환영무인』『십전제』의 작가 우각 신무협 장편소설.

적에게 멸망만을 남기는
세상의 파괴자가 현신한다!

"나는 십이사조를 멸할 자, 멸제다!"
그의 표효가 천하를 울린다!

dream
books
드림북스

# 역천의 황제

## Rebirth the Great

태제 판타지 장편소설
FANTASY STORY & ADVENTURE

문피아 판타지 베스트 1위, 골든 베스트 1위!
「리버스 담덕」의 작가 태제의 신작 판타지 장편소설!

신들의 꼭두각시가 되기를 거부한 황제의 마지막 선택
이 미틀란 대륙의 역사를 송두리째 뒤흔든다!

베헬린 대전과 함께 정복황제 샤르엔의 시대는 끝이 났다.
그러나 새로운 철혈군주의 시대는 이제부터 시작이다!

★
dream
books
드림북스